Rhapsodie : pièce instrumentale
de forme libre qui s'apparente
à une fantaisie d'inspiration folklorique.

Par extension, on dira d'une pensée
décousue et désordonnée
qu'elle est « rhapsodique ».

… so if you know me, you know.

À toi qui aimes les grandes histoires
d'amour impossibles, les M&M's,
les Dragibus noirs et Jamie Fraser.

PLAYLIST

(Disponible gratuitement sur Spotify :
Scottish Rhapsody)

IDK You Yet – Alexander 23
Scotland – The Lumineers
Figures – Jessie Reyez
Runaway – Aurora
Lady In Red – Chris de Burgh
Make You Feel My Love – Adele
I Can't Fall In Love Without You – Zara Larsson
Little Do You Know – Alex & Sierra
The Ludlows – James Horner
Never Enough – Loren Allred
Rose Tattoo – Dropkick Murphys
Him & I – G-Eazy, Halsey
Heaven – Julia Michaels
Poison – Rita Ora
Turning Page – Sleeping at Last
Like I'm Gonna Lose You – Jasmine Thompson
At My Worst – Pink Sweat$
Rewrite The Stars – Zac Efron, Zendaya
The Story Never Ends – Lauv
Bohemian Rhapsody – Queen

CHAPITRE 1

ERYNN

– Tu vas cartonner, Erynn !

Face au miroir, j'encourage mon reflet. Il n'y a pas de raison que ça foire, je me suis préparée comme une malade.

Tout va bien se passer…

Je le sens. C'est là, dans mes tripes, un pressentiment que je n'explique pas. Il paraît que les femmes de la famille ont dans le sang ce pouvoir de ressentir les choses. Puisque le positif attire le positif, je m'efforce de garder cette idée en tête et vérifie pour la énième fois mon maquillage.

Rien d'indécent, seulement une double couche de mascara et un trait de rouge à lèvres. Je lisse ma crinière rousse domptée en une queue-de-cheval haute et tapote mes pommettes.

Mon porte-documents dans une main, j'inspire profondément pour retrouver une contenance. À l'intérieur se trouvent mes références ainsi que mes diplômes. Je vérifie l'heure. Les aiguilles sur le cadran de ma montre indiquent que mon rendez-vous approche. Un rendez-vous que j'attends avec impatience car je compte bien avoir ce job chez Mountbatten Consulting, l'une des plus prestigieuses sociétés d'événementiel de Londres pour laquelle je rêve de travailler. Voilà, c'est dit !

Il paraît qu'ils ne recrutent que les meilleurs, mais malgré mon peu d'expérience, à vingt-quatre ans, je me sens prête à rentrer dans la cour des grands. Et puis, j'ai besoin de ce salaire. Le remboursement de mon prêt étudiant pompe toutes mes économies, et entre mon loyer et mes charges, il ne me reste plus rien à la fin du mois. Très franchement, j'en ai ma claque de vivre comme une pauvresse.

Requinquée à bloc, je quitte les toilettes des dames, traverse l'immense hall d'entrée et suis la plaque signalétique indiquant la direction des ascenseurs. Le menton haut, je me répète mentalement que je mérite ce poste de chargée des relations publiques et que j'ai déjà réussi les deux premiers entretiens.

Concentrée sur mes pensées, je ne remarque pas l'ombre dans mon dos, si bien que je sursaute quand une voix grave résonne à mon oreille.

– Salut, beauté.

De surprise, mon porte-documents m'échappe. Heureusement, je le rattrape avant qu'il ne déverse son contenu par terre.

– Bon sang, vous êtes dingue ! Vous m'avez fait la peur de ma vie !

Les mains dans les poches et un sourire canaille au coin des lèvres, le type me déshabille du regard.

– Désolé. Vous êtes nouvelle, n'est-ce pas ?

– Bien vu, Einstein.

En attendant que l'ascenseur arrive, je lui accorde mon attention. Il a des cheveux blonds coiffés sur le côté, ce qui me fait dire que son coiffeur a un peu trop regardé *Dallas*. Son style BCBG n'est pas celui des hommes que je fréquente. Il porte une chemise blanche sur un pantalon en velours marine et des mocassins, mais après tout, on ne juge pas un livre d'après sa couverture.

– Vous êtes libre ce soir ? s'enquiert-il.

– Ça dépend. Vous proposez quoi ?

En deux pas, il se retrouve face à moi, sa bouche un peu trop près de la mienne. OK, il ne manque pas d'air.

– Un japonais et deux orgasmes. Trois, si vous êtes sage.

Admettons que je sois embauchée, je crains que coucher avec un collègue ne soit pas recommandé. Toutefois, il est beau garçon et je ne résiste pas à des sushis.

– Pourquoi pas ? déclaré-je, encline à fêter mon futur poste comme il se doit.

Ne pas mettre la charrue avant les bœufs, ça te parle ma vieille ?

– Votre nom ?

– Erynn Wallace. Vous ?

Il glisse sa carte de visite sur mon porte-documents et je peux y lire : Grant Mountbatten.

OK, s'il est le fils du boss, je comprends mieux pourquoi il a autant d'assurance. Tout à coup, les sushis me semblent moins attrayants.

– Je passe vous prendre à quelle heure ?

Le *ding* de l'ascenseur nous interrompt.

– Je vous envoie un texto pour vous tenir au courant.

– Je préfère un sexto, réplique-t-il en m'adressant un clin d'œil aguicheur.

Je secoue la tête, stupéfaite par son excès de confiance en lui, et m'engouffre dans la cabine. Avant que les portes ne se referment, il me lance :

– Wallace, cette robe vous fait un cul d'enfer.

Au prix où je l'ai payée, j'espère bien ! Ma voisine et amie a cru défaillir quand elle a vu le prix, mais je me suis empressée de la rassurer : « C'est un investissement. » Si j'obtiens comme prévu ce poste, la robe sera amortie et j'aurai de quoi solder le crédit de mon prêt étudiant avant la fin de l'année.

Lorsque j'arrive au dernier étage, je me retrouve face à un long couloir fermé par une double porte en cèdre. Mes talons s'enfoncent dans l'épaisse moquette gris clair à mesure que je m'approche du bureau du directeur. Alors qu'il ne reste que quelques mètres, mon sein droit vibre.

Mince ! Mon téléphone !

Je scrute le plafond pour m'assurer qu'il n'y a pas de caméra et plonge les doigts dans mon décolleté afin de récupérer mon portable pour l'éteindre. Je fronce les sourcils devant le nom affiché sur l'écran. Il ne m'appelle jamais dans la journée, parce qu'il travaille et que moi, je me démène pour en faire de même.

Je décroche et murmure tout bas :

– Allô, papa. Tout va bien ? Je peux te rappeler plus tard ?

– Ma chérie…

Au son de sa voix, je comprends que quelque chose cloche. J'imagine tout de suite le pire.

– Qu'est-ce qui se passe ? Est-ce que tu vas bien ?

– C'est… c'est… ton grand-père, il vient de nous quitter.

La main crispée autour de mon téléphone, je ferme les yeux.

Oh non, pas grand-père Wallace…

– Il s'en est allé dans son sommeil.

Je ne l'ai connu que malade d'Alzheimer. À cause de cela nous n'avons pas pu créer un vrai lien de complicité. Et certainement aussi à cause du fait qu'il n'a jamais accepté ma mère. Il n'empêche que j'ai énormément de peine d'apprendre qu'il est parti.

– Papa, je suis désolée. Est-ce que je peux faire quelque chose ?

Un silence suivi d'un hoquet étouffé me parvient. Je comprends qu'il pleure et je suis bouleversée pour lui.

– J'aurais aimé que tu sois là, me confie-t-il.

C'est la première fois qu'il me fait un tel aveu. Papa ne m'a jamais rien demandé. Jamais. Il sait que j'ai très peu de moyens. C'est pour cette raison que c'est toujours lui qui est venu me voir à Londres, pour Noël ou pour mon anniversaire, et ce depuis mes sept ans, lorsque mes parents se sont séparés. Je comprends donc qu'il est bien plus ébranlé qu'il ne voudra l'admettre.

– Quand auront lieu les funérailles ?

– Demain matin.

Mes neurones se mettent déjà en branle et font le calcul. Si je me fais rembourser cette robe et me rends ensuite à l'aéroport, je peux réussir à choper un vol avec l'argent récupéré et ainsi être en Écosse avant ce soir. L'ennui, c'est que si je suis embauchée, je dois prendre mes fonctions dans les jours qui viennent. J'ai une brève seconde d'hésitation avant de déclarer :

– Je vais voir ce que je peux faire.

Le soupir de soulagement qu'il pousse ne m'échappe pas.

– Tu ferais ça ?

Pour toi, oui.

– Je vais essayer, papa. Je dois te laisser, mais je t'appelle dès que je peux.

Je raccroche, range mon téléphone dans mon soutien-gorge et m'autorise une seconde pour inspirer profondément afin de prendre une décision.

En réalité, je n'ai pas trente-six solutions. Mon choix est fait.

Je fais demi-tour et rebrousse chemin.

Adieu, job de mes rêves…

CHAPITRE 2

ERYNN

Deux heures plus tard, je me trouve face à ma penderie, dans la petite chambre meublée que je loue dans le quartier de Brixton. Je sélectionne des fringues à la va-vite et je les fourre dans une valise qui a connu des jours meilleurs, prêtée par Jill, ma voisine.

Les roues m'ont l'air un peu bancales, mais c'est ça ou en acheter une nouvelle, et très clairement je n'ai ni le temps ni l'argent.

– Tu es sûre que tu n'en auras pas besoin ? demandé-je, hésitante.

Assise en tailleur sur mon lit, mon amie s'enduit les ongles de vernis tout en m'observant du coin de l'œil.

– Évidemment, fait-elle avec un mouvement vague de la main. Où crois-tu que je puisse aller sans un rond ?

– J'avais oublié ce détail…

– Tu pars combien de temps déjà ?

– Pas plus d'une semaine, je pense. J'ai pris un billet ouvert.

J'évite de mentionner qu'il m'a coûté la peau des fesses, bien plus que le prix de la robe. Si elle savait, Jill en ferait une syncope sur-le-champ. Elle est aussi fauchée que moi puisqu'elle loue la chambre d'en face, alors la valeur de l'argent, elle connaît.

– Je crois que j'ai pris tout ce qu'il me faut, déclaré-je en exécutant un tour sur moi-même.

– Tu es sûre que tu ne veux pas que je te prête mon appareil photo également ?

Je lève les yeux au ciel.

– Jill, je vais à un enterrement, pas faire du tourisme.

Sur ces mots, je déverrouille mon téléphone et commande un Uber. L'application m'indique que mon chauffeur sera là dans moins de quatre minutes.

– Je ne vais pas tarder à y aller.

– Attends, ne bouge pas, je sais ce qu'il te manque.

Je la suis des yeux tandis qu'elle bondit en direction de sa chambre, puis revient avec un tas de dentelle rouge qu'elle glisse dans ma valise.

– On ne sait jamais… On a toujours besoin d'une robe du soir.

Avant que je puisse objecter, mon amie me prend dans ses bras.

– Tu vas me manquer, murmure-t-elle.

– Tu t'apercevras à peine de mon absence, tenté-je de la rassurer.

– Tu parles ! On passe toutes nos soirées ensemble, impossible de faire comme si tu étais là, mais heureusement, j'ai plein de séries en retard à rattraper.

– Minute papillon, je t'interdis de regarder *Vikings* sans moi !

Elle ramène ses boucles blondes sur une épaule et plaque sa paume sur son cœur.

– Promis, juré !

– Tu vas me manquer.

– Toi aussi. Bon, allez… file, il est vraiment temps que je retourne m'entraîner.

Jill est danseuse de revue, son travail est toute sa vie. Elle m'offre une dernière accolade avant de traverser le corridor pour rentrer chez elle, tandis que je rejoins le chauffeur qui doit m'attendre dehors.

***

Trois heures plus tard, je suis à l'aéroport de Glasgow. Je traverse le vaste hall en tirant derrière moi la valise dont l'une des roues m'a lâchée et qui émet désormais un couinement évoquant un phoque à l'agonie. Face à moi se trouve une petite assemblée d'inconnus venus accueillir leurs proches. Je suis déçue de constater qu'il n'y a pas l'ombre d'un tartan ou d'un kilt en vue parmi la foule. Dommage, je pensais croiser quelques Highlanders dès mon arrivée.

Je remonte la capuche de mon manteau sur ma tête et me dirige vers l'extérieur à la recherche de la borne de taxi où une petite file d'attente se constitue déjà. Plusieurs têtes se tournent dans ma direction. Forcément, l'animal agonisant que je traîne derrière moi attire tous les regards. *Saleté de roue boiteuse !*

J'attrape mon téléphone, envoie un rapide message à mon père pour le prévenir que j'ai atterri et que je serai bientôt à la maison. Il voulait venir me chercher, mais je préfère qu'il évite de conduire alors que je le sais bouleversé.

Au terme d'une longue attente, c'est enfin mon tour. Un chauffeur, la cinquantaine passée et le visage dévoré par une épaisse barbe rousse, m'ouvre la porte et s'occupe de ranger mon bagage dans le coffre tandis que je prends place sur la banquette arrière, ravie d'être au chaud. Il vient ensuite s'installer derrière le volant et se tourne vers moi.

– Où est-ce que je vous emmène, ma p'tite dame ?

– Dans le comté de Galston, s'il vous plaît.

Il écarquille ses yeux bleus.

– Je connais bien Galston, ce n'est pas la porte à côté !

Merci, je suis au courant...

– J'préfère vous prévenir tout de suite, ça va vous coûter dans les quatre-vingts billets, au moins.

Quatre-vingts livres... Bigre ! J'aime mieux ne pas penser à l'état de mes finances à la fin de ce court séjour. Je serre les dents et lui confirme que ça ira.

Le taxi démarre, et après plus d'une demi-heure pour nous éloigner de Glasgow, nous sommes enfin en route vers les Lowlands, région qui abrite le village de mon père.

Le front contre la vitre, je laisse mon regard embrasser les paysages luxuriants et vallonnés, lumineux malgré le ciel bas nimbé de brume.

– Vous ne seriez pas une Anglaise, vous ?

Ce n'est pas une question, plutôt une affirmation. Dommage que la société de taxis ne propose pas de cocher une option pour que le chauffeur roule en silence.

– Raté, finis-je par lui répondre.

Mon chauffeur part d'un grand rire et poursuit ses coups d'œil appuyés avant de finalement marmonner dans sa barbe.

– Je sais reconnaître une *sassenach* quand j'en croise une.

Je fronce les sourcils. Il me reste très peu de notions de gaélique. En revanche, j'ai assez regardé *Outlander* pour comprendre un ou deux termes du jargon écossais.

– Vous faites pas de bile, *sassenach* n'est pas une insulte, ma p'tite dame.

– Oui, je sais.

Je retourne à ma contemplation du paysage quand Barberousse poursuit :

– Qu'est-ce qui vous amène par ici ?

– Un décès.

Ma réponse jette un froid ce qui, par chance, annihile la curiosité du conducteur. Ainsi, je peux retourner à mes pensées.

Brusquement, une secousse me fait bondir.

J'ignore à quel moment précis je me suis endormie, tout ce que je sais, c'est que nous sommes arrêtés au beau milieu de la campagne écossaise et qu'il n'y a pas un chat à l'horizon. Une chose est sûre, je ne suis pas rassurée pour un sou de me retrouver au milieu de nulle part.

– Que se passe-t-il ? demandé-je en tâchant de camoufler mon anxiété sous un sourire forcé.

– Rien de grave, j'suis crevé.

– Comment ça, vous êtes *crevé* ?

Ma montre affiche seize heures. Il ne va quand même pas faire une sieste maintenant, si ? Mon chauffeur retire sa veste et déboucle sa ceinture. Visiblement, il en a l'intention. OK, le moment est venu de me montrer plus ferme et de hausser le ton.

– Hum… Écoutez monsieur, je comprends que vous puissiez être épuisé, je l'entends parfaitement, mais…

– Hein ?

Un bâillement déforme sa bouche.

– Mais, ce n'est pas le moment de dormir, enfin !

– Dormir ? Pourquoi, vous avez sommeil ?

Je lève les yeux au ciel. Si tout le monde est comme lui, je comprends pourquoi ma mère s'est tirée de ce bled, voilà dix-sept ans.

– Je parle de *vous*.

– Vous voulez dormir avec moi ?

– Quoi ? m'exclamé-je, horrifiée.

– Ne le prenez pas mal ! Vous êtes charmante, c'est pas le problème.

Bon sang, qu'est-ce qu'il me chante ?

– Je ne comprends pas, soufflé-je en pinçant l'arête de mon nez entre mon pouce et mon index.

– Pardon, ma p'tite dame, mais nous deux, ça va pas être possible…

OK, j'abandonne.

– J'ai déjà ma gourgandine qui m'attend à la maison, vous comprenez.

– Votre gourgandine, c'est charmant. Écoutez, je dois être à Galston le plus rapidement possible, il faudrait vraiment repartir.

Alors que j'espère le convaincre de reporter sa sieste et de reprendre la route, le chauffeur se tourne vers moi et déclare :

– Vous savez changer un pneu ?

– Je vous demande pardon ?

– Vous savez changer un pneu ? insiste-t-il tout en roulant l'extrémité de sa moustache entre ses doigts.

En fait, je me demande s'il est sérieux ou si j'ai affaire à une sorte d'humour écossais un peu douteux.

Au bout de quelques secondes, je craque.

– Je n'ai même pas le permis de conduire, comment diable voulez-vous que je sache changer un pneu ?

En regardant dans le rétroviseur, je remarque qu'il est plongé dans une profonde réflexion, tout en pianotant avec ses pouces sur le volant.

– C'est fâcheux, mais à nous deux, on doit pouvoir réussir à se débrouiller.

Mais qu'est-ce qu'il raconte ?

CHAPITRE 3

ERYNN

Il nous aura fallu près de cinquante minutes, dont dix consacrées à visionner un tuto sur YouTube, avant de pouvoir remonter en voiture. Nous sommes enfin en route, et d'après mon GPS, nous arriverons à Galston très bientôt. Enfin, je croise les doigts, parce que Wilfried – oui, c'est ainsi que se nomme mon charmant chauffeur – me semble être du genre imprévisible. Si imprévisible qu'il roule à présent bien en dessous de la vitesse limite autorisée.

– Vous pourriez aller un peu plus vite, s'il vous plaît ? J'aimerais arriver avant l'aube.

– Impossible, il y a beaucoup de cerfs et de biches qui traversent la route.

– Alors que nous ne sommes même pas en pleine forêt ?

– Je ne veux pas prendre de risque inutile. Comprenez… J'ai sept marmots qui m'attendent à la maison.

J'ai du mal à comprendre comment on peut vouloir se multiplier à l'infini, mais soit. Le principal, c'est qu'une plaque indique que nous entrons enfin à Galston.

– Nous y sommes !

Je ressens un profond soulagement d'être enfin arrivée. Ce trajet était interminable.

Wilfried pivote vers moi en abandonnant totalement la route des yeux.

– Je vous dépose où ?

Oh mon Dieu !

J'aimerais assez éviter à mon père d'avoir à enterrer deux membres de sa famille le même jour.

– N'importe où, mais je vous en prie, regardez devant vous ! m'écrié-je, affolée.

Ne pas prendre de risque inutile, tu parles !

Les épaules de Wilfried s'agitent et je comprends qu'il se marre.

– C'est moi qui vous fais rire ?

– Toutes les filles de la ville sont aussi stressées que vous ?

– Je suppose que ça dépend de la personne qu'elles ont en face d'elles, rétorqué-je en levant les yeux au ciel. Arrêtez-vous là, ça ira. Vous acceptez la carte bleue ?

– Non, ma p'tite dame. Je préfère le doux chuchotement des billets.

Je descends du taxi sous un ciel brumeux, allégée de toute ma monnaie. Je me retrouve dans la rue principale du village que j'ai quitté il y a bien longtemps maintenant. Un vent frais s'insinue sous ma robe et se faufile à travers l'étoffe de mon manteau, m'arrachant un long frisson.

Je récupère ma valise et balaie les alentours du regard. Des bribes de souvenirs d'enfance me parviennent, des flashs de la période où maman et moi vivions encore ici, mais ils sont si nébuleux que c'est comme regarder à travers un écran de fumée. Tout ce dont je me rappelle, c'est que Galston est un petit village où tout le monde se connaît, enfin, tout le monde sauf moi. Personne ne sait qui je suis ni ce que je fais là, si bien que j'ai le droit à plusieurs regards insistants de la part des curieux.

Et la politesse, bon sang ?

Ces habitants en semblent dépourvus. En revanche, ce qui ne manque pas dans le centre-ville, ce sont les pubs. Tout en traînant ma valise derrière moi, je n'en dénombre pas moins de quatre en arpentant l'artère principale en direction de Wallace Cottage.

Je note qu'il y a également quelques rares boutiques, un bureau de poste, une poignée de maisons de ville, et surtout des champs à perte de vue. Quel ennui ! Pas étonnant que je constitue une telle attraction. Je continue ma route sur les quelques centaines de mètres qui me séparent du domaine appartenant à ma famille depuis toujours. Il paraît que mon ancêtre, William Wallace, vivait déjà là à son époque, jusqu'à ce qu'il se fasse zigouiller. Enfin c'est ce que m'a toujours raconté mon père, mais moi et les légendes familiales…

Au carrefour, je m'engage sur un chemin de terre qui donne du fil à retordre à mes talons, et je ne parle pas de ma valise… une vraie plaie ! Son cri ressemble désormais à s'y méprendre à celui d'un dindon sauvage. Heureusement, le cottage familial apparaît enfin à l'horizon.

En m'approchant, je soupire de soulagement. Même si j'aurais préféré que ce soit dans d'autres circonstances, je suis heureuse de retrouver mon père que je n'ai pas revu depuis les fêtes de fin d'année, il y a près de quatre mois. Nous sommes restés très proches, et malgré la distance, il a toujours fait en sorte de venir me voir et d'être présent pour moi le plus possible.

Je glapis d'excitation quand je pénètre dans la cour de notre modeste domaine. Je prends une seconde pour contempler la bâtisse faite de pierres imposantes, sur lesquelles le lierre tombe en cascade. Le cadre a quelque chose de mystique. J'ignore tout de l'histoire de notre famille en dehors des légendes que mon père m'a racontées quand j'étais enfant. Et une fois atteint l'âge adulte, j'ai cessé d'y croire.

La porte s'ouvre et mon père apparaît dans l'embrasure.

– Erynn, tu es là, ma luciole !

Les années n'y changent rien, je suis toujours sa luciole, sa lumière. Je lâche ma valise et m'élance vers lui. Il m'a manqué, mais je ne me rendais pas vraiment compte à quel point avant que ses bras se referment sur moi. Le nez niché dans sa chemise en laine épaisse à carreaux, je respire l'odeur familière et rassurante de son eau de toilette, mêlée à celle du tabac froid.

Malgré mon manteau, je frissonne légèrement. La faute à une émotion trop forte, ou peut-être est-ce dû aux températures qui chutent en ce début de soirée d'avril.

– Tu grelottes, ne restons pas là. Entre, je vais te faire du thé.

Je récupère ma valise, l'abandonne dans le vestibule et le suis à l'intérieur en direction de la cuisine où une bouilloire sifflote au-dessus du vieux fourneau. Je frotte mes mains l'une contre l'autre avant de me hisser sur le plan de travail, puis suis des yeux mon père qui s'active dans la cuisine.

– Tu dois être fatiguée par le voyage. Tu as faim, luciole ? demande-t-il en me tendant une tasse fumante.

– Merci, ça ira.

J'avale quelques gorgées de thé afin de me réchauffer et observe mon père.

Ewen Wallace n'a pas changé, que ce soit son visage rond aux tempes grisonnantes ou son éternel sourire chaleureux. Mais aujourd'hui, ce même sourire renferme un océan de tristesse. Je le connais, il fait bonne figure, mais perdre son père a dû lui mettre un sacré coup. Ils étaient très proches, malgré la maladie. Depuis le diagnostic, il n'a pas cessé de s'occuper de lui.

– Papa, comment tu te sens ?

– Mieux maintenant que tu es là. Ton grand-père aurait été heureux de voir la magnifique jeune femme que tu es devenue.

– Je suis désolée de ne pas être venue avant.

Je me rends compte que le manque de moyens et la distance m'ont volé des moments en compagnie de ma famille.

– Ne t'excuse pas. Ce n'est pas ta faute.

Mon père n'est que bienveillance et gentillesse. Il m'arrive encore de me demander ce qui a poussé ma mère à le quitter.

– Tu devrais venir vivre à Londres avec moi, suggéré-je. Je sais que mon appartement est minuscule, mais je peux commencer à en chercher un plus grand pour nous deux.

Maintenant qu'il se retrouve seul, ce serait la meilleure décision à prendre pour lui, et je pourrais au moins l'avoir auprès de moi.

– Cet endroit appartient à notre famille depuis des siècles, dit-il en observant la pièce. Je ne peux pas partir d'ici, luciole. C'est là que je suis né, et c'est là que je mourrai, comme mon père et son père avant lui.

– Je comprends.

Un attachement que ma mère ne comprenait pas, elle.

– Tu dois avoir besoin de te reposer un peu avant la veillée funéraire. Viens, je vais t'aider à t'installer dans ta chambre.

J'acquiesce d'un signe de tête et pose ma tasse dans l'évier, pendant qu'il récupère ma valise. Je le suis ensuite à travers le dédale de portes en me demandant s'il regrette de ne pas avoir eu de fils à qui transmettre le flambeau.

Après m'être allongée un moment et avoir profité de la salle de bains pour effacer toute trace de mon périple, je m'apprête à descendre pour rejoindre mon père, qui commence à accueillir les gens de la paroisse pour la veillée. Au moment d'ouvrir la porte, des bruits me parviennent depuis le rez-de-chaussée. Je traverse la chambre et tire le rideau pour jeter un coup d'œil par la fenêtre.

Qu'est-ce que ça veut dire ?

Toute cette agitation provient de la dizaine de véhicules qui se garent dans la cour. Des pick-ups, des berlines, et même une charrette tirée par des chevaux. Est-ce que toute la ville s'est donné rendez-vous chez nous ? Je sais que je ne suis pas au fait de toutes les traditions, mais je pensais que nous serions en petit comité. Apparemment, ce ne sera pas le cas.

Plusieurs types vêtus de l'habit traditionnel forment un cercle, dans l'ombre juste sous ma fenêtre. Moi qui étais déçue de ne pas voir de kilts en arrivant, j'en ai pour mon argent. Les hommes semblent avoir une discussion plutôt animée, toutefois il m'est impossible de distinguer ce qu'ils disent. Soudain, le plus grand d'entre eux recule d'un pas si bien que son dos se retrouve baigné par la lueur de la lune. Je scrute avidement sa silhouette massive. Il a de larges épaules et des cheveux clairs qui lui arrivent sous la nuque. Alors qu'il se tourne et lance un regard dans ma direction, mon cœur bondit dans ma poitrine et, de peur d'être surprise, je lâche précipitamment le rideau. Bien sûr, il continue à osciller, trahissant ma présence. La panique me noue le ventre. Ma réaction est franchement disproportionnée : je veux dire, j'ai le droit de contempler les étoiles depuis ma propre chambre, non ? Pourquoi réagir telle une voleuse prise en faute ?

Je sors retrouver mon père dans le salon, alors que la veillée débute.

Devant le portrait de mon grand-père, Murray Keir Wallace, est disposé un plat contenant du sel et de la terre soigneusement séparés. Mon père se penche vers moi et m'explique ce rituel.

– Le sel est le symbole de l'âme incorruptible et immortelle, tandis que la terre est l'emblème du corps qui tombe en poussière. Les deux sont liés, et signifient que nous acceptons la mort comme une part de la vie.

J'écoute ensuite en silence les prières en gaélique. Certains airs me sont familiers. Je suppose que ce sont des restes de mon enfance, mais ça remonte à si loin que je serais incapable d'en chanter ne serait-ce qu'un mot.

J'ai vécu dans la banlieue de Londres avec ma mère depuis mes sept ans, coupée de tout lien avec l'Écosse. Sans mon père qui venait me voir dès qu'il le pouvait, je n'aurais pas connaissance de mes racines, en dehors de mon nom de famille.

Malgré ma concentration, je ne parviens pas à me débarrasser de l'étrange sensation d'être observée. Un sentiment qui ne me quitte pas durant toute la veillée.

CHAPITRE 4

ERYNN

Le temps est maussade en ce matin d'avril, comme pour nous rappeler qu'aujourd'hui est un jour de deuil. Accrochée au bras de mon père durant toute la procession jusqu'à l'église, je tente de le réconforter comme je peux. La veillée a déjà été compliquée en termes d'émotions, mais je sens que cette journée sera plus difficile encore.

En regardant autour de moi, je me rends compte que la tristesse est palpable. Parmi la foule, je repère plusieurs hommes en kilt, mais aucun d'entre eux ne ressemble à celui qui m'a surprise à la fenêtre de ma chambre. D'après ce que j'ai compris, ce sont des membres de clans voisins venus honorer la mémoire de mon grand-père.

Une fois assise au premier rang de l'église, je regarde le cercueil dans lequel repose mon grand-père. On pourrait croire qu'il est simplement endormi tant il semble paisible.

– Il est mort.

Je me tourne vers mon père et passe la main dans son dos.

– Il est mort, répète-t-il, les yeux brillants.

Je ne l'ai jamais vu comme ça, sur le point de craquer.

– C'est mon père, Erynn. C'est mon père et je ne le reverrai plus.

– Je sais, papa, réponds-je, la gorge nouée.

Je prends sa main dans la mienne tandis que je pleure en silence, les larmes brouillant ma vue tout le long de la cérémonie.

À la fin de l'office, de nombreuses personnes se pressent dans l'allée afin de se recueillir devant celui que tout le monde considère comme une des plus importantes figures de la ville. Mon grand-père était respecté par la communauté, et je ne peux m'empêcher de ressentir une légère pointe de jalousie. Moi aussi, j'aurais aimé mieux le connaître avant sa maladie, découvrir l'homme qu'il était.

Les derniers adieux et la mise en terre se sont déroulés comme dans un rêve. Mon père est resté digne et fort durant toute la cérémonie. Malgré son émotion, il n'a pas craqué et a tenu à aider à porter le cercueil.

Nous sommes de retour à la maison, le salon est plein à craquer, me donnant l'impression que tout Galston est ici. La cuisine aussi est bondée, et même si plusieurs femmes de la paroisse semblent avoir pris les choses en main, je veux me rendre utile. Je m'adresse à celle qui a l'air de diriger les opérations. Je suppose que son âge avancé lui confère le rôle de chef.

– Excusez-moi, je peux vous aider à faire quelque chose ? J'aimerais participer…

Son regard plein de mépris me parcourt des pieds à la tête. C'est quoi, son problème ? Tant pis pour elle si ma tête ne lui revient pas, car j'habite ici.

La vieille dame me fusille du regard avant de secouer la tête et de m'envoyer balader d'un geste de la main.

Je rêve ou elle me prie de déguerpir ?

Je n'ai pas pour habitude de me laisser faire. Certainement parce que je suis une Wallace, et que je suis chez moi. Hors de question que je n'apporte pas ma contribution à cet hommage.

– D'accord, mais c'était *mon* grand-père et je veux aider quand même ! rétorqué-je en la contournant, le menton bien haut.

Je m'approche d'une jeune femme au visage parsemé de taches de rousseur, qui me paraît plus avenante que la cheftaine aigrie. Elle dispose des scones dans un plat de service. Je l'imite sans lui demander son avis.

– Personne ne tient tête à Morag Cameron, chuchote-t-elle.

Je tourne la tête vers ma voisine, surprise qu'elle m'adresse la parole.

– Morag ?

Mais qui s'appelle comme ça ? Je comprends mieux pourquoi elle fait la tête. Avec un prénom pareil, moi aussi je serais exécrable.

– Du clan Cameron.

– Je ne connais pas, réponds-je aussi sec.

Ma voisine jette un coup d'œil par-dessus son épaule, puis se penche vers moi.

– C'est l'une des familles les plus puissantes de la région. Ils possèdent la fonderie, l'aciérie et également la plus grande distillerie.

Je note qu'elle en parle avec un ton admiratif.

– Dommage qu'ils ne possèdent pas de bonnes manières, déclaré-je en haussant une épaule.

Un gloussement échappe à ma voisine.

– Au fait, enchantée. Je suis Kennocha, dit-elle en tendant la main.

Je la serre.

– Et moi, Erynn.

– Je sais qui tu es. Tout le monde ne parle que de ça.

– De ça, quoi ?

– Le retour de la fille d'Arabella.

Je me raidis à la mention du prénom de ma mère. J'ai soudain envie de faire comme elle, de prendre mes jambes à mon cou pour retourner à ma petite vie londonienne.

Kennocha remarque mon trouble.

– Oh, je suis désolée, s'empresse-t-elle d'ajouter. Je ne voulais pas sous-entendre quoi que ce soit. C'est juste que son départ a marqué les gens du coin.

Je ne vois pas en quoi un couple qui se sépare intéresse autant, au point de carrément s'inscrire dans la mémoire collective.

– Pas de souci. Je crois qu'on a assez de scones.

– Tu veux bien les emporter sur la table ? propose ma nouvelle amie.

J'acquiesce d'un signe de tête, soulève le plat des deux mains et me rends dans la grande salle en ignorant les murmures sur mon passage.

Je dispose les fameux scones et m'apprête à retourner dans la cuisine quand une femme me retient par le bras. Elle se présente brièvement et ajoute :

– Tu es le portrait craché de ta mère.

Je ne compte plus le nombre de fois où j'ai entendu cette phrase depuis mon arrivée. Je me contente de sourire poliment. Je n'ai pas retenu son nom, à quoi bon ? Je ne reverrai plus jamais ces gens. Dès que tout ceci sera terminé, j'ai bien l'intention de convaincre mon père de quitter cet endroit pour de bon et de me suivre à Londres.

– Merci, réponds-je sans savoir si elle m'adresse un compliment ou une remarque acerbe.

– J'ai bien connu Arabella, autrefois, ajoute-t-elle.

« Autrefois » sous-entend « avant qu'elle ne quitte son mari en emmenant sa fille ».

– Veuillez m'excuser, je vais aller voir comment se porte mon père, lui dis-je en le cherchant des yeux.

Je me tords le cou et finis par le repérer, assis sur le sofa, fixant tristement le sol. Je le rejoins et m'installe près de lui. Le plus émouvant a été pour moi de le voir craquer en quittant le cimetière.

– Papa, est-ce que ça va ?

Il lève vers moi un visage aux traits tirés.

– Tout va bien, luciole.

– Tu as faim ? Je peux aller te chercher quelque chose à manger si tu veux.

Il secoue la tête et m'adresse un sourire qui n'atteint pas ses yeux, comme si, au-delà de sa peine, il semblait… préoccupé.

Je passe ma main dans son dos afin de le réconforter, et l'écoute me raconter des anecdotes sur son enfance avec son père. C'est touchant de voir avec quelle admiration il parle de lui. Je me demande si ma fierté est aussi visible quand je parle du mien.

Puis il me tire par la main afin que je rencontre nos invités. L'un d'eux, qui doit avoir environ le même âge que lui, vêtu d'un tartan rouge avec des lignes entrecroisées vert forêt, se présente à moi.

– Enchanté, je suis Angus Cameron, un vieil ami de la famille.

Cameron ? Ce nom me rappelle aussitôt la bonne femme qui porte le nom d'un raclement de gorge. Ça a le don d'éveiller ma curiosité.

– Ravie de vous rencontrer, je suis Erynn. Excusez-moi, mais vous êtes parent avec Mollard Cameron ?

– Vous voulez dire Morag ? répond-il avec un fort accent écossais.

– C'est ça, Morag, répété-je.

Malgré ses traits durs, il ne semble pas s'offusquer de ma méprise et m'adresse un bref hochement de tête.

– C'est ma mère.

– Ah.

C'est tout ce que je trouve à dire.

Mon père m'explique brièvement qu'Angus est lochiel du clan Cameron. J'ignore ce que veut dire le terme « lochiel », et je me demande si ça a un quelconque rapport avec le Loch Ness. Dans la mesure où cet homme n'a rien d'une créature marine et a été élevé par une peau de vache, je garde ma question pour moi. Mais ce dernier darde son regard sur moi et finit par se pencher dans ma direction.

– Cela signifie que je suis le *chef* du clan Cameron.

– Oh, d'accord.

Dans ce cas, pourquoi ne pas dire simplement « chef » ? Les clans et leurs us et coutumes sont un univers qui s'avère complètement abstrait pour moi. Ma seule référence en la matière reste Jamie Fraser, le héros d'une de mes séries préférées. Comment oublier sa façon sacrément séduisante de porter le kilt ?

À mesure que le jour décline, les gens se dispersent et la maison se vide progressivement.

Je choisis ce moment pour m'éclipser. J'enfile mon manteau et, mon portable dans la main, je sors dans la cour afin de savourer un bol d'air frais. Une fine pluie arrose mon visage tandis que je laisse mes pas me porter autour de la propriété.

J'allume mon téléphone et piétine la terre humide à la recherche du meilleur endroit pour obtenir une barre de réseau. Quand celle-ci apparaît, je reçois immédiatement le message d'un numéro inconnu.

Merci pour le lapin, Wallace.
Moi qui avais hâte de recevoir ton sexto…

Je devine immédiatement qui est l'expéditeur et me demande comment il s'est procuré mon numéro de téléphone. Je suppose qu'il l'aura récupéré sur mon *curriculum vitae*. À l'heure qu'il est, il doit me prendre pour une belle garce. Ce Grant a l'air de quelqu'un qui n'a pas l'habitude de se faire recaler. J'efface son message sans lui répondre. À quoi bon ? De toute façon, je suis certaine qu'il est déjà passé à autre chose.

Je décide de profiter de ma maigre connexion pour échanger quelques messages avec Jill afin de la tenir au courant que tout va bien malgré les circonstances. J'ai à peine le temps de lui narrer les derniers événements quand j'entends qu'on m'appelle. Je me retourne et reconnais Kennocha, qui fait de grands gestes dans ma direction.

– Oui ?

– Ton père m'a envoyée te dire qu'il t'attend dans son bureau.

– Qu'est-ce qui se passe ? Est-ce qu'il va bien ? m'inquiété-je subitement.

– Oui oui, pas de panique. Je pense que c'est pour l'ouverture du testament. Le notaire est là, lui aussi.

– Vraiment ? Pourquoi si tôt ?

– Ça, je l'ignore, Erynn.

Je trouve le procédé curieusement déplacé : il ne s'est pas écoulé plus de quelques heures depuis que nous avons mis en terre mon pauvre grand-père. Et il est déjà temps de parler héritage ?

Un peu de patience… et de décence serait trop demander ?

Une fois à l'intérieur, j'abandonne la messagère et pars retrouver mon père.

Dans son bureau, je me retrouve face à plusieurs hommes, dont Angus Cameron. J'ai d'abord le réflexe de m'excuser, pensant les avoir interrompus au milieu de quelque chose d'important, avant que mon regard rencontre celui de mon père. Ses prunelles sont éteintes, dépourvues de leur chaleur habituelle.

Mon cher papa…

Son chagrin palpable fendille mon cœur morceau par morceau. Mon roc, mon héros, j'ai si mal de le voir ainsi.

– Papa ?

CHAPITRE 5

ERYNN

Mon père demeure stoïque, comme s'il ne restait de lui qu'une coquille vide, et son visage d'ordinaire si doux est muré en une expression fermée. Un sentiment étrange s'insinue en moi, me donnant instantanément la chair de poule.

– Papa ? répété-je en avalant ma salive.

Son absence de réaction ne me dit rien qui vaille.

– Papa, est-ce que ça va ?

J'attends fébrilement qu'il me fasse un signe, mais rien ne vient. Pire encore, ses yeux se voilent d'une infinie tristesse. Je m'approche de lui et me penche vers l'homme le plus courageux que je connaisse pour l'entourer de mes bras et espérer lui apporter un peu de réconfort.

Ce fut une journée éprouvante pour lui.

Une colère sourde m'envahit, car je ne comprends toujours pas ce que font tous ces gens dans l'antre de mon père. Organiser une pareille réunion me paraît plus que déplacé. Quel en est le but ? Et pourquoi si vite ? Cela n'aurait-il pas pu attendre quelques jours de plus ?

– Tu sais papa, je peux leur demander de partir, chuchoté-je, ma joue collée contre la sienne, incapable de contenir mon animosité.

Toujours en silence, il me serre plus fort contre lui tout en secouant la tête. C'en est assez. Mon adorable père est bien trop gentil pour prendre une décision, alors je vais la prendre à sa place et prier nos invités de débarrasser le plancher.

Une voix grave dotée d'un accent à couper au couteau me prend au dépourvu.

– Vous devriez vous asseoir, Erynn. Après tout, vous êtes concernée également, déclare Angus Cameron.

Surprise qu'il se rappelle mon prénom, je me retourne et le fixe sans ciller.

– Vous avez raison, commencé-je en l'affrontant du regard. En tant que membre de cette famille, je le suis. Néanmoins, ça ne me dit pas en quoi ce testament *vous* regarde ?

À la seconde où je termine ma petite tirade, monsieur Cameron grimace, à l'instar de ses compagnons.

Je sais ce qu'il pense, ce qu'ils pensent tous : quelle petite impolie ! Dommage pour eux, leur avis sur ma personne m'intéresse autant que le cours de la Bourse en Papouasie. J'arque un sourcil, mon poing calé sur ma hanche, et attends qu'ils bougent leurs popotins à motifs pour retourner d'où ils sont venus.

Une main familière saisit la mienne. Je lance un regard par-dessus mon épaule et croise les yeux de mon père.

– Angus dit vrai, ma luciole. Tu devrais t'asseoir près de moi, m'invite-t-il en tapotant la place à ses côtés.

Quoi ? Hors de question !

– S'il te plaît, ajoute-t-il, la mine défaite.

Quelque chose m'échappe, mais j'obéis. Installée sur le sofa, je me retrouve soumise à l'examen de plusieurs paires d'yeux braquées sur moi. En plus du notaire, ils sont quatre, dont Angus Cameron. Je lève mentalement mon majeur à leur attention.

Un drôle de pressentiment m'envahit, un de ceux qui laissent un goût désagréable dans la bouche.

Je me concentre sur le notaire en costume. Il est assis derrière le vieux bureau en merisier de mon père, les mains sur la table devant lui, et nous observe tour à tour avant de toussoter dans son poing.

– Bien, maintenant que l'ensemble des personnes concernées sont présentes, nous pouvons reprendre.

J'écoute d'une oreille distraite les circonstances dans lesquelles ledit testament lui est parvenu.

À mesure qu'il avance dans sa lecture, je ravale mon amertume et tente de me concentrer. En vain, car mon esprit s'égare malencontreusement du côté des hommes en kilt. Ils portent tous les mêmes couleurs : rouge sang barré de lignes vertes, exactement comme celles du tartan d'Angus. Si j'ai bien saisi le concept, j'en conclus donc que mon père et moi, pour je ne sais quelles raisons nébuleuses, sommes entourés de Cameron.

Je ne suis pas au fait de toutes les lois, et mes cours de droit remontent à ma première année de fac, toutefois, s'il y a un détail dont je suis à peu près certaine, c'est qu'une lecture de testament est supposée se faire avec les héritiers uniquement.

– … et donc, le montant de la reconnaissance s'élève à quatre cent quarante-quatre mille huit cent quatre-vingt-quinze livres sterling.

À moins que nous n'ayons avec eux un lien de sang dont j'ignorerais l'existence… *Attendez, quoi ?*

Le chiffre mirobolant annoncé par le notaire retient toute mon attention. Mon cerveau s'affole aussitôt et s'imagine déjà tout ce que nous pourrions faire avec la moitié de cette somme. Ma raison, plus mesurée, préfère s'assurer qu'il n'y a pas erreur sur la marchandise.

– Je vous demande pardon ? articulé-je, stupéfaite. Une reconnaissance ? Une reconnaissance de quoi ?

– Une reconnaissance de dette, rétorque l'homme au costard en lissant sa cravate.

Je m'étrangle au mot « dette ». Mon esprit déclare un black-out total.

– Une dette, ricané-je nerveusement. Comment ça, une dette ? Vous plaisantez ?

Mais personne ne rit. Pas même un minuscule frémissement de la lèvre.

– Une reconnaissance certifiée conforme et signée par les deux parties atteste de la légalité de cet emprunt qu'il incombe désormais aux légataires de rembourser.

Les légataires ? Je balaie la pièce d'un coup d'œil circulaire et me rends compte que c'est de nous qu'il s'agit. *Qu'est-ce que ça signifie ?*

– Ce type a perdu la tête ou quoi ? chuchoté-je en direction de mon père.

Hésitante, je tourne lentement la tête vers lui, cherchant une explication dans ses yeux bleus.

Son regard habité par l'horreur me provoque un frisson de panique.

Oh, non...

Non, non, non.

Une violente bourrasque s'écrase contre l'une des vitres et me fait sursauter.

– Papa, je ne comprends pas. Tu étais au courant ?

– Ma fille… commence-t-il, avant de secouer la tête.

Suspendue à ses lèvres, je m'accroche également à son bras afin qu'il me parle, me rassure, me confirme que ce n'est pas ce que je crois, que tout cela n'est qu'un horrible malentendu.

– Le défunt, notre regretté Murray Keir Wallace, ci-dénommé le contractant, a opéré cet emprunt auprès de Dougal Cameron bien avant l'altération de ses facultés mentales, ajoute le notaire. Par conséquent, il incombe à ses ayants droit de s'acquitter de cette dette auprès des héritiers du prêteur, à savoir son fils, monsieur Angus Cameron ici présent, pour un montant de quatre cent quarante-quatre mille huit cent quatre-vingt-quinze livres sterling.

Oh bordel !

Soudain tout s'éclaire, je comprends mieux la raison de leur présence ici.

– En résumé, votre famille doit de l'argent à la mienne, beaucoup d'argent, renchérit Angus Cameron comme si ce n'était pas suffisamment clair.

Le hic : je ne possède pas une telle somme, et aux dernières nouvelles, mon père non plus.

Je suis agacée par sa façon de nous rappeler notre mauvaise posture, un peu comme s'il se réjouissait d'enfoncer le clou.

– Et si nous refusons de payer, il se passera quoi ?

Le notaire réajuste ses lunettes, cherche ensuite je ne sais quoi dans le tas de documents qui se trouvent face à lui, puis lève une des feuilles à hauteur de son visage.

– Alors, il semblerait que le cottage dans lequel nous nous trouvons ainsi que le domaine dans sa totalité seraient saisis afin de permettre de couvrir une partie de la créance, mais pas la totalité.

À ces mots, mon père prend son crâne entre ses mains.

Doux Jésus, il risque de tout perdre, tout ce qu'il possède, tout ce à quoi il a consacré sa vie, l'héritage des Wallace qui est dans notre famille depuis… Eh bien, depuis toujours. Je le connais, il ne s'en remettra pas.

Le notaire poursuit sur sa lancée et nous détaille à quoi a servi la fortune empruntée par ma famille, à savoir principalement de mauvais investissements et, dans une moindre mesure, des travaux sur le domaine. Cet argent est tout simplement parti en fumée.

Chaque phrase est une pique qui vient se planter dans le cœur de mon pauvre papa.

Pourquoi, grand-père ? Pourquoi ?

– Tous les papiers sont à votre disposition, conclut le notaire, sans se douter une seule seconde qu'il vient de ruiner une vie de travail acharné.

Ewen Wallace a consacré son existence à prendre soin de son père et de ce qu'il restait de l'exploitation céréalière familiale au détriment de son propre bonheur, allant jusqu'à sacrifier son mariage.

Je suis certaine que son engagement profond envers cet endroit a fini par agacer ma mère qui n'a trouvé d'autre solution que m'embarquer avec elle et tout quitter sans se retourner. Enfin, je suppose, étant donné qu'ils n'ont jamais souhaité aborder le sujet.

Je ne juge pas mes parents, c'est leur décision et elle leur appartient, en revanche, je trouve incroyable de la part de mon aïeul d'emprunter autant d'argent sans en tenir informé son propre fils.

– Angus, murmure mon père, complètement défait, tu sais que je n'ai pas cette somme en ma possession.

– Je sais, Ewen. Et j'en suis le premier désolé, mon ami.

– Votre ami ? raillé-je. Parce que vous connaissez quelque chose à la notion d'amitié, vous ?

– Absolument, se défend l'homme en kilt, piqué au vif.

– Étonnant, ce n'est pas ce que j'aurais dit, puisqu'au nom d'une décision dont il n'est pas responsable, vous allez dépouiller mon père. Ça n'a même pas l'air de vous déranger plus que ça.

Je l'affronte du regard, mais il ne se détourne pas. Notre échange dure quelques secondes avant que je déclare d'un ton sec :

– Vous pouvez nous laisser, je vous prie ? Mon père et moi avons besoin d'être seuls.

J'évalue mentalement ma capacité à emprunter, alors que mon prêt étudiant n'est pas remboursé en totalité. Aucune banque n'acceptera de prendre ce risque. Mais peut-être que je me méprends et que nous avons un peu d'argent de côté ?

– Laissez-nous ! craché-je, agacée par le fait que personne ne se décide à bouger. Vous m'entendez ?

Angus est le premier – et le seul – à se lever. Cependant, au lieu de quitter la pièce, il se racle la gorge et s'arrête devant nous.

– J'ai peut-être une alternative à vous proposer.

Il a les sourcils froncés comme s'il cherchait à résoudre une équation à plusieurs inconnues, ce qui éveille immédiatement ma curiosité.

– Nous vous écoutons.

– La loi clanique stipule qu'une dette entre deux familles pourra être effacée par…

– Par quoi ? le coupé-je.

– Une union.

Je tressaille, avant de bondir de ma place, furibonde.

– Vous êtes un grand malade ! Jamais je n'accepterai de vous épouser !

Mon père se place devant moi pour me protéger de cet homme.

– Que dis-tu, Angus ? Tu as perdu la tête ?

– Ewen, je ne parle pas de moi, voyons, tu me connais mieux que ça ! répond monsieur Cinglé. Je parle de mon fils, d'une union entre nos enfants.

– Autrement dit, un mariage arrangé ? Quelle horreur ! m'indigné-je.

La fureur fait bouillonner le sang qui fuse dans mes veines. La rébellion est incrustée dans mon ADN, c'est un héritage qui me vient de mes ancêtres. Jamais un Wallace ne cède face à l'oppression et n'accepte qu'on le prive de sa…

– Libertéééé ! clamé-je, en brandissant mon poing en l'air.

Bien sûr, tous les regards convergent dans ma direction comme si j'étais devenue hystérique.

Oups… Je crois que la devise de ma famille m'est montée à la tête.

CHAPITRE 6

ERYNN

De l'air, il me faut de l'air. Et quelque chose sur quoi passer mes nerfs. Ça fait une heure au moins, et pourtant je ne décolère toujours pas ! Résultat, je fais les cent pas au milieu de ma chambre histoire de me calmer. *Spoiler alert* : ça ne fonctionne pas.

Je n'arrive pas à penser à autre chose qu'à la proposition du démon en kilt. Me marier avec son fils en échange de nos terres, c'est quel genre d'arrangement ? C'est inacceptable ! Ce serait comme me demander de choisir entre la peste et le choléra… D'ailleurs, mon père est d'accord avec moi, tellement d'accord qu'il a aussitôt décidé de mettre tout le monde à la porte. Ce Cameron a eu de la chance que je ne lui colle pas un bon coup de pied aux fesses ! C'est trop tordu : qu'a-t-il à gagner à ce mariage arrangé ? Son fils doit forcément être trop crétin ou trop laid pour se trouver une épouse par lui-même, c'est certain !

– Bon sang !

J'ai beau me triturer les méninges, aucune solution de secours ne me vient en tête.

Réfléchis Erynn, réfléchis.

Je n'ai pas de garanties, pas d'emploi et un prêt étudiant qui engloutit une bonne partie de mes économies. Ce qui est clair, c'est qu'il n'y a pas une banque dans tout le pays qui acceptera de m'accorder un crédit. Il doit bien y avoir un autre moyen de nous en sortir, non ? Je passe mentalement en revue tous les gens que je connais.

Jill, c'est râpé. Elle est aussi fauchée que les blés. Je pourrais contacter Grant ? Peut-être qu'il accepterait de m'arranger un second entretien avec son père ?

De mon côté, je ne possède pas de biens précieux ni d'objets de valeur, mais avec un bon tri dans le minuscule appartement que j'occupe, je peux me séparer de quelques effets pour les mettre en vente. En arrondissant un peu, je pense pouvoir réunir…

– Mais qu'est-ce que je raconte ?

Je m'arrête devant la fenêtre et pose mon front contre la vitre gelée. Mon souffle forme un nuage de buée à sa surface, avant de s'évaporer au ralenti. Je contemple le paysage fascinant qui s'étend à l'infini devant moi, avec ses prairies verdoyantes qui semblent rejoindre le ciel. Ce paysage qui m'a vue naître. Je ramène les pans de mon gilet sur ma poitrine, puis finis par me détourner du soleil qui décline à l'horizon, rattrapée par la cruelle réalité. Autant se rendre à l'évidence : même avec toute la volonté du monde, il me faudrait plusieurs vies pour parvenir à rassembler la somme nécessaire. Et encore…

Mon père peut dire adieu à notre cottage et à l'héritage de nos ancêtres.

Je me retiens de fondre en larmes et me laisse tomber en travers de mon lit, en pressant fort mes paupières avec mes mains. Peut-être arriverai-je à me réveiller de ce maudit cauchemar pour me rendre compte que rien de tout ça n'est vrai ? Si les miracles existent, c'est le moment de me le prouver !

– Ma luciole ?

Un mouvement près de mon épaule me réveille brusquement.

– Qu'est-ce que… ? m'écrié-je en me redressant subitement pour balayer l'obscurité des yeux, submergée par une peur irrépressible.

– C'est moi, Erynn. Pardon si je t'ai effrayée.

Je reconnais la voix de mon père et me radoucis aussitôt. Un soupir de soulagement m'échappe.

– Ce n'est pas ta faute, j'ai dû m'endormir sans m'en rendre compte.

Sa main glisse délicatement une de mes mèches rebelles derrière mon oreille.

– Tu as bien fait, ça a été une journée éprouvante, tu dois être exténuée.

Maintenant que mon regard est totalement adapté à la pénombre, je devine les contours de sa silhouette qui se dessinent à la lueur de la lune.

– Toi aussi, me contenté-je de répondre.

Je n'y tiens plus et ajoute tout de go :

– Ils sont partis ?

Son hochement de tête me confirme que oui.

– Tous ?

Il comprend immédiatement à qui je fais référence.

– Oui, Angus et les autres aussi.

– Enfin ! ajouté-je sans cacher mon agacement. J'ai cru qu'ils n'allaient jamais nous laisser respirer !

– Je ne comprends toujours pas ce qui lui est passé par le crâne, grogne mon père, ses doigts caressant sa barbe poivre et sel.

– Pas besoin de chercher une explication, il est cinglé, comme la majorité des ploucs qui habitent ce trou perdu, affirmé-je en soupirant, avant de me raviser. Je veux dire, tous sauf toi, papa !

– Je sais ce que tu penses, Erynn, toutefois je peux t'assurer que les gens d'ici sont des gens bien, en dehors de ce scélérat d'Angus, bien entendu.

Puisque son nom revient sur le tapis, j'en profite et demande :

– À propos de ça, qu'allons-nous faire ?

Un sourire triste ourle ses lèvres.

– Pourquoi ne pas commencer par descendre dîner ?

– Papa, tu sais de quoi je veux parler.

– Je sais, ma luciole. Je crois qu'il n'y a rien à faire. J'ai parlé au notaire avant qu'il parte, les papiers sont en règle et même si l'on porte l'affaire au tribunal, ça ne servirait à rien. D'après lui, ça serait une perte de temps et d'argent. Argent que je n'ai pas, j'arrive juste à boucler les fins de mois et à faire tourner cet endroit. J'ai beau maudire Angus, je ne peux pas lui en vouloir pour ce que nos pères ont conclu dans notre dos.

J'attrape sa main dans la mienne.

– Je suis désolée…

– Ne le sois pas, tu n'y es pour rien. C'est plutôt moi qui devrais m'excuser. Si j'avais su, jamais je ne t'aurais demandé de venir jusqu'ici.

– Ne dis pas ça, nous sommes une famille. Et dans une famille, on se serre les coudes ! Nous ne sommes peut-être pas aussi riches que les Cameron, mais nous avons quelque chose de précieux : de la détermination et de la résistance. D'ailleurs, j'ai une idée !

– Je t'écoute.

– Puisque, selon toi, les ploucs… pardon, les habitants de ce patelin sont formidables, nous pourrions les mettre à contribution et organiser une grande collecte, pourquoi pas dès demain ?

– Tu veux dire, demander la charité ?

– Je parlerais plutôt de « solidarité ». Là où je vis, il nous arrive de…

– C'est non ! me coupe-t-il d'un ton sans appel.

– Mais, papa…

Il secoue frénétiquement la tête.

– Jamais je n'accepterai de me rabaisser à ça. Maintenant, si tu es d'accord, nous pourrions aller manger avant que ce soit froid ?

Résignée, je consens à glisser hors de mon lit.

– D'accord. Laisse-moi une minute pour me rafraîchir.

– Bien sûr. Je descends, tu n'auras qu'à me rejoindre quand tu seras prête.

Je le remercie d'un sourire et le regarde disparaître dans le couloir sombre.

Après un rapide passage par la salle de bains, je dévale l'escalier aux pierres irrégulières. Je me souviens encore de son histoire. Il paraît qu'il a été construit par mon arrière-grand-père pour remplacer celui d'époque qui tombait en ruine.

Une fois en bas des marches, j'emprunte le chemin en direction de la cuisine, m'orientant grâce au cliquetis de la vaisselle heurtée par les couverts.

Je pénètre dans la pièce, attirée par le fumet délicieux qui s'échappe de l'antique marmite en cuivre.

– Ça sent bon ! Qu'est-ce que c'est ? demandé-je en rejoignant mon père devant le vieux fourneau.

– Une soupe de poulet, j'espère que tu as faim.

J'opine sans le quitter des yeux, tandis qu'il nous sert deux assiettes.

– Bien, mets-toi à table et goûte-moi ça ! Tu m'en diras des nouvelles ! déclare-t-il, pas peu fier de lui.

Je ne sais pas comment il fait. Il est à un cheveu de dire adieu à son environnement, à tout ce qu'il possède, pourtant il trouve encore le moyen de cuisiner dans la bonne humeur.

Mon père est la personne la plus épatante que je connaisse.

– Erynn ?

– Oui, pardon. Je suis désolée, je pensais à autre chose.

– Ne réfléchis pas trop, ma luciole.

Je ne peux pas m'en empêcher.

– Ce qui doit arriver arrivera, c'est ainsi. On ne pourra rien changer au destin, ajoute-t-il avant de déposer nos plats sur la table et de s'asseoir.

Je l'imite, m'installe et me jette sur mon assiette comme si je n'avais pas mangé depuis des mois.

Mon père laisse échapper un bref rire qu'il efface presque aussitôt de son visage aux traits fatigués.

Avant, il souriait toujours. Au point que le bonheur a creusé de minuscules sillons au coin de ses yeux. Mais depuis que je suis là, la différence est notable : plus de sourires, plus d'éclats de rire… Un peu comme s'il s'interdisait de se laisser aller.

– Erynn, est-ce que ça va ?

Sa question me sort de ma torpeur.

– Bien sûr, affirmé-je, j'étais en train de songer à combien tu es doué en cuisine. Tu n'as jamais pensé à ouvrir un restaurant où tu partagerais les spécialités de notre famille ?

– Grand Dieu, non. J'ai déjà bien assez de travail avec notre exploitation. Tu imagines, me rajouter une guinguette à gérer ? Ton père est vieux, mais pas encore fou, plaisante-t-il.

– Oui, c'est juste. Cependant, ça peut être une alternative à creuser, pour l'après je veux dire…

Face à sa mine qui se décompose, je prends conscience de ma bourde et m'en veux aussitôt.

Quelle gourde !

– Je suis désolée, papa. Ce n'est pas ce que je voulais dire… J'ai parlé sans réfléchir.

– Ne le sois pas, tu n'as rien dit qui ne soit vrai. À présent, mange avant que ta soupe ne refroidisse.

Le reste du repas se déroule dans un silence agréable.

Mon père a beau se cacher derrière sa fierté, je sais que dans le fond, ça ne va pas aussi bien qu'il le prétend, et qu'il se contente de masquer ses émotions dans le but de me préserver. Je tente de faire taire la voix qui me rappelle que si je le voulais, je pourrais l'aider à se sortir de cette situation.

Le pire dans tout ça, c'est que si les rôles étaient inversés, il n'hésiterait pas une seule seconde à se sacrifier, parce qu'il est comme ça. Ewen Wallace a toujours fait passer le bonheur des autres avant le sien.

Serais-je prête à en faire autant pour lui ?

Je porte peut-être son nom, mais je ne suis pas aussi noble et généreuse que lui…

CHAPITRE 7

ERYNN

Cela fait trois foutus jours que je ne dors pas. Je m'explique : chaque fois que je ferme les yeux, je suis assaillie de cauchemars qui me réveillent brusquement, en nage et le souffle court.

J'y vois mon père sombrer dans une profonde dépression après avoir perdu tout ce qu'il possède, refuser de se battre pour s'en sortir, puis rendre les armes et enfin, mettre fin à ses jours.

Ce matin, les images étaient si terrifiantes de réalisme que je me suis réveillée en sanglotant. Je me frotte les yeux en espérant chasser les résidus de mon cauchemar, mais l'image de son corps inerte, vacillant au bout d'une corde, est encore incrustée sous mes paupières.

Seigneur…

Je soulève l'épaisse couverture et glisse hors de mon lit, les jambes vacillantes. Une douche. Il me faut une douche.

Quand je sors de la salle de bains, ma peau est brûlante, pourtant mes os demeurent glacés. Je m'habille à la hâte, attache mes cheveux en un chignon informe, agacée par leur épaisseur et par le mauvais pressentiment dont je ne parviens pas à me débarrasser.

Grandis, Erynn ! me sermonné-je avant de rejoindre mon père dans la salle à manger. En parfaite santé. À croire que j'avais seulement besoin de le serrer dans mes bras pour chasser mon malaise.

– Ça va, ma luciole ? demande-t-il en me rendant mon étreinte.

Je me contente d'acquiescer contre sa chemise en laine, sans rien dire, rassérénée par les battements de son cœur. C'est peut-être bête, mais le tambourinement régulier m'apaise instantanément.

Il est vivant et il va bien.

– Oui, et toi ?

– Toujours quand tu es là.

Je m'écarte et m'installe à la place vide à ses côtés.

– C'est quoi tout ça, papa ? demandé-je en parcourant des yeux la table garnie.

Il y a du porridge, des haricots blancs, des œufs brouillés, des toasts grillés et du jus d'orange.

– De quoi te donner des forces. Tu ne manges presque rien, et puis le petit déjeuner est le repas le plus important de la journée !

Impossible de lui avouer qu'entre mon prêt étudiant et mes factures, sauter des repas est devenu une habitude chez moi.

– D'accord, mais c'est beaucoup trop ! Tu n'aurais pas dû.

Même si je n'ai pas très faim, je me sers un peu de tout et fais passer chaque bouchée avec un trait de jus d'orange.

– Papa, je peux te demander quelque chose ?

Au moment où je m'apprête à lui demander comment il va, et comment il gère la situation, quelqu'un sonne à la porte.

– Termine de manger, je m'en occupe.

Je le suis des yeux tandis qu'il se lève. J'aurais aimé parler un peu avec lui, mais je n'en ai pas eu l'occasion jusqu'ici. Il a été très occupé entre les funérailles, les formalités administratives et son travail sur l'exploitation.

Le voilà qui revient, suivi par Kennocha.

– Regarde qui vient te rendre visite.

Elle se tient dans l'embrasure de la porte et me salue d'un signe de la main.

– Bonjour Erynn, comment vas-tu ? Je voulais te proposer de te faire découvrir les environs, si tu es libre. Nous pourrions aller à la réserve naturelle de Kay Park, et faire une grande balade autour du loch, si tu es d'accord, bien sûr ?

– Je ne sais pas trop.

Si je suis réticente, c'est parce que je souhaite passer un peu de temps avec mon père avant de repartir à Londres.

– Tu devrais y aller, déclare mon père. Elle te fera peut-être changer d'avis sur, comment dis-tu déjà ? *Ploucville*, c'est bien ça ?

Je ris sous cape.

Pour ma défense, il se peut que dans un accès de colère, après le petit intermède de l'autre jour dans le bureau de mon père, je lui aie confié tout le bien que je pensais de Galston et de ses habitants.

– Défi accepté, déclare Kennocha qui ne semble pas froissée par le surnom que j'ai attribué à sa ville.

– Allez ma luciole ! Va t'amuser, le site de Kay Park est magnifique. Je suis certain que ça va te plaire ! renchérit-il.

Je finis par céder face à son insistance, me lève et l'embrasse sur le front en lui soufflant un « merci » du bout des lèvres.

– Merci pour quoi ?

Pour être un père aussi formidable et attentionné.

– Pour ce petit déjeuner de champion, réponds-je à la place.

– Amuse-toi bien, luciole ! m'offre-t-il en retour.

J'enfile mon caban, puis emboîte le pas à ma nouvelle amie. Après quelques mètres seulement, je me rends compte que j'ai oublié un détail.

– Oups… Attends-moi une seconde, je reviens tout de suite ! la préviens-je en faisant demi-tour.

Je suis beaucoup trop frileuse pour faire une virée en pleine nature hostile sans rien de chaud autour de mon cou. Je rentre à la maison, déniche mon écharpe dans l'entrée et m'apprête à rejoindre mon amie quand un son étouffé me parvient depuis la salle à manger.

Hein ? C'est quoi ça ?

Sans réfléchir, je laisse mes pas me porter le long du corridor. Arrivée au bout, je me fige et plaque ma main sur ma bouche, pétrifiée par le spectacle déchirant que je surprends.

Non, non, non, non...

Mon père est à genoux face au portrait de mon grand-père au-dessus de la cheminée, et psalmodie une série de « pardon » qui me broie le cœur.

Papa ? m'apprêté-je à l'appeler, avant de me raviser.

– J'ai fait tout ce que j'ai pu, et j'ai échoué, marmonne-t-il, ses épaules secouées par des spasmes.

Oh mon Dieu...

Mes yeux s'embuent malgré moi, et je dois lutter contre ma volonté qui me pousse à aller vers lui pour le prendre dans mes bras. Je sais que je risque de le mettre affreusement mal à l'aise, et c'est la dernière chose que je souhaite.

Il a beau prétendre le contraire, il ne va pas bien du tout, et ce qui me chagrine le plus, c'est qu'il a attendu d'être seul pour dévoiler sa peine.

J'essuie du revers de la main la larme qui s'échappe de mes cils et préserve son intimité en m'éclipsant sans signaler ma présence.

Une fois à l'extérieur, j'avale une grande bouffée d'air frais qui, au lieu de me soulager, se bloque dans ma poitrine.

Impossible de ne pas me remémorer les flashs douloureux qui m'ont hantée cette nuit et celles d'avant.

– Erynn ? Quelque chose ne va pas ? s'enquiert Kennocha qui me rejoint.

Je plante ma canine dans ma lèvre tremblante et me force à lui sourire.

– Tout va bien. Allons-y !

Kay Park est un parc immense à la végétation luxuriante, à quelques centaines de mètres à pied depuis le village. Nous arpentons les sentiers pavés jusqu'à l'étang. Durant notre marche et malgré la beauté des lieux, je ne parviens pas à me dérider tellement je suis tourmentée. Je fais semblant de m'intéresser aux explications de mon amie, mais pour être honnête, je n'ai pas retenu le moindre mot de ce qu'elle me raconte. Je me contente de la suivre telle une automate et de l'imiter quand elle se laisse tomber sur un carré d'herbe surplombant le lac.

Je ne ressens ni la fatigue, ni le froid, ni le vent qui balaye mes cheveux et farde mes joues, seulement une terrible inquiétude que je ne parviens pas à contenir. Je suis terrifiée, parce que j'ai le pressentiment qu'un malheur est sur le point d'arriver. J'ai la certitude que si je ne fais rien pour l'empêcher, je m'en voudrai pour le restant de mes jours.

– Et c'est ici qu'une licorne magique a été aperçue pour la première fois en 1432, annonce ma voisine.

Je tourne vivement la tête dans sa direction.

– Bien, bien. Je note que la licorne te fait réagir ! sourit-elle poliment.

– Euh, je ne suis pas sûre de comprendre.

– C'est simple, Erynn. Avant ça, j'ai évoqué des sorcières et des dragons, mais seule la licorne a retenu ton attention, m'explique-t-elle en jouant des sourcils, amusée.

– Je suis désolée, soufflé-je en pressant mon crâne entre mes mains. Je suis de piètre compagnie.

– Hé, ce n'est pas grave. Je te taquinais un peu, rien de plus. Je ne voulais surtout pas te contrarier. Je sens bien qu'il y a quelque chose qui ne va pas. Et pour ce que j'en sais, ce n'est jamais bon de garder ses soucis pour soi. Je ne te force pas, mais sache que si tu souhaites m'en parler, je suis là.

J'ôte mes mains de mes tempes et laisse échapper un long soupir qui provient du fond de mon âme.

Elle a raison. J'ai besoin de partager ce qui me tourmente, sinon je vais craquer. J'évite de mentionner ce que j'ai vu un peu plus tôt et qui ne concerne que mon père et moi, en revanche je me confie sur le reste.

– As-tu déjà fait des cauchemars qui te semblent tellement réels qu'ils t'empêchent de respirer ? Je vois des choses horribles que je ne contrôle pas, et c'est comme ça dès que je ferme les yeux. À tel point que j'ai l'impression de devenir folle.

Silence.

– Pour tout t'avouer, je ne rêve jamais.

– D'accord, autrement dit, j'ai perdu la tête.

– Mais, non. Tu n'as pas perdu la tête, Erynn ! C'est moi qui n'ai pas assez d'imagination pour rêver. Tu sais, ton histoire me rappelle une légende gaélique qu'on me racontait quand j'étais plus jeune et qui parle des rêves éveillés. Tu en as déjà entendu parler ?

– Non, jamais.

– À l'époque où la croyance en la magie était la norme, les gens pensaient que la communication entre nos différentes vies était possible. On parlait alors de *songes prophétiques*. En clair, c'est lorsque ton « toi » cherche à t'envoyer un message depuis une autre vie.

Quelle horreur !

– Enfin, c'est ce que racontaient les anciens, s'empresse-t-elle d'ajouter.

Son ton a beau se vouloir rassurant, Kennocha vient de formuler toutes mes craintes les plus profondes.

– Détends-toi, ce ne sont que des légendes…

Je suis inquiète pour mon père, si bien qu'il m'est impossible de penser à autre chose qu'au moyen de l'aider et jusqu'ici, seul Angus m'offre une véritable solution. Que j'approuve ou non son procédé, je ne peux pas laisser passer cette occasion sans même considérer son offre.

– Je peux te poser encore une question ?

– Je t'écoute.

– Tu connais bien les Cameron ?

– Je n'irais pas jusque-là, mais à Galston, tout le monde sait tout, sur tout le monde et encore plus quand ça concerne une famille de la région aussi importante.

– Mais encore ?

– Je sais que le fils du lochiel est quelqu'un qu'il vaut mieux éviter, par exemple. Je ne l'ai jamais croisé personnellement et Dieu merci, mais sa réputation le précède au village. Il paraît que c'est une brute épaisse, un être aussi odieux tant à l'extérieur qu'à l'intérieur.

Doux Jésus... Je suppose qu'il tient toutes ses qualités de sa charmante grand-mère...

Je ne peux m'empêcher de me demander si c'est de ce fils qu'il est question.

– Aux funérailles de ton grand-père, c'était la première fois que je rencontrais des membres de la famille Cameron. Angus Cameron et sa mère n'assistent pas à toutes les cérémonies de la région. Leur présence est un grand honneur et comme tu as dû le remarquer, Morag est très impressionnante.

– J'ai surtout remarqué combien elle est désagréable.

Je n'oublie pas son regard de dédain, comme si j'étais un insecte sur sa chaussure.

– Pour qui elle se prend, franchement ?

– Ça n'a rien à voir avec toi.

– Ah. Alors ça a à voir avec qui ?

– Ta mère. Je l'ai entendue dire qu'elle ne portait pas Arabella Wallace dans son cœur.

– Je ne comprends pas. Comment peut-elle venir chez nous et penser du mal de ma mère ?

Je ne peux m'empêcher d'être blessée.

– Je suis désolée, je n'aurais pas dû t'en parler. En plus, ça ne me regarde pas.

– Ce n'est rien. Nous ferions peut-être mieux de rentrer, déclaré-je pour mettre un terme à ses reproches.

Le chemin du retour se passe dans un silence étrange durant lequel je suis plongée dans mes pensées. Et elles sont consacrées à un sujet nettement plus important que les sentiments que Morag porte aux femmes de ma famille.

– Tu sais si Angus Cameron est encore à Galston ?

– Ils possèdent une demeure ici, alors généralement, lui et sa famille restent plusieurs jours quand ils viennent.

– Vraiment ?

– Oui, il est monnaie courante que les familles les plus puissantes des Highlands possèdent des pied-à-terre disséminés dans les bourgs aux alentours de leur château.

– D'accord. Je vais avoir besoin de quelques renseignements dans les jours qui viennent, tu crois que tu pourrais m'aider ?

CHAPITRE 8

ERYNN

Quarante-huit heures plus tard – le temps de mûrir ma décision –, je me trouve au centre d'un opulent bureau dans l'antre des Cameron, comprenez leur résidence secondaire à Galston. Face à moi se tient Angus, identique à l'autre jour avec sa jupette… pardon, son kilt.

– Je t'en prie, installe-toi, Erynn.

J'accepte et lance un petit coup d'œil circulaire autour de nous. Par chance, il n'y a pas de trace de Morag dans les parages.

– Je suis content que tu sois venue. Tu as trouvé facilement ?

Je m'éclaircis la voix, mal à l'aise.

– Une amie m'a indiqué le chemin.

Remarque, ce n'était pas bien difficile à trouver, même toute seule. Les Cameron possèdent le manoir le plus grand de la région. Rien à voir avec notre modeste cottage.

– Même si je l’espérais, ta visite est une surprise. J’étais loin de m’y attendre.

Je ne m’y attendais pas non plus il y a trois jours, andouille.

– Je suppose que tu es venue parler de la dette qui lie nos familles. Ton père est-il au courant de ta visite ?

Aïe, il vise pile là où le bât blesse.

– Je suis une adulte, je fais mes propres choix. Mon père n’a pas son mot à dire dans mes décisions.

Le menton haut et volontaire, je ne le quitte pas des yeux afin qu’il comprenne à quel point je suis déterminée.

– Bien, dans ce cas, je t’écoute. Pose-moi toutes les questions que tu veux.

– Qu’avez-vous à gagner à ce mariage ?

– Plus que tu l’imagines, mais je n’ai pas à te dévoiler mes secrets. Ce que tu dois savoir, c’est que si nous concluons un accord, il servira autant mes intérêts que les tiens.

Sa réponse est vague. Et ça m’énerve, mais je ne peux prendre le risque d’insister et le braquer.

– Vous ne pensez pas que votre fils a son mot à dire ?

– Mon fils est le futur lochiel. Pour quelqu’un dans sa position, un mariage n’est pas un choix affectif, mais un enjeu stratégique.

Encore une réponse floue. J’en viens à croire qu’il le fait exprès.

– Qu’attendez-vous de moi, exactement ?

– En public, vous formerez un couple heureux et uni. Personne ne devra douter de votre amour.

– Et en privé ?

Angus Cameron demeure impassible, toutefois le léger rictus qu'il esquisse ne m'échappe pas.

– Ce que vous faites dans le cadre privé ne me regarde pas, tant que ça ne porte pas atteinte à l'image de votre couple en public.

– Et combien de temps devra durer la supercherie ?

– Je te demande un an au minimum afin d'asseoir suffisamment la position de mon fils comme nouveau lochiel.

Je me retiens d'écarquiller les yeux. Un an de ma vie mis entre parenthèses.

– Ne sois pas si choquée, Erynn. Souhaites-tu que je te rappelle à combien s'élève votre dette ?

Sa question m'arrache une grimace.

– Non, merci. Donc un an et pas un jour de plus.

– Un an minimum.

– Un an, cela signifie que je dois abandonner ma vie à Londres. Je ferai quoi de mes journées à part jouer à l'épouse aimante en public ? J'ai besoin de travailler, de faire quelque chose. Un an, c'est long, je ne peux pas passer tout ce temps accrochée au bras de votre fils.

– Pourtant tu n'as pas d'emploi.

– Comment le savez-vous ? m'offusqué-je.

– Je me suis renseigné. Dis-moi plutôt quel poste tu recherchais.

– J'ai étudié pour être chargée de relations publiques.

– Bien. Je pense avoir une solution qui devrait te satisfaire, laisse-moi quelques jours pour m'organiser.

Il me regarde dans les yeux et semble sincère. J'aurais presque envie de croire en sa parole.

– Fais-moi confiance, Erynn, je ne souhaite que ton bien et celui de mon clan. As-tu d'autres questions ?

D'autres questions ? J'en ai cent au moins ! Mais après ses réponses nébuleuses, j'ai bien compris qu'il ne me livrera jamais le fond de ses pensées.

– Est-ce que nous devrons consommer notre mariage ?

À la seconde où je termine de poser ma question, mes joues se fardent. Je ne suis pas prude, mais aborder ce sujet avec le père de mon futur mari me gêne affreusement. Quant à lui, il ne montre pas d'autre réaction à part un léger sourcillement.

– Cette question relève de l'intimité, donc du cadre privé. Libre à mon fils et toi de faire ce que vous voulez.

– J'aurai donc ma propre chambre ?

– Cela va de soi.

J'opine tout en soupirant de soulagement. Au moins, je n'aurai pas le sentiment de vendre mon corps. Seulement ma vie.

– Donc si j'accepte d'épouser votre fils, ma famille ne devra plus rien à la vôtre. Ni aujourd'hui ni jamais. Vous ferez table rase de la totalité de notre ardoise ? Vous me le promettez ?

Hochement de tête de sa part.

– Je te le promets. Ce sera indiqué noir sur blanc sur votre contrat de mariage.

– Quand voulez-vous que le mariage ait lieu ?

– Les fiançailles seront courtes. Elles ne devront durer que le temps nécessaire aux préparatifs. Je te laisse donc quelques jours auprès de ton père pour te faire à l'idée et préparer tes affaires, ensuite j'enverrai quelqu'un te chercher pour que tu emménages à Achnacarry en attendant le mariage.

Je tâche de ne pas me raidir à la mention du mariage.

– Bien.

– Bien ?

– Marché conclu.

Je n'en reviens pas d'avoir dit ça.

– Marché conclu, répète-t-il.

J'ai le sentiment de commettre une monumentale erreur, mais il est vite écrasé par la satisfaction d'accomplir mon devoir envers mon père et par extension, ma famille. J'apporte ma contribution, à mon niveau, à l'histoire des Wallace. Je me sacrifie peut-être, mais je sais pour quoi je le fais, et surtout pour qui.

Angus Cameron m'accompagne vers la sortie, puis au moment de partir, il me tend la main.

J'ai une brève seconde d'hésitation avant de la serrer et d'ainsi sceller notre accord.

– À bientôt, Erynn.

– Au revoir, Angus, déclaré-je avant de partir.

Je me retourne, et crois rêver lorsque je l'entends murmurer :

– Tu ressembles tellement à ta mère…

Mais avant que je fasse demi-tour pour lui demander des précisions, la porte se referme.

J'ai dû rêver, ce n'est pas possible autrement.

À présent, il ne me reste plus qu'à annoncer à mon père ce que je viens de faire. Autrement dit, que j'ai accepté d'épouser un parfait inconnu.

Si, bien sûr, mes jambes flageolantes acceptent de me porter jusqu'au cottage…

CHAPITRE 9

LACHLAN

– Je vais faire *quoi* ?

Je pense d'abord avoir mal compris et scrute mon père, raide comme un piquet face à moi, qui ne perd rien de son flegme.

Ça ne fait pas un quart d'heure qu'il est rentré de Galston, et je dois avouer que quand son secrétaire personnel a déboulé dans ma piaule pour me faire savoir qu'il demandait à me voir, je ne m'attendais pas à ça.

– Tu vas te marier, répète-t-il d'un ton solennel sans fléchir d'un iota.

Un rire m'échappe.

– Quoi, tu es sérieux ?

Je suppose que je n'ai pas suffisamment de caféine dans l'organisme pour gérer ses divagations.

– Absolument. Les détails sont actés et tous les documents sont prêts. Je les ai bien sûr fait rédiger par mon avocat. Tu n'as donc rien à craindre, ils servent autant tes intérêts que ceux de ta future femme, poursuit-il sans une once d'émotion.

Ce qu'il raconte n'a aucun putain de sens.

Je passe la main sur la barbe épaisse qui ombre mes joues. Puis soudain, je pige.

– Ôte-moi d'un doute, il n'est pas un peu trop tôt pour être déjà torché ?

La mince ligne de ses lèvres se pince davantage. Engoncé dans sa tenue de tous les jours, composée d'une veste de costume beige et d'un kilt qu'il ne quitte pour ainsi dire jamais, il darde sur moi un regard brillant. Je crois que j'ai tapé dans le mille.

– Perso, je n'en ai rien à cirer que tu biberonnes du millésimé ! déclaré-je. Fais ce que tu veux, après tout c'est ton foie. Mais par pitié, épargne-moi ta logorrhée.

Ma future femme... Qu'est-ce qu'il ne faut pas entendre !

– Ça suffit, mon garçon ! tranche-t-il d'un ton sans appel. Je ne suis pas ivre et mon foie va parfaitement bien, merci de t'en soucier.

Ou alors il a chopé un truc louche qui a cramé ses neurones durant son dernier déplacement ? À son âge, un virus a vite fait de causer des dégâts.

Avant que je n'ajoute quoi que ce soit, il pose ses paumes bien à plat sur le bois verni de la longue table de son bureau, son regard vissé au mien.

– Lachlan, il le faut. Je sais que ça te coûte, mais nous n'avons pas le choix. Fais-moi confiance, tu changeras d'avis quand tu apprendras à la connaître.

– La ?

– Erynn Wallace, ta *fiancée.*

Erynn Wallace... Je me souviens l'avoir aperçue aux funérailles de son grand-père où je suis passé en coup de vent. Pas question de m'attarder chez des inconnus, je suis rentré dès le lendemain. Jolie fille, mais de là à l'épouser…

– C'est une fille bien et au physique agréable. Je suis certain qu'elle te conviendra.

– Elle t'a tapé dans l'œil, ma parole !

– Pas dans le sens où tu l'imagines.

– Tu sais quoi ? Si elle te plaît tant que ça, tu n'as qu'à l'épouser toi-même ! raillé-je. Ne te gêne pas pour moi, je t'en prie !

– Arrête de faire l'enfant, ça ne mènera à rien. D'ailleurs, laisse-moi t'informer que ta fiancée sera parmi nous dans une semaine.

J'éclate de rire, bien qu'il n'y ait rien de drôle à la situation.

– J'aimerais comprendre. Crains-tu que ton fils reste célibataire pour le restant de ses jours ?

Son absence de réponse est éloquente.

– Ou bien suis-je si laid à tes yeux que tu t'es senti obligé de m'acheter une épouse ?

En réalité, je le sais déjà : pour lui, je suis l'abominable héritier avec lequel il doit composer par dépit.

– Lachlan… soupire-t-il.

– Tu sais, si tu t'inquiètes pour ma libido, tu peux dormir sur tes deux oreilles, les femmes aiment les monstres.

Malgré ma cicatrice, et aussi repoussante soit-elle, mon nom de famille suffit à leur faire oublier mon visage en partie ravagé.

Le cul posé sur une chaise inconfortable, je m'appuie contre le dossier et croise les bras sur mon torse.

– Ta libido est bien le cadet de mes soucis, j'ai des problèmes plus urgents à régler que j'essaie de gérer au mieux. Crois-moi, tu n'es pas le seul à faire des sacrifices. Cet accord nous coûte une somme importante, toutefois le jeu en vaut la chandelle.

Et en plus, il a eu besoin de la payer pour qu'elle accepte ? Génial !

– Ce mariage avec la fille d'un autre chef de clan apportera la pérennité qui manque à notre famille. Tu sais qu'autour de nous, beaucoup convoitent ta place, et sans cette union, nous risquons de tout perdre. Je ne te cache pas qu'un héritier dans quelques mois serait une meilleure garantie encore, mais gérons un problème à la fois.

Ça faisait un bail que nous n'avions pas eu de conversation sur mon avenir, lui et moi. Je dois dire que ça ne me manquait pas du tout. Je pensais pourtant avoir été clair la dernière fois qu'il a suggéré de me trouver quelqu'un, mais apparemment, pas assez. J'incline la tête en direction de mon paternel et le dévisage avec du défi dans les yeux.

– Cher père, permets-moi de te rappeler que j'ai fait un serment après la mort de Finnlay. Celui de ne jamais me marier, tu t'en souviens puisque c'était sur sa tombe et que tu étais là. J'ai accepté cette situation et je le vis bien, je te le jure. Alors, fais-toi une putain de raison !

– Ton langage, crénom de nom !

– J'ai l'air de m'en soucier ?

– Bien sûr que non puisque tu ne te soucies que de toi-même.

– C'est l'hôpital qui se fout de la charité !

– Comment peux-tu être aussi égoïste ? Il ne s'agit pas que de toi, mon fils, mais de l'avenir de centaines de personnes. Ils dépendent tous de notre famille, de nous, de toi.

Il pousse un long râle, puis finit par m'avouer :

– Ton oncle fait pression sur moi depuis des mois.

– Le père de Glenn ?

– Qui d'autre ? Et il n'est pas le seul Cameron à pouvoir prétendre au rang de lochiel. Le fait que tu as prêté serment de ne jamais te marier est arrivé à ses oreilles. Dans la mesure où ta décision implique que tu n'auras pas d'héritier, il réclame de jouir de la totalité des possessions des Cameron, comme l'y autorise la loi clanique, et de faire de son fils le nouveau lochiel.

– Je ne comprends rien. Glenn ne parle même pas à son père. Il vit avec nous depuis toujours, tu le crois capable de nous tourner le dos pour se liguer avec lui ? Quant aux autres membres du clan, je ne les vois pas se pointer du jour au lendemain pour te destituer. Tu fais du bon travail et les affaires leur profitent également.

– Lachlan, lorsqu'il est question d'autant d'argent, les gens peuvent changer, y compris Glenn.

– Si ce n'est qu'une question de blé, et qu'il est dans son bon droit, donnons-lui ce qu'il veut. Et puis, tu ne t'es jamais dit qu'il pourrait être un excellent lochiel ?

– Tu ne comprends pas ! Son père ne veut pas seulement le château, les sociétés et le domaine, s'il veut tout reprendre, c'est pour les revendre à des promoteurs et en tirer un profit faramineux.

– Je suis désolé, mais aucune fortune, aussi importante soit-elle, ne me rendra mon frère, par conséquent, je ne reviendrai pas sur ma promesse. Et je refuse que tu te serves de moi.

– Tu fais fausse route, Lachlan. Tu sais parfaitement que si j'avais eu le choix, je n'en serais pas arrivé là. Rory menace de mettre tous nos employés au chômage. J'ai pris une décision en conséquence, afin de nous protéger. Une fois que tu seras marié, il ne pourra rien contre nous pendant un an au moins. J'ai fait ce qu'il fallait, et si tu étais à ma place, tu aurais fait pareil. Ton serment de ne jamais être heureux ni te marier est ridicule.

Hors de moi, je bondis de ma place.

– Ne parle pas de ce que tu ne connais pas !

– Je dis seulement que…

Brusquement, je flanque un coup de poing rageur sur le bureau devant moi, dont le bruit résonne dans toute la pièce.

– Ne parle pas de ce que tu ne connais pas, bordel !

Quelques secondes passent durant lesquelles un silence pesant se tisse entre nous, brisé uniquement par ma respiration saccadée. Tous les muscles de mon corps sont tendus à l'extrême, prêts à laisser la tempête se déchaîner.

– Tu peux te carrer ton mariage là où je pense, je ne changerai pas d'avis.

Sans plus réfléchir, je cherche à mettre un maximum de distance entre nous. Dès que je m'éloigne, sa voix sèche retentit.

– Laisse-moi à mon tour te rafraîchir la mémoire, mon grand.

Tais-toi, tais-toi, tais-toi…

– Si nous en sommes là, c'est uniquement par ta faute.

Par ma faute.

Telle une lame aiguisée, ses mots me poignardent dans le dos et réveillent toutes les plaies de mon âme.

– Prends tes responsabilités et assume les conséquences de tes actes, Lachlan. Nous sommes pieds et poings liés, tu n'as pas le choix.

Par ma faute.

Dans ma tête, le cataclysme de mes peurs se déchaîne.

Par ma faute.

Je me fige immédiatement, la main sur le chambranle.

Par ma faute.

Mes tempes bourdonnent à mesure que mon pouls accélère. Malgré les années, je n'ai rien oublié de l'accident, pas un seul foutu détail. Je serre les dents, au point de sentir le goût métallique du sang se répandre dans ma bouche. Je me suis mordu la langue.

La douleur, cuisante et brève, a au moins le mérite de me sortir de ma torpeur. Mes jambes me propulsent en avant. Mais en un rien de temps, il se tient face à moi.

– Lachlan, je suis désolé, tu dois accepter que tu es désormais fiancé. Tu comprends ce que ça signifie ? Pour tout le monde, tu as rencontré la femme de ta vie et tu vas te marier. Personne ne doit douter de la sincérité de ton union.

Il a raison sur un point : tout est ma faute. Si je n'avais pas tué mon frère… Nous n'en serions pas là. Il profite de ma culpabilité, du fait que c'est moi qui ai causé le malheur de cette famille, pour m'imposer ses plans grotesques.

– J'ai compris. Mais sache que je ne te le pardonnerai jamais.

– Mon fils, si j'ai réussi à te pardonner ce que tu as fait, tu arriveras à me pardonner à ton tour…

Sur ces mots, je déguerpis, avec pour seul objectif de m'éloigner d'ici au plus vite. Depuis la mort de Finn, mon père et moi avons des relations compliquées, conflictuelles. Ça s'est dégradé à partir du moment où il a voulu faire de moi un Finnlay de remplacement, mais je ne suis pas *lui* et je ne le serai jamais.

Au bout du couloir, je croise Glenn, mon cousin et meilleur ami. Je ne m'arrête pas et dévale l'escalier en pierre. Je sens son regard sur ma nuque, j'entends ses pas calés sur les miens, martelant le tapis persan avec hargne.

– Lach, attends-moi, mec !

– Où est Misha ?

– Il pionce encore.

– OK, réveille-le et rejoignez-moi dehors, j'ai besoin de boire et beaucoup, ordonné-je en le plantant dans l'entrée.

J'ouvre la double porte battante qui donne sur la cour arrière du château et prends la direction de l'aile ouest où se trouvent les boxes et nos nombreuses voitures de collection. Dans l'un d'eux m'attend ma caisse, une Audi RS4. Je m'installe et fais ronronner le moteur en attendant que les gars arrivent.

Quelques minutes plus tard, Glenn rapplique, accompagné de Misha à moitié à l'ouest. Glenn monte à côté de moi pendant que Misha grimpe à l'arrière.

J'appuie sur l'accélérateur et rejoins la petite route qui mène vers le nord. Les gars ne posent aucune question, ils connaissent suffisamment le chemin pour savoir où j'ai prévu de me rendre.

– Je t'aime comme un frère Lach, mais la dernière fois que je t'ai vu dans cet état, tu as tellement bu que tu t'es battu et tu as failli perdre un œil, balance Glenn, légèrement inquiet.

Je me tourne vers mon cousin.

– Tu crois vraiment qu'une cicatrice de plus changera quelque chose pour moi ?

Il ne trouve rien à redire. Évidemment, il sait que j'ai raison.

Et cette Erynn Wallace, que sait-elle ? Je ne pense pas qu'elle sache dans quoi elle s'engage ni avec qui. Mais elle ne tardera pas à l'apprendre à ses dépens, pensé-je tandis que je me rends au seul pub de la ville qui accepte de nous servir jusqu'à plus soif.

CHAPITRE 10

ERYNN

– Tu as fait *quoi* ?

Jill me dévisage à travers l'écran de mon téléphone, les yeux ronds et la bouche grande ouverte. À la seconde où elle a décroché mon appel vidéo, je lui ai balancé l'info.

Impossible de lui cacher quoi que ce soit.

– Par pitié, ne me fais pas répéter, l'imploré-je. C'est suffisamment gênant comme ça.

La réaction de mon père quand il a appris que sa fille unique allait se marier bientôt était déjà assez mortifiante. J'ai cru qu'il allait me passer un savon monumental, mais non, à la place, il a juste fondu en larmes en me priant de lui pardonner de ne pas avoir été à la hauteur.

Je l'ai fait pour toi, papa.

– Tu plaisantes ou quoi ? Je veux que tu reprennes depuis le début parce que je pense que j'ai zappé des informations capitales quelque part entre le moment où tu es partie d'ici et celui où tu m'annonces que tu es *fiancée.*

Fiancée.

Mon Dieu, c'est vrai. Me voilà fiancée. À un inconnu, certes, mais le fait est que ma décision est prise. J'explique à nouveau toute la situation à Jill qui laisse échapper un soupir désolé.

– Et pour ton appartement, tu comptes faire comment ?

Sa question me sort de ma torpeur.

– À ce propos, je peux te demander un petit service ?

– Ça dépend. Petit, comment ?

– Petit comme mon appart. J'ai envoyé un e-mail au proprio, mais j'ai besoin de toi pour récupérer mon chèque de caution et le reste de mes affaires, tu peux faire ça pour moi ?

Jill fait claquer sa langue contre son palais.

– OK, je m'en occupe, t'inquiète ! Mais du coup, nous ne serons plus voisines de palier, geint-elle, déçue.

– Je sais, ne m'en parle pas !

Nous passons quelques secondes à nous regarder.

– Donc tu vas vraiment te marier ?

– Je n'ai pas d'autre choix…

Après un bref silence, mon amie renchérit :

– Je suis rarement à court de mots, Erynn, tu me connais, je trouve toujours quelque chose à dire, mais là, je suis bien obligée d'avouer que tu m'as troué le cul !

Sa réflexion m'arrache un rire nerveux.

– J'en suis honorée.

Ma poitrine se soulève, et ce qui n'était qu'un gloussement innocent se transforme en fou rire incontrôlable, si bien que Jill se retrouve à m'accompagner malgré elle.

Voilà le tableau ridicule que nous offrons : deux dindes en train de se gausser devant leur téléphone sur le chaos intersidéral que sera ma vie durant les douze prochains mois.

Un an, c'est le deal.

Oh mon Dieu ! C'est tellement hilarant que les larmes me montent aux yeux. Mes côtes me font mal, et je ne parle pas de mon ventre que je suis obligée de soutenir de la main. Je porte l'autre à ma bouche, et avec la force du désespoir, j'exhale un sanglot déchirant.

Cette fois, des larmes amères roulent sur mes joues sans discontinuer. Mon cerveau flotte dans une sorte de brouillard épais. Mon avenir incertain, ma carrière inexistante et ma vie tout entière remis en question…

– Ne pleure pas, ma belle, tente de me réconforter Jill quand elle se rend compte que je ne ris plus.

Mais c'est trop tard. Mes pleurs redoublent, incontrôlables, agitant ma cage thoracique. Je m'oblige à inspirer puis à expirer en cherchant à retrouver un rythme régulier. Si je ne me ressaisis pas, c'est la crise d'angoisse assurée.

Et je me connais, ça ne sera pas joli à voir.

Respire, Erynn. Respire…

Je me concentre sur mon souffle erratique. Je n'ai plus fait de crise d'angoisse depuis la mort de ma mère, je n'ai pas du tout envie que ça recommence…

– Hey, ma puce, écoute-moi attentivement. Tu es la fille la plus courageuse que je connaisse. D'accord ? Sans rire, ce que tu fais pour ton père est… très noble. Peu de personnes sacrifieraient autant pour leurs proches. Je comprends que le changement puisse faire peur, mais ce n'est que pour un an, et qu'est-ce qu'un an dans une vie ?

Sa voix me permet de sortir de ma torpeur.

– Un an et pas un jour de plus.

– Voilà ! Dis-toi que tu vas vivre une nouvelle aventure. Quelque chose d'inédit. Un peu comme Claire Beauchamp quand elle a été propulsée au XVIIIe siècle. D'ailleurs, tu seras à combien de bornes de Craigh Na Dun ?

– Je ne sais pas. Je t'avoue que je n'ai pas songé à *Outlander*.

– C'est ta série préférée ! Je suis déçue.

Sa réplique a le don de m'arracher un sourire.

– Si ça se trouve, tu vas épouser le sosie de Jamie Fraser, petite veinarde ! Oh, comme j'aurais adoré assister à ton mariage…

Avoir mon amie à mes côtés aurait été formidable, mais ni mes finances ni les siennes ne permettent de lui offrir le voyage.

– Mais tu sais quoi ? Je te promets de venir quand tu mettras ton premier mioche au monde !

– Jill, qu'est-ce que tu n'as pas compris dans la phrase : « C'est un faux mariage » ?

Elle balaie ma remarque d'un geste théâtral de la main.

– La magie de l'Écosse pourrait te surprendre.

Du revers de ma manche, je tamponne mes yeux humides.

– La magie, ça n'existe pas.

Jill m'adresse un clin d'œil espiègle.

– Méfie-toi, c'est aussi ce que disait Claire, lance-t-elle d'un air amusé.

Cette fois, je suis incapable de me retenir de glousser. Cette fille est dingue ! Mais c'est aussi mon amie, l'une des seules personnes capables de me faire passer des larmes au rire en un clin d'œil et je l'en remercie secrètement.

C'est le cœur un peu plus léger que je raccroche. Jill a entièrement raison. Au lieu de voir ce mariage comme une fatalité, je ferais mieux de me concentrer sur les points positifs.

Le premier : plus de dette !

Le second : je vais découvrir une région que je ne connais pas et qui est celle de mes ancêtres.

De plus, ce Lachlan Cameron que je m'apprête à épouser pourrait me surprendre. J'imagine quelqu'un d'ouvert, de patient et de profondément gentil. Qui sait, nous pourrions peut-être même devenir amis ?

***

Durant les jours suivants, je passe beaucoup de temps avec mon père, ce qui me permet d'en découvrir plus sur son quotidien. Toutes ses journées sont accaparées par l'exploitation céréalière. La plus grosse partie de sa production est dédiée à l'orge malté qui ira fournir les distilleries de la région. Ses yeux brillent d'émotion lorsqu'il évoque son père et m'explique tout ce qu'il a appris grâce à lui. Mon père est un passionné qui adore son travail.

En revanche, lui comme moi avons évité avec brio le sujet de mon futur mariage. Je suppose que pour lui, la pilule est encore dure à avaler. Je comprends sa réaction, même si je suis convaincue d'avoir pris la bonne décision.

Le reste du temps, je le passe en compagnie de Kennocha qui s'est mis en tête de combler mes lacunes sur l'histoire de la région, si bien que les journées passent à la vitesse de l'éclair.

Une semaine plus tard, comme convenu avec Angus Cameron, un rouquin vêtu d'un kilt bordeaux à motifs vert forêt se présente à notre porte.

– Entrez, l'invite mon père.

– Merci, je m'appelle Misha Cleary et je serai votre chauffeur jusqu'à Achnacarry.

Assise dans le salon, je me lève et serre la main qu'il me tend. Je note un léger accent, toutefois il est moins prononcé que celui du chef de son clan.

– Enchantée, moi c'est Erynn et voici mon père, Ewen Wallace.

– Ravi de vous rencontrer, lance-t-il, avec un sourire chaleureux qui dévoile une fossette au creux de son menton.

Mon père et lui se chargent ensuite d'emporter mes affaires à l'arrière d'un gros pick-up pendant que je me prépare mentalement au changement d'environnement qui m'attend. Passer d'un petit appartement londonien à notre cottage de Galston puis à un château, c'est apparemment la vie loufoque que j'ai décidé de mener.

Une fois que tout est prêt, le moteur ronronne et après un dernier regard en direction du cottage, nous nous dirigeons vers le centre-ville afin d'emprunter la grande route.

– Je peux te dire que tout le monde a hâte de te rencontrer !

Je relève la tête et plonge dans le regard bienveillant de notre chauffeur.

– Vraiment ?

– Absolument ! Nous sommes tous heureux pour Lachlan, il mérite un peu de bonheur.

– Comment ça ?

Mais au lieu de me répondre, mon interlocuteur change de sujet en évoquant la météo. Bizarre, ce type !

Après deux heures de trajet, nous entrons dans une petite ville et mon regard est attiré par la plaque qui porte l'inscription « Fort William ». C'est donc là que se trouve le château d'Achnacarry.

– Nous arrivons bientôt, déclare notre chauffeur d'une voix enjouée.

Je me contente d'opiner et le remercie dans un souffle. *Mince, j'ai oublié son prénom...* Comment a-t-il dit qu'il s'appelait déjà ? Mochi ? Machi ?

Assis près de moi sur la banquette arrière, mon père pousse un long soupir. Depuis qu'il est au courant du pacte que j'ai conclu avec Angus Cameron, il est rongé par la culpabilité. Selon lui, c'est sa faute si j'ai comploté dans son dos et que je suis obligée de me sacrifier pour sauver nos terres. J'ai beau lui répéter que je le fais en connaissance de cause et qu'un an, ce n'est pas si cher payé en comparaison de notre dette colossale, rien n'y fait, il le vit très mal.

Je me tourne vers lui, lui offre un regard que j'espère rassurant, mais qui ne parvient pas à le dérider.

– Et voilà, chère cousine, tu peux apercevoir le château au loin, annonce fièrement l'homme derrière le volant, le doigt pointé en direction de l'horizon.

Un hoquet de surprise m'échappe. Comment cet homme, que je connais depuis deux heures seulement, vient-il de m'appeler ?

Mon père est tout aussi perplexe que moi.

– J'espère que ça ne te dérange pas si je t'appelle ainsi, Lachlan est mon meilleur ami, mais je le considère davantage comme un membre de ma famille. Et puisque tu vas devenir sa femme...

Je me contente d'acquiescer et suis des yeux le point qu'il indique. Effectivement, à mesure que nous approchons, le brouillard se dissipe et révèle un bâtiment immense en pierre grise, majestueux, aux lignes imposantes et dont les plus hautes tours semblent caresser les nuages. Le tableau est saisissant de beauté brute.

Je reste bouche bée. Pour un peu, j'ai l'impression d'être transportée à cette époque que m'a décrite Kennocha, lorsque les clans régnaient en maîtres sur l'Écosse.

La voiture contourne les murs de grès avant de s'arrêter au milieu d'une grande cour. Notre chauffeur actionne le frein à main et tourne son visage constellé de taches de rousseur vers nous.

– Les amis, nous y sommes ! s'écrie-t-il. Bienvenue à Achnacarry !

Je le remercie, descends de la voiture et lève le menton pour embrasser du regard le paysage qui s'offre à moi. Des landes à perte de vue qui se terminent par un loch dont la surface scintille. Le vent s'élève et vient s'engouffrer sous mon pull en laine. Je ramène les pans de mon manteau contre ma poitrine, le bout du nez glacé par le froid.

– C'est vraiment…

– Gigantesque, termine mon père pour moi.

En effet, ça l'est. Je ne peux m'empêcher de me demander comment je vais me débrouiller pour m'orienter là-dedans. Peut-être qu'un plan est mis à la disposition des visiteurs, comme dans les musées ?

Encore perdue dans mes réflexions, je ne remarque pas immédiatement le comité d'accueil qui nous attend sous une arche.

Ils sont une dizaine de personnes, parmi lesquelles je reconnais seulement deux têtes : Angus Cameron, ainsi que sa mère, cette fameuse Morag. Tiens, tiens, elle ne m'avait pas manqué celle-là… Son rictus en coin et ses yeux perçants fixés sur moi en disent long, j'en déduis qu'elle éprouve les mêmes sentiments à mon égard.

Les autres sont de parfaits inconnus. Je me demande si celui que je vais épouser est parmi eux. Je suppose que oui – il serait logique qu'il m'accueille avec le reste de sa famille – mais j'ignore qui il est.

Notre chauffeur nous passe devant, les bras chargés de nos sacs.

– Donne, je peux les porter moi-même, tenté-je en essayant de les récupérer.

– Je m'en occupe. C'est un plaisir pour moi de te rendre service, chère cousine !

C'est étrange de l'entendre m'appeler ainsi pour moi qui ai grandi sans fratrie ni cousins. Mais il affiche un sourire si lumineux de sincérité que je ne montre rien de ma surprise.

Angus Cameron se détache du groupe et s'avance vers nous en arborant une mine réjouie.

– Misha, tout s'est bien passé ?

Misha... pas Mochi !

Ce dernier opine frénétiquement.

– Parfaitement bien.

– Tu peux déposer les effets de nos amis dans le pavillon des invités. Elvire s'en occupera, ajoute notre hôte.

Puis il se tourne vers nous, les bras grands ouverts :

– Ewen, mon ami. J'espère que vous avez fait bon voyage ! Je suis heureux et honoré de vous recevoir, ta fille et toi, à Achnacarry.

Quel accueil ! Pour un peu, on le croirait sincère. Quant à mon père, la rancune tenace, il se contente de lui serrer la main en reniflant de désapprobation

– Erynn, Ewen, vous êtes ici chez vous !

– Pour un an seulement, lui rappelé-je.

– Comment l'oublier ? Venez, je vais vous présenter. Vous connaissez déjà ma mère, Morag Cameron. Mère, voici la fiancée de Lachlan, Erynn Wallace, et son père.

– Je me souviens d'elle.

Mon Dieu, tant d'exaltation !

Morag n'ajoute rien de plus et se contente d'arquer un sourcil.

Eh bien, ça donne tout de suite le ton de notre future relation. Ce qui est positif, c'est que nous sommes sur la même longueur d'onde, elle et moi.

Pas de faux-semblants.

Pas de ronds de jambe.

Et pas de chichis.

À mesure que les présentations se poursuivent, je note plusieurs choses. La première : je n'ai retenu aucun nom. La deuxième : l'homme que je vais épouser n'a pas jugé utile de venir m'accueillir. La troisième : il n'y a aucun plan du château à disposition des visiteurs.

Ma vieille, c'est le moment d'avouer à tous ces gens que tu n'as aucun sens de l'orientation !

Le bon côté des choses, euh… je réfléchis, mais je n'en trouve aucun.

Bon.

Ben, mince.

CHAPITRE 11

LACHLAN

– Seigneur ! Mon garçon, tu as vu ton visage ? Qu'est-ce qui t'est donc passé par la tête ? s'énerve ma grand-mère à la seconde où elle pénètre dans la salle à manger.

Elle n'a pas l'habitude de mâcher ses mots et je sais déjà qu'elle ne va pas me lâcher. Après la disparition de ma mère quand je n'étais qu'un gosse, elle s'est chargée de notre éducation, à mon frère et moi. Depuis, nous sommes restés très proches. Ce que j'aime le plus chez elle, c'est son franc-parler. Probablement parce que j'ai le même.

Elle s'approche d'un pas vif pour son âge, décale mes cheveux vers l'arrière et me chope par les joues pour m'examiner de plus près tout en fulminant en gaélique.

– Depuis le temps, tu devrais être habituée à ma tronche, non ? dis-je en m'écartant.

– Je ne parle pas de tes cicatrices, triple buse ! Mais de ça !

Par *ça*, je suppose qu'elle désigne ma mâchoire auréolée d'un hématome de la taille d'un poing et ma lèvre légèrement fendue.

Est-ce que le fait d'être amoché à deux jours du mariage me pose un problème ? Pas le moins du monde.

Disons que pour ma défense, notre dernière sortie au pub ne s'est pas terminée comme prévu. Un connard de passage dans la région a manqué une occasion de la fermer. Me chercher à propos de mes cicatrices n'est jamais une bonne idée.

– Tu devrais voir la gueule de l'autre.

– Si je ne te connaissais pas aussi bien, je pourrais penser que tu l'as fait exprès afin de faire fuir l'*Anglaise*.

Elle prononce le mot « Anglaise » en grimaçant. Ma grand-mère fait partie des quelques personnes qui sont dans la confidence.

– Je suis innocent jusqu'à preuve du contraire. Et son père est écossais, non ?

– En effet, mais elle a grandi avec *sa mère* à Londres, ce qui fait d'elle une Anglaise, point à la ligne ! Tu vas conspirer avec l'ennemi… tes ancêtres doivent se retourner dans leur tombe ! Si tu veux mon avis, ton père a perdu la raison, c'est la seule explication à ce capharnaüm.

Encore un point que nous avons en commun. Elle n'approuve pas du tout cette pseudo-union. Et ne se prive pas pour me le rappeler lorsque nous sommes seuls.

– On n'a pas idée de se mettre dans un état pareil !

Elle râle encore un coup pour la forme, avant de quitter la pièce en secouant la tête et en grommelant un « aussi têtu que son père ».

– Grand-mère Morag a l'air remontée. Je me demande qui l'a mise en rogne, interroge Glenn qui entre au même moment.

Une pomme à la main, il retourne une chaise, s'installe face à moi et darde sur moi ses yeux noirs.

Mon cousin est venu vivre avec nous peu après la disparition de ma mère. Au départ, je me rappelle que j'avais du mal à le supporter. Sa manie d'être constamment en compétition avec moi quand nous étions ados me gonflait, si bien que je l'évitais au maximum. Et puis nous avons commencé à bien nous entendre quand il a cessé de chercher à prendre ma place auprès de Finn. Ensuite, la perte tragique de mon frère m'a rendu dingue, j'ai cru que j'allais me foutre en l'air un nombre incalculable de fois. Chaque fois, Glenn a été là, et c'est finalement ce qui a contribué à nous rapprocher.

– À ton avis ?

– Depuis le temps, elle devrait avoir l'habitude. Au fait, tu es au courant pour Misha ? C'est lui qui a été mandaté par ton père pour la mission.

– De quelle mission tu parles ?

Je ne comprends rien, et comme toujours quand c'est le cas, je m'agace vite. La patience et moi, ça fait douze.

– C'est lui qui s'est occupé d'aller chercher ta femme pour l'amener ici.

Il affiche un large sourire qui me met sur les nerfs.

– Rassure-moi, tu es au courant qu'elle est arrivée, quand même ? s'exclame-t-il en riant.

Tant mieux pour lui si toute cette histoire l'amuse. C'est de ma vie qu'il est question et si j'avais le choix, je me serais déjà tiré d'ici, mais… il y a Bonnie et Grace. Toutes les deux comptent sur moi et je n'ai pas le droit de merder avec elles.

– En quoi c'est censé m'intéresser ?

– Peut-être parce qu'il s'agit de ta future femme ?

Glenn croque à nouveau dans son fruit, puis mâchonne lentement tout en jouant des sourcils. C'est mon cousin et mon sang, mais je jure que parfois, je regrette de lui avoir dit la vérité à propos de ce mariage.

J'avale le reste de mon café et me lève.

– Mec, je m'arrache. Mais t'inquiète, ne te sens surtout pas obligé de me suivre, finis ta pomme tranquillement, lancé-je à Glenn alors qu'il s'apprête à se lever.

Bien sûr, j'accompagne ma réplique d'un doigt magistral, histoire qu'il comprenne bien qu'il vaut mieux ne plus aborder le sujet qui fâche.

Je m'éloigne à grandes enjambées afin de mettre autant de distance que possible entre nous. Heureusement pour moi, cette baraque est suffisamment immense pour que ce soit chose aisée.

Le château des Cameron est l'un des plus vieux et plus imposants bâtiments de la région. Il a été construit un peu avant le soulèvement jacobite de 1715. Après la bataille de Culloden, les terres du clan Cameron furent confisquées et devinrent propriété du gouvernement. En 1784, elles furent rendues à Donald Cameron, mon arrière-arrière-arrière-grand-père.

Je ne suis pas super calé sur l'histoire du pays, en revanche je suis incollable en ce qui concerne celle de notre famille. Pour cause, elle m'a été rabâchée un nombre incalculable de fois par ma grand-mère depuis que je suis gosse.

Avant d'aller travailler, je fais un crochet par les quartiers de Grace, ma belle-sœur. Je passe devant la grande salle où les préparatifs vont bon train depuis plusieurs jours. Tout le monde s'active en vue de la cérémonie à venir. Les petites mains qui travaillent pour nous briquent le château de fond en comble sans relâche, on dépoussière, lustre les parquets, nettoie les vitres et fait briller l'argenterie. À chaque événement important, c'est le même cirque. Toutefois, il suffit que je sois dans les parages pour devenir subitement le centre de l'attention. Tous me dévisagent comme si j'étais une bête curieuse. Ils ont beau me voir tous les jours, l'effet que j'ai sur eux est toujours le même.

Je suppose que la branlée de la nuit dernière n'aidera pas à faire taire les rumeurs me concernant. J'en ai déjà entendu de toutes sortes, certains disent même que je suis victime d'un sortilège. Sérieux, j'ai l'air de sortir d'un foutu conte de fées ? C'est l'inconvénient de vivre dans un endroit un peu isolé : les gens sont prêts à avaler un paquet de conneries, ce qui explique pourquoi les superstitions sont légion dans le coin.

Je passe devant le bureau de mon père sans m'arrêter, au cas où il serait tenté de m'appeler.

– Lachlan.

Je lâche un soupir, blasé, avant de me retourner. Aujourd'hui ne fait pas exception à la règle, il porte son kilt surmonté d'une veste crème et d'une chemise blanche.

– Mon grand, ça tombe bien que tu sois là, tu as un moment à m'accorder ? J'aimerais discuter avec toi de quelque chose d'important.

Je jette un coup d'œil à ma montre. J'ai promis à Bonnie de passer jouer avec elle.

– De quoi ?

– Eh bien, de plusieurs sujets comme l'arrivée de ta fiancée. Tu aurais pu faire l'effort de venir l'accueillir avec nous ?

– J'ai accepté de l'épouser, ne m'en demande pas plus.

– Certes. Mais si vous voulez avoir l'air d'un vrai couple, il faut que vous passiez du temps ensemble, tu ne crois pas ? De plus, je tiens à t'informer que ton contrat de mariage sera bientôt prêt. Vous le signerez, ta femme et toi, le jour de la cérémonie.

– Elle ne l'est pas encore, donc pas besoin de l'appeler ainsi, fais-je en soupirant, agacé.

– Certes, mais elle le deviendra, ce n'est qu'une question de jours.

– OK, je tâcherai de m'en souvenir. Maintenant, tu m'excuseras, mais là, tout de suite, j'ai des choses importantes à faire.

– Laisse-moi deviner : ces choses ont un rapport avec ton visage abîmé et tes poings esquintés ? demande-t-il en pointant mes ecchymoses du doigt.

– À défaut de pouvoir faire ce que je veux de ma vie, tu permets au moins que je fasse ce qui me chante de ma tronche ?

– Te battre n'est franchement pas digne de ton rang, Lachlan !

– Ose me dire que tu as un problème avec ça ! le défié-je sans sourciller.

Mon père est parfaitement au courant que depuis l'accident, boire et me battre sont les seuls moyens que j'ai trouvés pour canaliser les voix dans ma tête et mes accès de rage. C'est ça ou me tirer une balle. Et ensuite, bye-bye, plus d'héritier…

Un silence lourd de sens nous enveloppe.

– Regarde-toi ! Tu as conscience que tu risques de la faire fuir à la seconde où elle posera les yeux sur toi ? À moins que ce soit l'effet recherché ?

– Désolé, papa, mais je ne vois pas de quoi tu veux parler.

– Écoute, je sais que ce n'est pas facile pour toi, mais nous avons tous des obligations et un rôle à tenir, c'est ainsi. N'oublie pas que beaucoup de personnes comptent sur nous, sur toi.

– J'ai une question.

– Je t'écoute, mon fils.

– Ton baratin, il fonctionne sur les autres ?

– Lachlan, soupire-t-il, agacé.

– Si tu n'as rien d'intéressant à ajouter, je vais y aller. Comme je te l'ai dit, j'ai des choses à faire.

– Bien.

– Bien.

Je m'éloigne en levant les yeux au ciel. Bon sang, j'aurais tout donné pour venir au monde dans une autre famille, une famille normale. Sans tous ces protocoles, ces titres et ces biens.

– N'oublie pas d'être à l'heure pour le dîner de présentation de ta femme, lance mon père dans mon dos.

Je me contente de lui répondre d'un signe de la main sans me retourner.

Je me serais volontiers épargné son sermon, mais le seul chemin pour me rendre vers les appartements des filles est ce couloir. Je m'arrête devant la double porte aux arabesques crème et donne plusieurs coups sur le battant. Après quelques secondes, Grace apparaît dans l'embrasure et plaque immédiatement sa main sur sa bouche.

– Lachlan, ton visage, encore !

Je hausse une épaule et secoue la tête.

– Ça va, ne t'inquiète pas. Je peux voir Bonnie ?

Ma belle-sœur s'écarte pour me laisser passer. Quand mon frère et elle se sont rencontrés, elle était enceinte. Mais pour Finn ça ne changeait rien que l'enfant ne soit pas de lui. Il a épousé Grace, l'a assistée durant toute sa grossesse puis, à la naissance de Bonnie, c'est lui qui s'est chargé de couper le cordon. Lien de sang ou pas, Bonnie est *sa* fille. Et ma nièce.

– Elle est dans sa chambre, tu peux y aller.

L'appartement de Grace comprend deux chambres communicantes. Je me rends vers la pièce du fond et m'annonce avant d'ouvrir la porte.

– Bonnie, c'est moi. Je peux entrer ?

Une voix cristalline me répond depuis l'autre côté de la cloison.

– Oui.

À la seconde où j'entre dans la chambre, une tornade blonde se jette dans mes bras en poussant un cri de joie.

– Tonton Lachlan !

Ce qui est génial avec les enfants, c'est que vous pouvez les quitter quelques minutes, ils seront toujours heureux de vous revoir comme si vous étiez parti depuis des jours.

– Ça va, mon ange ?

La blondinette descend de mes bras et opine du chef, avant de lever son visage de poupon vers moi.

Elle me fixe, puis penche la tête sur le côté en caressant son menton, concentrée.

– Ça fait mal ?

– Un peu.

Sa petite main tire sur mon bras afin que je me baisse à sa hauteur, et sa paume se pose sur ma joue meurtrie. Son geste m'apaise.

Elle reste là pendant plusieurs secondes, sans me poser de questions, sans jugement.

– Ça va mieux ?

J'acquiesce, émerveillé par sa capacité d'acceptation, sans rien demander en retour.

– Ça va nettement mieux, merci Bonnie.

– Super ! Maintenant, tu veux bien jouer au chevalier avec moi ?

Je tire la tête, ce qui la fait rire.

– S'il te plaîîîît, ajoute-t-elle en dévoilant son sourire à trou.

OK, ma nièce est une adorable chipie qui fait de moi ce qu'elle veut. La seule qui peut se targuer d'avoir ce privilège.

– Si je casse un bras ou une jambe à l'une de tes figurines avec mes grosses mains, faudra pas te plaindre.

– Tant que tu remplaces ce que tu abîmes, moi, ça me va ! déclare-t-elle en me tendant son petit doigt levé. Croix de bois, croix de fer !

– Croix de bois, croix de fer, répété-je en crochetant son auriculaire avec le mien afin de sceller notre pacte.

Assis en tailleur face à un château en carton qu'elle a fabriqué elle-même, j'obéis à ses instructions.

– Toi, tu seras Merlin l'Enchanteur et moi, je serai Arthur Pendragon.

À l'âge où les filles veulent être des princesses, ma nièce rêve de magie et d'aventures.

Au bout de quelques minutes à jouer ensemble, Bonnie s'interrompt, me regarde, pensive, et me pose une question qui me laisse pantois.

– Une fois que tu seras marié, tu auras des enfants à toi et tu m'oublieras ?

J'avale ma salive et prends quelques secondes pour rassembler mes pensées.

– Ma belle, où est-ce que tu es allée chercher ça ?

– J'ai entendu tonton Glenn en discuter avec maman.

Qu'est-ce qu'il est allé raconter, celui-là ?

– Tu sais bien que je n'ai aucun secret pour toi, vrai ou pas ?

– Vrai, murmure-t-elle d'une voix minuscule.

– Tu sais aussi que c'est un mariage de convenance. Rappelle-toi quand je t'en ai parlé. Est-ce que tu t'en souviens ?

Petit hochement de tête de sa part. Impossible de ne pas lui dire la vérité.

– De plus, j'ai fait une promesse à ton père, celle de toujours être là pour ta mère et toi, et rien ni personne ne pourra changer ça, d'accord ?

– Tu le jures ?

Je lève la main en l'air et déclare :

– Si je mens, je vais en enfer.

Soulagée, Bonnie s'arme d'un large sourire, saisit ses figurines et mime un combat imaginaire entre deux chevaliers. Je passe l'heure suivante à fabriquer des potions factices dans un laboratoire en carton, en bon Merlin que je suis, jusqu'à ce que nous soyons interrompus par Misha.

– Désolé de vous déranger tous les deux, mais ton père m'envoie te rappeler qu'Erynn Wallace est installée dans le pavillon des invités.

– Et ?

– Et, rien. Si jamais tu as envie d'aller la voir pour lui faire visiter le château ou lui montrer ses futurs quartiers, tu sais où la trouver, tout ça tout ça…

Mon regard noir suffit à l'empêcher de finir sa phrase.

– Bref, lance mon ami, penaud. Moi, j'y vais. On se retrouve tout à l'heure, au bureau ?

– Yep ! Hé, Misha ? Tu pourras transmettre un message à mon *père* ?

– Bien sûr, lequel ?

– Dis-lui qu'il peut tout aussi bien faire le guide touristique lui-même.

Après tout, c'est lui qui l'a invitée, pas moi ! Quand Misha disparaît, je me tourne vers ma nièce.

– Bien, où est-ce qu'on en était ?

Jouer avec Bonnie me permet de ne pas penser à ce qui m'attend dans les prochaines heures, ni à ce que sera mon quotidien pour les semaines qui viennent.

Un faux mariage, en plus de tout un domaine à gérer. La plaie !

CHAPITRE 12

ERYNN

Rectification, j'ai trouvé un bon côté à toute cette situation : le pavillon des invités.

Je fais un tour sur moi-même à l'instant où je pénètre à l'intérieur. Il est somptueux, avec des murs crème, des plafonds hauts ornés de moulures, un mobilier raffiné, des tableaux, des dorures, des lustres en verre soufflé, de grandes fenêtres aux tentures de velours d'un bleu profond.

Je n'ai jamais vu autant de faste réuni au même endroit. Nous avons à notre disposition deux chambres avec des lits king size confortables. Je m'assieds sur le mien, rebondis légèrement dessus pour le tester, et tombe immédiatement amoureuse de la literie moelleuse. Rien à voir avec mon vieux matelas à ressorts fatigué et grinçant de désespoir. Deux salles de bains, et un petit salon qui n'a de « petit » que le nom complètent le tout.

Je prends quelques clichés que j'envoie à Jill pour qu'elle voie à quoi ressemble ma chambre. Là où je m'attendais à me retrouver dans une version écossaise des Pierrafeu, j'ai plutôt l'impression d'avoir basculé à la cour de la reine d'Angleterre.

Je comprends à présent pourquoi l'argent n'est pas un problème pour les Cameron, et pourquoi Angus a accepté d'effacer notre dette d'un claquement de doigts.

Je me laisse tomber sur le canapé capitonné à côté de mon père et découvre la réponse de mon amie.

Waouh ! Ta chambre est immense.
J'en connais une qui va vivre
la grande vie !

Elle a raison. Je lui réponds par un smiley qui sourit.

Que l'aventure commence ! pensé-je en prévision du dîner de présentation qui m'attend ce soir.

Bien sûr, ça ne m'empêche pas de stresser à l'idée de rencontrer mon futur mari. Et comme chaque fois que c'est le cas, je me ronge un ongle tout en me triturant les méninges jusqu'à la migraine.

– Erynn, tu saignes.

J'ôte brusquement mon doigt de la bouche avant que la nausée ne me gagne.

– Désolée. C'est une mauvaise habitude.

Mon père pivote vers moi, la mine soucieuse.

– Ma luciole, tu sais que tu peux encore changer d'avis, n'est-ce pas ? Rien ne t'oblige à le faire.

– Papa, ce n'est qu'un an. Ça va passer vite, et puis regarde cet endroit, ce n'est pas si terrible que ça, tu ne crois pas ?

J'essaie d'avoir l'air convaincante afin de le rassurer. J'aimerais qu'il arrête de s'en vouloir. Je sais dans quoi je me lance, enfin dans les grandes lignes. J'aurai bien le temps de paniquer quand je serai seule. Mon père hoche brièvement la tête, puis quelques coups à la porte interrompent notre échange de regards.

– J'y vais, annoncé-je.

J'ouvre et découvre derrière le battant une jeune femme aux pommettes rose bonbon et au sourire avenant.

– Bonjour, Erynn. Je suis Alba, se présente-t-elle.

– Bonjour Alba, je peux vous aider ?

Un rire cristallin lui échappe.

– Grand Dieu, non. C'est plutôt moi qui suis là pour vous. Je vous apporte le déjeuner, ensuite je reviendrai dans l'après-midi pour vous aider.

Face à ma mine interdite, elle précise :

– À vous préparer.

Je regarde ma tenue. Je suis déjà prête. Dois-je changer de tenue pour un simple dîner en famille ?

– Excusez-moi, me préparer à quoi ?

Alba m'observe, avec l'air de se demander si je suis sérieuse ou si je blague. Quand elle se rend compte que je ne plaisante pas, elle s'éclaircit la voix.

– Pour le dîner. Il y aura presque toute la famille, les amis proches des Cameron ainsi que toutes les personnes qui travaillent pour eux. Vous n'étiez pas au courant ?

Je fais non de la tête, puis me ravise et fais oui afin de brouiller les pistes.

– Tout le monde est très impatient de rencontrer la prochaine Lady Cameron, vous savez.

Lady Cameron.

Je vais devoir m'habituer à ce nom, apparemment. Et commencer la représentation dès ce soir. Angus Cameron a été clair à ce sujet : une des conditions est de passer pour un couple en public. Mais comment puis-je paraître naturelle en compagnie d'un homme que je ne connais pas ? Je suppose que ce sera le moment de découvrir si des talents d'actrice sommeillent en moi.

Je continue de hocher la tête, tandis que je me demande s'il existe des tutoriels d'acting sur YouTube.

– C'est qui, luciole ? s'écrie mon père depuis l'immense petit salon.

Alba se retient de rire en dansant d'un pied sur l'autre.

– Entrez, je vous en prie.

Je l'entends marmonner un « c'est trop mignon, luciole », tandis que j'hésite à lui faire signer un accord de confidentialité.

Le déjeuner est délicieux et je profite de ce moment de calme pour faire une sieste. Au moins, quand je dors, je ne stresse plus.

Au milieu de l'après-midi, comme prévu, je reçois la visite d'Alba, et bon gré mal gré, je la laisse jouer à la poupée avec mes cheveux.

– Votre couleur est magnifique, commente-t-elle.

Je la remercie d'un sourire et l'écoute me parler de la vie ici pendant qu'elle boucle ma chevelure mèche par mèche. Je dois avouer qu'elle est douée. Ma tignasse est disciplinée en boucles soyeuses qui cascadent sur mes épaules. Mon maquillage est subtil et léger, la seule coquetterie que je m'autorise est un trait de rouge à lèvres écarlate, assorti à ma robe de cocktail de la même couleur. Classe et simple. Je remercie secrètement Jill pour avoir eu la bonne idée de la glisser au dernier moment dans ma valise.

La vie est pleine de surprises, n'est-ce pas, grand-père Wallace ?

Mon père aussi s'est habillé élégamment, et une fois prêts tous les deux, nous suivons les indications d'Alba pour nous rendre dans la grande salle. Heureusement qu'il m'accompagne, sinon j'aurais été capable de me retrouver dans les douves. Avec un mélange de curiosité mêlée à une pointe d'excitation, je me laisse conduire, l'esprit agité.

Un léger courant d'air me fait frissonner. Bon sang, la température de ces couloirs doit être optimale pour y conserver des cadavres en parfait état.

Malgré les tapis qui recouvrent les planchers, le bruit de nos pas résonne. Je fais fi de mon estomac qui se noue à mesure que nous approchons et laisse mon regard se perdre sur les murs où sont accrochés différents tableaux de paysages ainsi que des portraits. D'après les tenues, je suppose que ce sont des générations de Cameron qui assistent à notre marche impériale.

Au détour du dernier couloir, le bruit de discussions nous parvient, signe que nous sommes arrivés. Des serveurs et serveuses entrent et sortent les bras chargés, tandis que nous apparaissons dans l'encadrement de la double porte.

La grande salle est pleine à craquer d'invités. Une petite musique d'ambiance s'élève entre les discussions animées. Ce qui devait être un dîner de présentation ressemble plutôt à une réception de grande ampleur. Une longue table a été disposée au centre de la pièce, encadrée de plusieurs dizaines de tables rondes. Bon sang, mais ils ont vraiment invité tout le patelin ou bien ?

Je passe la porte au bras de mon père, armée d'un sourire résolu et d'une détermination à toute épreuve.

Enfin, jusqu'à ce que mon esprit sournois s'amuse à semer le doute en moi.

Est-ce que mon maquillage n'a pas bavé ? Bon sang, je transpire comme un âne, non ? J'espère que personne ne le remarquera. Pourtant je meurs de froid à l'intérieur... Si ça se trouve, j'ai de la fièvre ? Ou une grippe intestinale ? Vu comme j'ai mal au ventre, ça ne m'étonnerait pas... J'aurais dû m'attacher les cheveux... J'ai pensé à mettre du déodorant ?

Ces questionnements s'amplifient à mesure que le silence se fait autour de moi. Tous les convives assis autour des tables se tournent dans notre direction.

Sur l'échelle de la gênance, ce que je suis en train de vivre actuellement est pire que tout. Le silence est très vite remplacé par un bruit de fond composé de chuchotis qui ne me dit rien qui vaille. Je baisse les yeux sur ma tenue et soupire, soulagée. Pendant une seconde, je me suis demandé si je n'avais pas oublié de passer une robe !

Une pression sur ma main de la part de mon père m'encourage. Un coup d'œil vers lui me confirme que dans ses yeux bleus, je suis la plus forte et la plus belle. Ça suffit à m'insuffler le courage nécessaire pour affronter ces inconnus.

Je bombe le torse, et nous avançons à la rencontre du lochiel qui se lève pour nous accueillir. Il se tourne vers l'assemblée, un verre rempli de liquide ambré à la main, sûrement du whisky.

– Mes amis, je vous présente la fiancée de mon fils, Lachlan. Notre future Lady Cameron, Erynn Wallace, et son père, Ewen Wallace.

Mes joues se fardent d'une teinte proche de celle de ma robe. Rectification : c'est maintenant que commence le moment le plus gênant de mon existence.

J'esquisse un sourire maladroit, ne sachant plus quoi faire de mes mains. Ne sachant plus quoi faire tout court. Je n'y connais rien en politesse écossaise. Que veut l'usage ?

Heureusement, Angus met fin à mon calvaire en terminant son toast, puis nous invite à nous installer.

– Erynn, Ewen, je vous en prie.

Deux places nous sont réservées à la table d'honneur. À l'autre bout, je reconnais Misha qui me fait un signe de la main auquel je réponds. Près de lui, Morag. Je suis soulagée de ne pas être placée à côté d'elle.

Je m'assieds et me demande si le fameux Lachlan se trouve autour de cette table. Mal à l'aise, je lance un petit coup d'œil discret autour de moi pour chercher l'origine de mon trouble, et soudain, j'ai le souffle coupé.

Mon cœur s'effrite et tombe, tombe, tombe.

À.

Mes.

Pieds.

Je découvre le visage d'un homme – ou devrais-je dire d'une brute ? – qui me fixe d'un air féroce. Assis face à moi, il tourne la tête une seconde vers la gauche, me laissant le loisir de distinguer l'épaisse cicatrice qui coupe sa joue droite en deux jusqu'à la lèvre. Comment a-t-il pu se faire une blessure pareille ? Malgré ses longs cheveux, impossible de la manquer, pas plus que les contusions qui marquent son visage. Toutefois, ce qui m'interpelle le plus, c'est son regard.

Glacial.

Presque sauvage.

Il me déteste.

Cette pensée tourbillonne en moi.

Il suinte le danger, la douleur et la haine.

Je fais mine de me joindre à la conversation entre mon père et un type à la barbe fournie, en vain. J'ai l'impression que tout le monde me scrute, épie le moindre de mes mouvements. Mal à l'aise, je mordille mon ongle, mais lorsque le goût du sang s'infiltre dans ma bouche, je comprends que j'y suis allée un peu fort. Je prends une grande inspiration pour tenter de canaliser mon hématophobie, mais avec la chaleur de la pièce, je me sens terriblement nauséeuse.

Dans ma vision périphérique, je remarque quelqu'un qui donne une tape dans le dos de mon voisin d'en face.

– Félicitations, Lachlan !

Pardon ? Le Lachlan que je vais épouser ? Pourquoi me regarde-t-il ainsi ? On dirait qu'il me déteste… Et que je vais vomir.

Vomir, vomir, vomir.

J'essaie de me ressaisir, mais c'est plus fort que moi, je perds tous mes moyens quand un haut-le-cœur me saisit.

Je parviens à murmurer quelques mots à mon père pour lui éviter de s'inquiéter.

– Papa, je reviens tout de suite. J'ai juste besoin de prendre un peu l'air.

– D'accord. Tu veux que je vienne avec toi, luciole ?

Je secoue la tête. Étourdie, je me lève d'un bond, me prends les pieds dans quelque chose, je suppose que c'est le bas de ma robe, du coup j'insiste et tire dessus pour me libérer sans ralentir pour autant.

Lorsqu'un fracas tonitruant retentit, je comprends que j'ai emporté la nappe et tout ce qui était disposé dessus. Un hoquet de stupeur général se répand dans la salle, suivi d'un silence assourdissant.

Si j'espérais faire bonne impression, c'est râpé.

Deux options s'offrent alors à moi : prendre la poudre d'escampette ou mourir sur place.

La fuite semble m'offrir les meilleures chances de survie… Je me précipite vers la sortie.

CHAPITRE 13

LACHLAN

C'est un véritable bordel !

La soirée a pris une tournure inattendue. Tout le monde retient son souffle, tétanisé et sous le choc. Je crois que personne autour de la table ne prend la mesure de ce qui vient de se produire. Un instant, tout est normal, et la seconde suivante, une tornade rousse emporte le décor sur son passage.

Pour la faire courte, la foldingue s'est tirée non seulement avec la nappe, mais également avec tout ce qu'il y avait dessus. Verres, assiettes, couverts, whisky et bouffe jonchent à présent le sol en marbre.

Le tableau est à mourir de rire.

Mon père a viré écarlate, et ses yeux sont encore écarquillés. Celui d'Erynn semble prêt à bondir pour sortir sa fille de ce guêpier, un peu comme s'il était habitué à ses bourdes. Ma grand-mère est si outrée que ses sourcils atteignent presque ses cheveux. J'imagine qu'elle se voit jouer aux fléchettes avec le minois de l'Anglaise en guise de cible. Grace a plaqué sa main sur sa bouche, compatissante, tandis que Bonnie préfère jouer avec ses figurines et n'a rien remarqué. Cette gamine est géniale ! Assis près de moi, mon cousin se mord les joues pour éviter de se bidonner et d'aggraver la situation. Misha, qui a réussi à sauver son verre de vin, le sirote tranquillement. Quant à Alba, qui s'apprêtait à déposer une assiette, elle affiche un air plein de tendresse comme si elle s'était déjà prise d'affection pour notre invitée.

Se pointer vêtue de rouge, couleur de l'envahisseur anglais, au cœur des Highlands, dans une salle pleine d'Écossais, et retourner la table au bout de quelques minutes, il fallait oser. J'ignore si elle l'a fait exprès ou si c'est parce qu'elle est particulièrement maladroite.

Perso, je m'en cogne de la couleur de sa robe, qu'elle vienne en rouge, en bleu, en rose ou à poil m'indiffère. Mon regard se porte sur ma « fiancée », qui se tient dos à l'assemblée, statufiée face à la double porte. Elle a un physique à tomber, des rondeurs là où il faut, et pas l'ombre d'une imperfection – en dehors d'être à moitié anglaise, ce que je ne peux m'empêcher de remarquer.

Je dois avouer que le vieux a bon goût.

Mon regard balaie sa silhouette exquise. Avec ses boucles rousses cascadant dans son dos et sa robe couleur sang, tranchant avec sa peau laiteuse, elle ressemble à une enchanteresse.

Je ne suis sans doute pas le seul à le penser car un murmure, quelque part dans la salle, demande si notre future Lady est possédée.

Mais moi, je sais ce qui est arrivé à la petite protégée de mon paternel.

Elle m'a vu.

Elle a découvert la laideur de ma balafre.

Peut-être aurais-je dû la dissimuler sous un masque ? Je ne l'ai jamais fait avant, alors pourquoi maintenant ?

Pour ne pas la faire fuir, abruti !

La révulsion que j'ai lue dans ses prunelles aigue-marine ne laisse pas place au doute : mon père a omis de l'informer de l'état de mon visage.

En réalité, le constat me fout en rogne. Ma tronche la répugne ? Je ne suis pas assez bien pour elle ? Qu'elle aille se faire foutre ! Je n'ai rien demandé, moi !

D'ailleurs, ce n'est pas l'envie qui me manque de lui balancer à la tronche ce que je pense de toute cette histoire.

Je la regarde disparaître dans le couloir et j'ai le furieux besoin de la rattraper, histoire de lui rappeler que malgré sa répulsion, elle a donné sa parole. Si elle pense qu'elle pourra se débiner, elle fait fausse route, parce que la curiosité prend le pas sur mon aversion pour ce mariage. Je ne vais pas lui rendre la vie facile, il va falloir qu'elle compose avec moi, désormais.

– Je vous prie de m'excuser, déclare son père. Je vais aller trouver ma fille pour m'assurer qu'elle va bien. Je suis certain qu'elle doit se sentir terriblement confuse après ce fâcheux incident.

Je réagis sans réfléchir, me lève et le rattrape.

Il a la délicatesse de ne pas montrer son trouble face à mon visage tuméfié, contrairement à sa fille.

– Monsieur Wallace, permettez-moi d'aller retrouver ma fiancée.

Je ne sais pas ce qui transparaît dans mon regard, mais ce qu'il y discerne semble le rassurer, car après un moment d'hésitation, il hoche la tête.

Je quitte la grande salle, et malgré le couloir faiblement éclairé, je repère sa silhouette gracile qui s'éloigne en direction de la cour. En moins de deux, je l'y rejoins.

Elle est bien là, debout près du mur de grès, penchée en avant. Elle marmonne des paroles indistinctes. Est-ce qu'elle est en train de prier ? Ce serait bien ma chance d'être tombé sur une bigote.

Je devrais commencer par me présenter. C'est ce que n'importe quel mec ferait, non ? Pourtant je ne bouge pas d'un iota, mon regard caressant les formes voluptueuses dévoilées par sa robe.

Au-dessus de nos têtes, la nuit a drapé un rideau opaque.

C'est la première fois que j'inspire une réaction aussi vive à une fille. Généralement, mon portefeuille et mon nom suffisent à les rendre aveugles aux disgrâces de mon visage. L'argent est un puissant aphrodisiaque.

Mais pas avec elle.

Quand elle se redresse, elle tapote son front du plat de la main et pousse un long soupir.

– Alors, on regrette déjà sa décision ?

Surprise, elle bondit en arrière tandis qu'un cri lui échappe.

– Oh, mon Dieu !

– Lachlan, ça suffira.

Dans sa fuite, elle se retrouve les pieds dans les plants de roses sauvages aux épines particulièrement acérées qui ornent le centre de la cour. À présent, elle gesticule tellement qu'elle manque de tomber à la renverse. Mais bon sang, d'où sort cette nana ?

Avant qu'elle ne saccage la totalité du parterre de ma grand-mère, je la saisis par la main pour la sortir du bosquet et la ramène contre moi.

Dès qu'elle est suffisamment stable, Erynn s'écarte brusquement, laissant dans son sillage une douce fragrance de fleurs.

– Ne me remercie pas, surtout !

Elle m'observe, les sourcils froncés. Pas besoin de savoir lire dans les pensées pour deviner qu'elle est furax.

– Te remercier ? Tu plaisantes, j'espère !

– Absolument pas.

– Tu m'as fichu une telle trouille que j'ai failli servir de nourriture à des rosiers sauvages ! Qu'est-ce que tu fais là, d'abord ? demande-t-elle en soutenant mon regard et en redressant le menton.

Je croise les bras et penche la tête sur le côté.

– Je vis ici.

Elle lève les yeux au ciel.

– Tu m'as très bien comprise ! Pourquoi m'avoir suivie maintenant, alors que tu t'es échiné à m'ignorer toute la journée ?

Je me rends compte d'un truc. Erynn m'amuse. Cette année de mariage va être plus intéressante que prévu…

Un léger sourire étire la commissure de mes lèvres.

– Quelque chose te fait rire ? proteste-t-elle avec une assurance nouvelle.

– Tu veux dire, en dehors de toi ? lâché-je.

En réponse, ses prunelles prennent une teinte plus sombre.

– Si tu penses m'impressionner pour que je fasse machine arrière, tu perds ton temps, laisse tomber.

– Te dissuader ? Au contraire, je vais me faire un plaisir de faire de ta vie un enfer.

Elle blêmit, mais se compose aussitôt un masque de froideur.

– Peut-être que c'est moi qui vais faire un enfer de la tienne, déclare-t-elle en haussant une épaule.

Elle me tient tête, mais au fond, je le sens, c'est du bluff. Elle semble terrifiée, à moins qu'elle ne soit seulement dégoûtée ? Ses grands yeux bleus s'égarent du côté de ma balafre, puis elle se reprend.

– J'espère que mon père a été suffisamment généreux avec toi. Assez en tout cas pour te faire oublier la *particularité* de son fils. Il n'est pas trop tard…

– Rien de ce que tu diras ne me fera changer d'avis à propos de ce *mariage*, me coupe-t-elle.

D'un pas, j'envahis son espace vital, si bien qu'elle se retrouve obligée de lever le menton.

Pauvre petite chose.

– Vraiment ? C'est marrant, parce que ce n'est pas l'impression que j'ai eue juste avant que tu fasses des claquettes sur les plants de ma grand-mère.

– Oh, bordel ! Ce sont les roses de Morag ? demande-t-elle, paniquée, en jetant un regard autour de nous. Tu ne lui diras rien, n'est-ce pas ?

Est-ce qu'elle veut me faire croire que ma grand-mère est plus effrayante… que moi ?

Voyant que je n'ai pas l'intention de la rassurer sur ce point, elle soupire d'agacement et me contourne avant de revenir sur ses pas.

– Le pavillon des invités est bien de ce côté ? demande-t-elle en pointant du doigt la mauvaise direction.

– Tu te tires déjà ?

– Il faut croire que j'ai eu mon compte de Cameron pour la soirée. Alors ?

– Alors, quoi ?

– Le pavillon des invités, répète-t-elle d'une voix agacée. Cet endroit est foutrement grand.

D'habitude, ce n'est pas précisément ce qui attire les femmes vénales dans son genre ?

– Par là, lui indiqué-je, après avoir hésité à l'envoyer vers les quartiers de ma grand-mère.

– Merci.

– Tu oublies un détail, Erynn.

Le léger frisson qui la parcourt ne m'échappe pas. Est-ce parce que j'ai prononcé son prénom ? Croit-elle que je l'ignore ? Bon sang, mon paternel m'a suffisamment rebattu les oreilles avec, impossible de l'oublier.

– Lequel ?

– Tout le monde t'attend dans la grande salle.

– Trouve une excuse, n'importe laquelle je m'en fiche. Personnellement, j'estime que je me suis assez donnée en spectacle pour ce soir.

Sur ces mots, elle tourne les talons et détale sans demander son reste.

Je la suis des yeux jusqu'à ce qu'elle disparaisse, puis choisis de marcher un peu au lieu de rejoindre les autres.

Adossé contre le mur d'enceinte, une clope au bec, ma solitude n'est que de courte durée puisque mon cousin et mon meilleur pote rappliquent, des bouteilles à la main.

– Alors, cette première rencontre avec ta femme ? demande Glenn.

Il vient se caler à mes côtés.

En réalité, je ne sais pas quoi en penser. Elle n'a fait aucune remarque sur ma cicatrice. Pourtant, c'est bien pour ça qu'elle a quitté la grande salle comme une furie.

– En tout cas, t'es un veinard, parce qu'elle est particulièrement bandante !

Je lui lance immédiatement un regard noir.

Il lève les mains en l'air en signe de reddition.

– Du calme, frangin. Ce n'est pas ce que je voulais dire…

Mes potes savent que c'est un mariage arrangé. Après tout, ça se fait beaucoup dans les grandes familles écossaises, une histoire de tradition à faire perdurer. En revanche, ils ne sont pas au courant du petit arrangement pécuniaire qui lie Erynn à mon père.

– Moi, je l'aime bien. Elle est marrante, déclare Misha avant d'avaler une rasade de whisky.

Je secoue la tête. Pourquoi ne suis-je pas étonné ? Évidemment qu'il l'aime bien, Misha aime à peu près tout dans ce monde.

– Glenn a raison, elle est rudement belle.

– La ferme, Misha.

– Quoi ? C'est la vérité.

Ils acquiescent de concert, tandis que j'ai envie de leur faire fermer leur clapet.

Ils sont vraiment aveugles, ma parole !

Il suffit pourtant de regarder ma gueule. Aucune femme sensée n'accepterait d'unir sa vie à la mienne s'il n'y avait pas un chèque important à la clé. Je ne vaux pas plus qu'un putain de lot de consolation à la fête foraine. J'attrape la bouteille des mains de Misha, colle le goulot à mes lèvres et ingurgite plusieurs goulées d'alcool.

Je vais avoir besoin de pas mal de whisky pour ignorer la révulsion qui passera dans les yeux de ma femme à chaque fois que j'approcherai *ce visage* du sien.

CHAPITRE 14

ERYNN

Ma tête pèse une tonne et un affreux mal de crâne enferme mes tempes dans un étau. Foutue nuit blanche ! Et le peu de temps que j'ai fermé l'œil, j'ai fait un horrible cauchemar dans lequel j'étais une princesse obligée d'épouser une bête.

La migraine est si forte que je pourrais croire que je me suis saoulée hier. Pourtant je ne bois pas souvent, et je peux compter sur les doigts d'une main les occasions où je me suis mise minable. Et chaque fois, je l'ai regretté amèrement.

La dernière fois, c'était à la mort de ma mère. Le choc avait été si brutal et ma peine infinie. J'avais eu besoin d'anesthésier mes sentiments dans des litres d'alcool bon marché. Mes émotions éteintes, j'avais savouré le soulagement, même s'il avait été de courte durée. Mon estomac avait dansé la gigue des jours durant et mon corps me l'avait fait payer.

Un gémissement m'échappe. Je ne sais pas pourquoi j'évoque soudain ce souvenir douloureux.

Au prix d'une volonté de fer, je bascule sur le côté et roule jusqu'au bord du lit. Je m'exécute lentement afin d'éviter de taquiner les ressorts capricieux de mon matelas.

Mais il se passe un phénomène étrange : la literie ne grince pas. *Ça, c'est vraiment bizarre !*

Je croyais être dans mon lit à Londres. Un éclair de lucidité me traverse, puis brusquement, je me redresse et regarde autour de moi, paniquée. L'endroit est baigné de lumière, si bien que je ne reconnais rien, ni la chambre, ni la décoration cossue, ni le lit muet.

Oh, misère... ce n'était donc pas un cauchemar ?

Je cache mon visage dans mes mains au souvenir de la soirée désastreuse de la veille et de ma sortie fracassante de la grande salle. Mes joues s'échauffent à ce souvenir cuisant.

J'ai également fait la rencontre de Lachlan Cameron. Deux mètres d'hostilité assumée. Un regard bleu surmonté de sourcils épais accentuant la profondeur de ses iris. Deux abîmes effrayants dans lesquels je pourrais aisément me noyer.

Je me souviens qu'une longue cicatrice lézarde sa joue droite. Curieusement, ce détail lui confère un charme sauvage et mystérieux que je ne saurais expliquer. Je ne peux empêcher mon esprit curieux de se demander ce qui lui est arrivé.

Un léger sursaut me saisit lorsque deux petits coups sont frappés à la porte de ma chambre. C'est certainement mon père. Je lisse mes cheveux et tapote mes pommettes afin de me composer un visage avenant.

– Tu peux entrer, papa.

La poignée remue et le battant s'ouvre pour laisser entrer non pas mon père, mais une Alba tout sourire.

– Comment va notre future Lady, ce matin ?

J'affiche un air maussade qui doit parler de lui-même.

– Excusez-moi, Alba, mais comment êtes-vous entrée ? demandé-je, les sourcils froncés.

– Oh, ça ? C'est votre père qui m'a ouvert.

– Ah.

Elle regarde sa montre, avant de taper dans ses mains et de décréter :

– Nous avons un planning ultra chargé et très peu de temps devant nous, cependant vous devez d'abord prendre des forces. J'ai apporté votre petit déjeuner, il vous attend dans le salon.

– Attendez, comment ça « très peu de temps devant nous » ? Il est à peine neuf heures du matin et la cérémonie aura lieu en milieu d'après-midi ! Je peux rester au lit.

– Je crains que non. Il faut vous préparer pour le grand jour. Je dois vous expliquer aussi le déroulement de la cérémonie, les diverses traditions à respecter…

– Si vous le permettez, j'aimerais d'abord prendre une douche.

Son visage s'éclaire.

– Bien évidemment ! Je vous attends dans le petit salon.

Je glisse hors du lit, me rends dans la salle de bains et profite de cette parenthèse pour autoriser mes larmes à se mêler à l'eau de mon bain une dernière fois. La faute au trop-plein d'émotion couplé à la pression de ne pas être à la hauteur de ma mission. Je suis censée jouer le rôle de la jeune mariée follement éprise, mais je n'ai rien d'une grande actrice. Je suis seulement… moi.

Moins de trente minutes plus tard, j'enfile le peignoir élimé que Jill m'a fait envoyer avec le reste de mes affaires et qui détonne dans le décor. Un peu comme moi.

Je rejoins Alba dans le « petit » salon et la trouve assise sur le canapé, en grande conversation avec mon père. Ou plutôt devrais-je préciser que c'est elle qui écoute, et lui qui parle. Sa tasse à la main, je suis presque sûre qu'il lui raconte une anecdote datant de ses visites à Londres, lorsque j'étais petite.

Il adore faire ça, étaler à des inconnus le palmarès de mes bêtises d'enfant. D'habitude, sa manie de dévoiler mon tableau de chasse a le don de m'agacer. Mais ça m'avait manqué de le voir sourire.

Quand il m'aperçoit, ses yeux s'éclairent.

– Salut, luciole ! J'ai fait du café, tu en veux ?

Ce qu'il appelle du café, moi, j'appelle ça du jus de chaussette. Partout où il va, mon père a toujours avec lui ses sticks de café soluble. Il semble tellement heureux que je n'ai pas le cœur de refuser.

– Volontiers ! réponds-je avec un peu trop d'enthousiasme pour que ce soit crédible.

– Je t'apporte ça de ce pas !

Dès qu'Alba et moi sommes seules, je lui demande comment s'est terminé le dîner de la veille.

– Sans vous pour l'animer, je dois dire que c'était d'un ennui…

Je laisse retomber ma tête sur les coussins du canapé en soupirant.

– Merci de me remonter le moral, mais je suis certaine que tout le monde m'a prise pour une idiote.

– Bien sûr que non…

Je la sens pressée de changer de sujet. Je préfère ne même pas imaginer la réaction des invités…

– Bien, et donc par quoi allons-nous commencer votre préparation ?

***

À quelques minutes de la cérémonie, je suis debout face à ma psyché et admire mon reflet de face, de dos et de profil.

– Madame Erynn Wallace Cameron, répété-je à haute voix afin de voir comment ça sonne.

Je n'ai pas croisé Lachlan de la journée. Je suppose que, comme moi, il doit être occupé à se préparer dans son coin. D'après Alba, la tradition veut que les jours précédant un mariage, les futurs époux ne se voient pas du tout afin de faire monter le désir. J'ai presque failli mourir de rire quand j'ai découvert cette coutume.

Face au miroir, je chasse une poussière invisible de ma robe. Je porte une toilette vintage couleur ivoire, toute simple, avec de fines manches en dentelles et quelques perles piquées ici et là sur le bustier.

Après son décès, j'ai donné toutes les affaires de ma mère à des bonnes œuvres, sauf cette robe. Celle qu'elle portait quand elle a épousé mon père. Après tout, selon eux leur mariage n'a pas été un total échec puisque c'est ce qui leur a permis de m'avoir.

Mes cheveux sont relevés en un chignon haut d'où s'échappent quelques mèches folles qu'Alba a pris soin de boucler.

Elle est très douée, beaucoup plus que moi d'ailleurs. J'aime ce qu'elle a fait sur mon visage. Un maquillage frais et léger camoufle mes cernes. Dommage qu'il n'en fasse pas autant avec mon stress.

Angus est passé me rendre visite un peu plus tôt dans la matinée, pour s'enquérir de mon état d'esprit, je suppose. Il m'a également fait signer tout un tas de paperasse. Le seul document qui m'intéressait est celui stipulant que ma famille ne devrait plus rien à la sienne à l'issue de notre petit arrangement. Avant de partir, il s'est tourné vers moi, m'a longuement observée et a prononcé cette phrase mystérieuse avant de disparaître : « Tout va se passer à merveille, et qui sait, votre union pourrait donner lieu à des surprises ? »

Je ne sais pas ce qu'il voulait dire par là et j'étais trop stressée pour songer à lui demander des explications.

Me voilà à présent en train de mordiller mon pouce pour tenter de canaliser les angoisses qui dansent le madison dans mon ventre.

– Vos ongles, Erynn, souffle Alba.

Je laisse tomber ma main qui rebondit sur ma cuisse.

– Désolée.

Mon père m'attend de l'autre côté de la porte pour me conduire dans la petite chapelle du château où aura lieu la cérémonie. Ensuite, le repas sera servi dans la grande salle.

J'observe une dernière fois le reflet que me renvoie le miroir, prête à faire face à mon destin.

Ce n'est qu'un an, m'encouragé-je.

Ensuite, tout sera fini. Je pourrai reprendre ma vie là où je l'ai laissée. C'est-à-dire, reprendre activement les recherches d'emploi et me dégoter un logement un poil plus confortable. Dans l'idéal, j'aimerais ne plus avoir à partager ma salle de bains avec tous les locataires du palier.

– Vous êtes prête, Erynn ?

Je me contente d'un simple hochement de tête.

– Bien, alors… je suppose que nous pouvons y aller ? suggère Alba.

– Je suppose, oui, fais-je, hésitante.

La porte s'ouvre et mes yeux s'arriment à une paire d'iris identiques aux miens.

– Ma luciole, tu es…

Dans l'immensité de ses yeux bleus, je peux lire toute la fierté et l'amour que mon père me porte. Cela suffit à me réconforter. Je me marie pour lui. Pour une fois, c'est à mon tour de prendre soin de lui.

– Tu es si belle.

– Merci papa. Toi aussi.

Il est élégant dans sa veste de costume en tweed marine sur une chemise blanche et son kilt aux couleurs des Wallace.

À présent, la larme unique qui roule le long de ma joue est formée par le sel de mes émotions.

– Ta mère serait si fière de toi, souffle-t-il avant de m'étreindre.

Oh, ça, j'en doute, papa. Maman était furieusement éprise de liberté. C'est justement la différence avec mon père qui a fait le choix de se sacrifier pour s'occuper de mon grand-père et gérer l'exploitation familiale. Je me contente d'opiner en souriant.

D'un regard, Alba nous indique qu'il est temps pour nous de rejoindre le lieu de la cérémonie. Mon père m'offre son bras auquel je m'agrippe. Il ne le sait pas, mais à cet instant il est ma bouée. À ses côtés, j'ai la certitude qu'il me sera impossible de me noyer.

Nous progressons lentement à travers la cour puis dans les couloirs parquetés de ce château, ma future demeure.

Une perle de sueur dévale mon dos, tandis que le son des cornemuses se rapproche. Dans ma tête, c'est un véritable vacarme. Mes pensées éparses se débattent furieusement contre les parois de mon crâne pour s'en échapper.

Ça suffit !

Une seconde passe.

Une deuxième.

Puis le bourdonnement reprend.

Mon père se penche légèrement vers moi.

– Tu sais, luciole, un mot, un seul de ta part, et on prend la tangente, me murmure-t-il dans le creux de l'oreille. Je sais où se trouvent les sorties de secours.

Sa dernière phrase éveille ma curiosité alors que nous sommes à quelques pas du lieu de la cérémonie.

– Ah bon, comment ça ?

– Disons qu'après ton petit exploit d'hier, j'ai eu le temps de faire un peu de repérage en catimini, répond-il avec un clin d'œil plein de malice. Tu sais, juste au cas où.

Il sort une serviette en papier de sa poche.

– J'ai tout consigné là-dessus, luciole. Les dimensions ne sont pas à l'échelle, mais le plan est suffisamment précis pour une évasion éclair.

Ça a le don de m'arracher un léger gloussement.

– Papa, ne change jamais, s'il te plaît.

– On ne change plus une vieille cafetière comme moi, plaisante-t-il. D'ailleurs, si à n'importe quel moment de la journée tu as une envie de café, il me reste quelques sticks que je garde au chaud.

Il tapote son autre poche, et cette fois, j'éclate de rire.

– Merci, compte sur moi pour m'en souvenir.

– À la bonne heure !

Mon sourire s'envole à la seconde où nous nous arrêtons face aux doubles portes incrustées d'arabesques de la chapelle.

Alba envoie un message à je ne sais qui pour prévenir de notre arrivée, nous prie de compter jusqu'à dix avant d'entrer, puis disparaît.

1-2-3...

Je prends une grande inspiration.

4-5-6...

J'expire bruyamment, le cœur battant la chamade.

7-8-9...

Mon père pose la main sur la délicate poignée dorée.

– Prête, luciole ?

Le serai-je jamais ? Je mentirais si je disais que l'envie de me servir de la serviette en papier de mon père ne m'a pas effleurée.

10...

– Prête !

Les portes s'ouvrent. Le chant des cornemuses nous assaille.

Mon stress monte en flèche tandis que nous esquissons un pas à l'intérieur. Des murs crème et une série de voûtes surbaissées nous accueillent. Mon regard est happé par l'autel au bout de la nef. Il est encadré par deux rangées de chaises occupées par les invités de Lachlan. De mon côté, j'aurais adoré que Jill soit présente, mais j'ai mon père avec moi et c'est la seule personne qui compte à mes yeux.

Mon cœur menace de jaillir hors de ma poitrine à présent que je fais face à la conséquence de mes choix.

Oh, mon Dieu... c'est réel !

– Montre-leur qui tu es, Erynn Ewena Arabella Wallace, me glisse mon père en pressant ma main.

J'avance, cramponnée à lui, en priant pour ne pas me prendre les pieds dans l'ourlet de ma robe. La dernière fois que cela m'est arrivé est assez récente.

En remontant l'allée, je croise quelques regards, dont celui débordant d'hostilité de Morag qui m'observe depuis le premier rang. Angus est à ses côtés. Près de l'autel se tiennent plusieurs personnes parmi lesquelles l'officiant célébrant le mariage, le témoin du marié, ma témoin (ma future belle-sœur) et Lachlan, qui me tourne le dos. Deux mètres de muscles taillés dans la pierre. Ça ne m'étonnerait pas qu'il se tape du menhir à tous les repas, vu sa carrure. Il porte une chemise blanche sur un kilt aux couleurs de son clan, rappel constant de la magnificence des Cameron.

À mesure que la distance se réduit, mon pouls accélère encore, et mon stress est si palpable que je peux le sentir m'envelopper comme une seconde peau.

– Qui donne cette fille en mariage ? demande l'officiant à notre approche.

Mon père s'éclaircit la voix.

– C'est moi.

Lachlan se retourne. Je retiens mon souffle, happée par ses yeux fascinants. Ma mémoire ne lui rendait pas justice. Il est plus impressionnant encore que dans mes souvenirs.

Cette fois, plus de retour en arrière possible, pensé-je alors qu'il saisit ma main et entrelace nos doigts.

CHAPITRE 15

LACHLAN

Elle est devant moi, le menton haut et fier. Cette fois, elle a troqué le rouge sang pour l'ivoire.

Intéressant comme choix de robe, simple et sans fioriture. La dentelle tombe parfaitement sur ses hanches, épousant ses formes et venant mourir à ses pieds tel un lac d'écume. Je l'avoue, je suis surpris. Je suppose que je l'imaginais opter pour un modèle plus ostentatoire. Sa crinière flamboyante est domptée en un chignon haut d'où s'échappent quelques mèches folles. Et c'est tout. Pas de voile ni de longue traîne. Juste elle, et sa tenue sortie tout droit d'un roman anglais du XIXe siècle.

Ses yeux d'un bleu cristallin parcourent mon visage et s'arrêtent sur la ligne de ma mâchoire que je contracte. Au moins, cette fois, elle ne détale pas comme une voleuse pour mettre le plus de distance possible entre elle et moi.

Nos mains étroitement liées, Erynn s'avance à mes côtés, son épaule frôlant la mienne.

Dans ma vision périphérique apparaît la gueule de Glenn. Il affiche un sourire de cocker et articule silencieusement : « Ta femme est une vraie bombe ! »

Elle est belle, OK. Et ça change quoi ? Il a compris que c'était un mariage arrangé ou bien ? Si elle n'en tirait aucun bénéfice, jamais elle ne s'unirait à moi.

Je lui flanque un coup de coude discret dans les côtes pour qu'il arrête son manège. Il est tout sauf discret.

Pourquoi l'ai-je désigné comme témoin, déjà ?

Après les chants, l'officiant prend la parole et nous assomme de sermons sur nos devoirs matrimoniaux. Respect mutuel, fidélité, communauté de vie, pourvoir à l'éducation de nos futurs enfants… le blabla dure environ vingt minutes, mais en paraît largement le triple, provoquant une sorte de malaise chez ma voisine. Son attitude démontre qu'elle n'est pas là de gaieté de cœur, son regard fuyant se pose n'importe où, sauf sur moi. Je ne peux pas lui en vouloir, même moi je me passerais de mater ma tronche si je pouvais l'éviter. Elle danse d'un pied sur l'autre et sa paume dans la mienne est affreusement moite.

Je suis curieux. Est-ce la clause sur la vie commune qui chagrine l'Anglaise, ou bien celle qui concerne les gamins que nous n'aurons jamais ?

Lorsque le moment fatidique de l'échange des consentements arrive, je la sens plus tendue qu'une arbalète.

– Erynn Ewena Arabella Wallace, consentez-vous à prendre pour époux Lachlan Eliott Domhnall Cameron, ici présent ?

Tout le monde retient son souffle. Erynn prend une profonde inspiration, semblant réfléchir à la question. Je parie qu'elle élabore un plan foireux pour se dérober.

– Ôte-moi d'un doute : tu n'envisages pas de me planter là, au moins, ma belle ? murmuré-je tout bas, de sorte qu'elle seule puisse m'entendre.

Elle répond par un mince sourire espiègle alors que l'officiant toussote dans son poing et répète :

– Erynn Ewena Arabella Wallace, consentez-vous à prendre pour époux Lachlan Eliott Domhnall Cameron, ici présent ?

J'attends, impatient de savoir si elle aura le cran de m'éconduire en public, de renoncer à un paquet de blé et de retourner d'où elle vient. *Allez, bébé ! Dis non. Dis non...*

– Oui, je le veux.

Je ferme les yeux. Bordel... Quelle mauviette !

C'est avec le plus grand détachement que je réponds à mon tour un « oui » laconique et sans émotion.

L'officiant prend le plateau d'argent sur lequel sont disposées nos alliances et nous le tend.

Un simple anneau en platine pour moi qui vient rejoindre ma chevalière frappée de nos armoiries. Pour Erynn, une bague en or blanc représentant le traditionnel Luckenbooth, un symbole identique à la broche que je suis censé lui offrir après l'échange de vœux. Le motif est une couronne qui surmonte deux cœurs jumeaux, sertie d'un diamant en son centre.

L'échange se fait sans un mot. J'ignore le léger tressautement de ses doigts quand je glisse la bague à son annulaire.

– Je vous déclare mari et femme. Vous pouvez embrasser la mariée, annonce solennellement l'officiant.

Je jette un rapide coup d'œil en direction d'Erynn, histoire de voir son beau visage se froisser de dégoût alors que je m'apprête à embrasser ses lèvres. Ses lèvres roses, charnues, en forme de cœur.

Pendant un infime instant, je me demande si elle ressentirait autant de révulsion si mon visage ne portait pas de stigmates…

Je scelle notre union d'un baiser rapide, sous une salve d'applaudissements.

Vient le moment le plus solennel entre tous, celui où l'épouse du lochiel accepte de porter en écharpe les couleurs de son nouveau clan

Misha déplie l'étoffe et me la tend, les doigts tremblants.

– Désolé, déclare-t-il. C'est l'émotion. Je suis si heureux pour toi, cousin.

Misha est un grand sensible. La moindre émotion forte le met dans tous ses états. Je tapote son épaule pour lui donner du courage, sans quoi il risque de s'évanouir, puis récupère le tartan et me tourne vers Erynn.

– Prête, chérie ?

Mon ton est volontairement acerbe.

– C'est quoi ce truc ? demande-t-elle en grimaçant.

– Un kilt. Tu dois quitter ta robe devant tout le monde et te l'enrouler autour de la taille comme un paréo.

Son sourire figé disparaît et ses yeux s'écarquillent.

– Je te demande pardon ?

– Quoi, tu veux dire que personne ne t'a prévenue ?

Elle semble assurée, mais je vois bien que son regard est fébrile.

– Mais non, je ne suis pas d'accord pour… pour…

Elle est si crédule que je me retiens d'éclater de rire.

– Je te fais marcher, détends-toi. Ce n'est qu'une écharpe. Je la drape autour de toi et ce sera réglé !

Je ne suis pas surpris qu'elle tente de me l'arracher des mains.

– Je peux me débrouiller seule, merci. Je ne veux pas que tu me touches.

Je la scrute une demi-seconde, avant de prendre sa joue en coupe. Vu de loin, ça ressemble à un geste tendre. Et pourtant…

J'effleure ses lèvres durement du pouce.

– Je m'en serais bien passé mais la tradition veut que ce soit à moi de m'en charger.

J'ignore le juron qu'elle murmure et approche mon visage ravagé du sien, jusqu'à ce qu'il ne reste que quelques millimètres entre nos corps. Presque rien. Elle peut enfin me contempler dans toute ma splendeur. Pas question de l'épargner. Je veux qu'elle voie à la lumière du jour celui qu'elle vient d'épouser.

Je drape l'étoffe autour de son épaule gauche, avant de ramener les deux extrémités contre sa hanche droite, et de les fixer ensemble à l'aide de la broche de Luckenbooth.

Une fois la tâche accomplie, je m'écarte et ne rate pas le frisson qui parcourt sa peau soyeuse.

Mon père est le premier à se présenter devant nous. Malgré les circonstances, il semble sincèrement heureux. J'ai envie de lui arracher son fichu sourire et de le lui faire avaler.

– Vous êtes l'une des nôtres à présent, déclare-t-il en prenant Erynn dans ses bras. Bienvenue dans la famille, mon enfant.

À l'inverse, ma grand-mère est loin d'être ravie. Elle se contraint à l'exercice des félicitations, cachant son mépris derrière des paroles enrobées de miel.

– Erynn, j'ose espérer que vous vous plairez à Achnacarry.

L'intéressée lève un sourcil, aucunement dupe du manège de ma grand-mère, et se fend d'un sourire narquois.

– Merci, Morag. J'en suis certaine.

– Je veillerai personnellement à ce que vous vous sentiez chez vous parmi nous.

– Merveilleux, j'ai si hâte ! Je suis sûre que toutes les deux, nous allons nous entendre à merveille et devenir les meilleures ennemies du monde !

Erynn ricane en portant ses doigts à ses lèvres.

– Oups ! Je voulais dire *amies*, évidemment. L'émotion, sans doute.

– Évidemment…

L'échange glacial se termine, et très vite, une file se forme dans l'allée, Grace et Bonnie en tête.

– Hé ! Viens par ici, mon ange !

La petite saute dans mes bras, ses mains minuscules autour de mon cou.

– Félicitations tonton Lachlan, me souffle-t-elle à l'oreille, avant de claquer une bise sonore sur ma joue abîmée. Ta femme est trop belle !

– Tu as raison, poursuit sa mère en se tournant vers Erynn. Nous n'avons pas eu l'occasion d'être présentées. Je suis Grace Cameron, la belle-sœur de Lachlan. Bienvenue dans la famille.

– Enchantée, Grace. Et merci.

– Allez Gracie, c'est à mon tour, maintenant, déclare Misha en lui caressant doucement l'épaule.

Son empressement soutire un sourire à la mariée. Pour Dieu sait quelles raisons, il semble apprécier ma femme, comme si un lien spécial s'était tissé entre eux durant le trajet depuis Galston.

– Bienvenue dans la famille, Erynn ! s'exclame-t-il, sincèrement heureux.

Il m'offre ensuite une accolade en reniflant dans sa barbe, ce qui a le don de me faire lever les yeux au ciel.

– Misha, bordel ! Arrête de chialer !

– Ce sont des larmes de bonheur, frangin.

Misha est un incorrigible cœur d'artichaut. Cette qualité fait fuir la plupart des femmes qu'il rencontre, qui préfèrent les enfoirés aux tendres comme lui. Sa dernière relation date d'il y a plus de trois ans, et s'est terminée en quelques mois parce que sa copine n'a pas su gérer son hypersensibilité. Depuis, il a décrété qu'il resterait célibataire à tout jamais, préférant se consacrer à son métier. Toutefois, les regards dégoulinants de guimauve qu'il lance à Grace quand elle est dans les parages ne m'ont pas échappé.

Un seul membre de ma famille manque à l'appel : mon oncle Rory, le père de Glenn. Mon paternel et lui sont cousins germains. Si Rory est absent, c'est parce qu'ils se vouent une profonde rivalité depuis la naissance ou presque.

Ils sont nés à quelques heures d'écart, qui ont suffi à faire de mon père l'héritier des Cameron, au grand dam de Rory. Heureusement, Glenn ne lui ressemble en rien et n'a d'ailleurs plus de contact avec lui.

Après toutes les embrassades, Erynn et moi suivons la procession de joueurs de cornemuse jusqu'à la grande salle où se tient la fastueuse réception. C'est la tradition, mais putain, ce protocole me gonfle.

Il y a des bouquets de dahlias et de roses blanches noués de rubans partout où je pose les yeux. Pas un seul recoin n'a été oublié, que ce soit sur les tables, au dos des chaises, sur l'estrade sur laquelle nous prenons place, et même jusqu'aux rideaux. La famille a fait les choses en grand.

Près de moi, Erynn demeure impassible, telle une magnifique poupée de cire. Plusieurs questions me brûlent les lèvres. Qu'est-ce qui pousse une femme dans son genre à s'embarquer dans un tel arrangement pour de l'argent ? Pourquoi sacrifier une partie de sa vie, est-ce que le jeu en vaut la chandelle ? Et quel est son prix ?

Sentant courir sur elle mon regard fureteur, elle le soutient avant de froncer les sourcils et de céder à la curiosité.

– Quoi ? lance-t-elle sèchement.

Je m'adosse au fauteuil et croise les bras.

– Rien. Je me demandais ce que ça te faisait d'être officiellement la putain des Cameron ?

À ma grande surprise, Erynn ne se démonte pas. Elle se tapote les lèvres de l'index, faisant mine de réfléchir.

– Et toi, qu'est-ce que ça te fait de savoir que je porte ton nom de famille et les couleurs de ton clan, mais que tu ne m'auras jamais ?

Je me fends d'un large sourire et caresse le dos de sa main avec la pulpe calleuse de mon pouce.

– Pour ça, il faudrait que je veuille de toi, ce qui est loin d'être le cas.

Elle arrache précipitamment ses doigts des miens.

– Reste loin de moi, et ne t'avise plus de me toucher !

– Avec plaisir, Wallace.

Avec une lenteur mesurée, elle tourne la tête vers moi et me fusille du regard. Je parie que dans sa tête, elle m'a déjà trucidé d'une bonne dizaine de manières différentes. Sa fureur m'amuse. Sa façon de soutenir mon regard également.

– Je ne t'aime pas, Lachlan Cameron, et ce n'est pas près de changer, lâche-t-elle sans sourciller.

Oh, mais déteste-moi autant que tu veux, Erynn ! Ta haine n'égalera jamais celle que j'éprouve contre moi-même.

La table à laquelle nous sommes installés regorge de choses à boire et à manger. Je saisis la bouteille de whisky, en avale une grande rasade, puis m'essuie la bouche du revers de la manche.

– À la nôtre, mon cœur ! déclaré-je en prenant une nouvelle lampée d'alcool, afin de rendre cette soirée, et cette année, supportables.

CHAPITRE 16

ERYNN

Sourire. Acquiescer. Regarder amoureusement mon mari. Sourire. Supporter d'être sous le feu des projecteurs. Faire semblant de m'intéresser aux conversations autour de la table. Encore et toujours sourire. Avoir l'air follement amoureuse. Ne surtout pas sursauter lorsque Lachlan niche son nez dans mon cou et m'embrasse sous l'oreille. Ignorer les regards noirs de Morag. Poser légèrement ma tête sur l'épaule de mon mari et pousser un soupir de bonheur. Et ne surtout pas oublier de sourire.

Je suis scrupuleusement ce scénario pendant toute la durée du repas en veillant à garder en tête que je suis la mariée et que, par conséquent, je suis censée être la plus heureuse des femmes.

Après le dessert, j'observe la foule des invités installée devant nous.

– Une lampée ?

Assis près de moi, Lachlan me tend sa bouteille. Je me retiens de lever les yeux au ciel et refuse d'un geste de la tête.

Lachlan boit beaucoup, beaucoup trop. J'ai bien compris que, comme moi, il est pris au piège dans cette union qu'il n'a pas choisie, mais il pourrait au moins faire un effort pour être aimable. Je ne sais pas, nous sommes dans le même bateau finalement, non ?

– Tu es sûre de ne pas en vouloir ? Ça t'aiderait à faire disparaître le balai que t'as dans le cul, dit-il en affichant un sourire en coin avant de porter le goulot à ses lèvres.

Bon sang ! Comment peut-on être aussi grossier ?

Je pivote vers lui et feins de le regarder avec amour. Mais au fond, c'est un regard noir que j'aimerais lui adresser.

– Crois-moi, il vaut mieux qu'il reste là où il est, sinon je serais trop tentée de t'assommer avec ! lâché-je en papillonnant des cils.

Cet homme est horrible. Et je ne dis pas ça à cause de l'hématome qui colore sa pommette ni même de son énorme cicatrice. Ça n'a absolument rien à voir, car en dehors de cette légère imperfection, j'admets qu'il a un physique attrayant.

Et une bouche à se damner.

Et un regard profond.

Et qu'il porte magnifiquement le kilt.

D'accord, Lachlan est sexy, mais il n'en reste pas moins odieux. Pire que ça, il est tout ce que j'exècre chez un homme. Pas étonnant que son père se soit retrouvé obligé de lâcher un paquet de fric pour lui acheter une épouse.

– Je donnerais cher pour savoir ce qui se trame dans cette petite tête.

– Crois-moi, tu ne préfères pas.

– Pourquoi ça ? dit-il en effleurant l'écharpe, et mon épaule au passage. Tu as peur que je devine ce que tu caches derrière les regards langoureux que tu poses sur moi ?

Je manque d'éclater de rire.

– Sérieusement ? Tu rêves en couleurs, mon grand ! Ce n'est pas parce que tu as l'air de me trouver à ton goût que c'est réciproque.

– Tu te méprends, ma belle. J'ai presque autant d'aversion pour toi que tu en as pour moi.

Un frisson me parcourt tandis qu'il penche la tête sur le côté et me déshabille du regard. Soudain, un vacarme de couverts entrechoqués s'élève dans la salle. Je n'y prête guère plus d'attention, supposant qu'il s'agit d'une tradition écossaise de plus pour signifier qu'ils ont encore faim ou que sais-je.

– Embrasse-moi.

Sidérée par son audace, je manque de m'étrangler avec ma salive.

– Pardon ?

– Tu m'as très bien compris.

– Tu m'excuseras, mais à choisir, je préférerais me planter un pic à glace dans l'œil, murmuré-je en faisant mine de le dévorer des yeux.

Un rire guttural lui échappe, avant qu'il se penche vers moi.

– Mon ange, tu ne les entends pas ?

Sa voix n'est qu'un murmure.

– C'est ce que tout le monde attend, ajoute-t-il. Alors, je vais manger cette bouche insolente et tu vas faire semblant d'apprécier. Pire, tu vas en redemander, parce que nous sommes censés être follement et éperdument amoureux l'un de l'autre. Tu l'as oublié ?

Non. Non, je n'ai pas oublié.

À peine Lachlan termine-t-il sa phrase qu'il se penche sur mes lèvres pour en prendre possession. La comédie que nous jouons prend alors une tout autre dimension.

En moins de temps qu'il n'en faut pour dire « va brûler en enfer », sa langue vorace, brûlante et sauvage vient taquiner la mienne.

Je devrais le mordre pour le punir, ou au moins lui mettre un coup discret, histoire d'essayer de le repousser. Mais allez savoir pourquoi, je n'en fais rien. Pire encore, mes doigts, comme animés d'une volonté propre, s'égarent en direction de mon tourmenteur, et s'agrippent à sa chemise afin d'approfondir notre baiser.

Doux Jésus, j'ai perdu la tête !

Ou alors j'ai été droguée. C'est forcément ça, il a dû glisser quelque chose de louche dans mon verre quand j'avais le dos tourné.

Autour de nous, le cliquètement disparaît pour laisser place à un tonnerre d'applaudissements. Je m'écarte brusquement et survole la salle du regard. Les joues cramoisies, je suis furieuse, et un peu étourdie aussi. Son goût est encore sur mes lèvres.

Des sifflements fusent, accompagnés de félicitations. Quelques flashs crépitent, puis la musique reprend, offrant une diversion bienvenue.

– Tu embrasses pas trop mal, avoue-t-il, une lueur étrange dans les yeux.

Je me détourne des invités et reporte mon attention sur mon époux.

– Tu étais obligé d'enfoncer ta langue aussi profondément dans ma gorge, enflure ? rétorqué-je entre mes dents serrées.

Au lieu de me présenter des excuses, il m'adresse un sourire en coin moqueur qui me fait voir rouge.

Bon sang, qu'est-ce que j'ai envie de l'étrangler quand il fait ça !

Je me ressaisis pile au moment où Alba apparaît dans mon champ de vision, visiblement très émue. Elle tient un mouchoir qu'elle tamponne au coin de ses yeux. J'ai moi aussi envie de pleurer, mais pas pour les mêmes raisons qu'elle.

La musique se fait plus forte et les gens sur la piste de danse forment un cercle.

Que leur arrive-t-il ?

Alba toussote.

– Vous êtes si beaux tous les deux. Permettez-moi de vous présenter tous mes vœux de bonheur.

Lachlan se contente de hocher la tête, et moi de lui offrir un sourire chaleureux.

– On m'envoie vous dire que le moment est venu, dit-elle en tapant joyeusement dans ses mains.

Sans attendre de réponse, le colosse à mes côtés glisse sa main immense dans la mienne et m'entraîne avec lui.

– Minute, Conan le Barbare ! Où est-ce que tu comptes m'emmener comme ça ?

– Comment m'as-tu appelé ?

– Conan, pourquoi ? Oh, tu préfères peut-être Attila ? déclaré-je en prenant un air contrit.

Quelqu'un tapote dans le micro et nous interrompt pour annoncer la danse des mariés. OK, je vois.

J'accepte à contrecœur de me laisser conduire par mon Highlander de mari au milieu de la fosse aux lions alors que les premières notes de *Make You Feel My Love* d'Adele résonnent dans la salle.

Lachlan s'arrête au centre de la piste, ma main toujours logée dans la sienne, et glisse l'autre dans le creux de mon dos, déclenchant un frisson désagréable le long de ma colonne vertébrale.

– C'est déjà assez insupportable de se donner en spectacle de la sorte, alors évite de me marcher sur les pieds, pigé ? déclare-t-il tout bas.

D'une légère pression, Lachlan me rapproche de lui, si bien que nous nous retrouvons non pas nez à nez, mais seins contre torse. Je n'ai d'autre choix que d'enrouler mon bras autour de sa nuque si je ne veux pas basculer en arrière. Dans la manœuvre, je plante par mégarde mon talon dans la pointe de sa boot.

– Erynn, bordel, grommèle-t-il alors que nous commençons à tournoyer lentement.

– Mince, aurais-je mal compris ? dis-je, faussement désolée, en réitérant mon geste. Je pensais que justement, tu adorais te faire écrabouiller tes pieds de Hobbit.

Lachlan caresse mon front de ses lèvres et embrasse ma tempe.

– Continue comme ça, mon cœur, et je jure de te faire passer l'envie de rire en collant une fessée à ton cul d'Anglaise, gronde-t-il dans sa barbe en glissant sa main plus bas dans mon dos, comme pour donner plus de poids à sa menace.

Mais je ne l'écoute déjà plus, concentrée sur Morag que je repère en arrière-plan. Elle a toujours le même regard chaleureux pour moi, comprenez qu'elle me foudroie de ses yeux de vipère, les sourcils méchamment froncés, comme si elle échafaudait je ne sais quel plan machiavélique dans l'unique but de me rayer de la carte. Bon sang, elle serait bien capable de me faire la peau dans mon sommeil !

Note à moi-même : ne jamais baisser la garde.

Étrangement, je me rends compte qu'elle n'est pas la seule à me toiser d'un regard hostile. Parmi les invités, deux ou trois personnes m'adressent une œillade sévère. Peut-être qu'elles sont pressées que nous en terminions pour vite rentrer chez elles…

Légèrement mal à l'aise d'être au centre de l'attention, je me raidis, ce qui n'échappe pas à Lachlan.

– Détends-toi, chérie. Je plaisantais, me glisse-t-il à l'oreille. Je ne te punirai pas devant ces gens. Je me réserve ce plaisir pour le moment où nous serons seuls.

Je m'écarte légèrement pour lui faire face. Je suis si près que, sous sa barbe de trois jours, je peux détailler sa cicatrice rose et légèrement boursouflée.

Lachlan rive sur moi un regard on ne peut plus glacial. Irrémédiablement attirée par la profondeur de ses iris, je déglutis bruyamment. Bon Dieu, je n'ai jamais vu une teinte de bleu aussi claire, c'est… envoûtant.

– Je peux savoir ce que tu regardes comme ça ?

– Moi ? Rien du tout !

Je secoue la tête pour reprendre mes esprits.

La chanson s'arrête, remplacée par une autre, plus énergique. Alors que je m'apprête à retourner m'asseoir, un homme s'approche de nous.

– Mon cousin, dit-il en s'adressant à Lachlan, ça ne te dérange pas si j'emprunte ta femme un instant ?

– Ce n'est pas à moi qu'il faut demander ça, Glenn, mais à Erynn.

Ce dernier acquiesce, se tourne vers moi en affichant un sourire enjôleur, puis saisit mes doigts pour me faire un baisemain.

– Je me présente, je suis Glenn, le cousin de Lachlan et le tien également à présent. Acceptes-tu de m'accorder cette danse ? offre-t-il si poliment qu'il m'est impossible de refuser.

Je suis surprise qu'un homme aussi gentil que lui partage le même ADN que celui que j'ai épousé.

– Volontiers.

Je me retrouve dans ses bras, suivant ses pas au rythme de la mélodie.

– Tu es très belle. Mon cousin a beaucoup de chance de t'avoir pour femme. Je tenais à te le dire.

Surprise par son compliment, je me contente de le remercier brièvement.

– Je sais qu'on ne se connaît pas et que ça ne doit pas être facile pour toi, mais sache que Lachlan est comme mon frère, alors si tu as besoin de quoi que ce soit, n'hésite pas, je serai là pour toi.

Je suis touchée par sa proposition. Savoir qu'il y a au moins une personne parmi ces gens qui me propose son soutien me fait quelque chose.

– Merci beaucoup, Glenn. Je n'y manquerai pas.

Les minutes s'égrènent et la soirée défile à une allure impressionnante, si bien qu'après une dernière danse avec mon père, je suis épuisée. J'ai mal aux pieds et une migraine menace de s'inviter à la fête. Le trop-plein d'émotions, sans doute.

– Ça va, ma luciole ? demande mon père, inquiet.

– Tout va bien, je t'assure. La journée a été longue, j'ai besoin d'une petite pause.

– Tu as raison. Repose-toi bien, ma fille. Je vais moi aussi aller me coucher.

Je l'embrasse et cherche Alba des yeux afin de lui demander de bien vouloir me raccompagner. Dès ce soir, je quitte le pavillon des invités pour investir ma nouvelle chambre.

– Bien sûr, vous devez être épuisée, allons-y, répond-elle quand je la trouve enfin.

J'étouffe un bâillement et la suis à travers les couloirs du château. Toutes les portes et les couloirs se ressemblent tellement que je suis certaine de ne jamais arriver à me repérer, même au bout d'un an.

– Nous y voilà, ma chère Lady ! déclare-t-elle.

– Juste Erynn, s'il vous plaît.

Alba opine avant de disparaître. Je suis quasiment sûre qu'elle ne m'écoutera pas.

Je pénètre dans une pièce spacieuse dont le lit m'attire immédiatement. Les murs crème se marient parfaitement aux moulures gris perle et aux voilages blancs des fenêtres. Je remets à plus tard une inspection plus poussée, submergée par une vague de fatigue. Je suppose que ce doit être la pression des derniers jours qui retombe. Je défais mon chignon, retire ma robe, et sans prendre la peine de me démaquiller, je me faufile sous les couvertures.

À peine ai-je le temps de poser ma tête contre l'oreiller moelleux que je me sens glisser dans les limbes du sommeil.

J'ignore combien d'heures j'ai dormi quand un clapotement me réveille. Je crois d'abord que j'ai oublié de fermer l'eau après ma douche, puis me rappelle que je n'en ai pas pris.

J'ouvre brusquement un œil et regarde autour de moi. La chambre est plongée dans l'obscurité, éclairée uniquement par un rai lumineux provenant de la salle de bains.

Je me redresse, à moitié dans les vapes, et tends l'oreille. Soudain, la porte s'ouvre, faisant pénétrer un flot de lumière dans la pièce, suivi d'une silhouette herculéenne.

Je pense immédiatement à un mercenaire envoyé par Morag.

Oh, mon Dieu... Oh, mon Dieu... Oh, mon Dieu... Prise de panique, je tâtonne autour de moi à la recherche de quelque chose, n'importe quoi, me permettant de me défendre. Sans quitter l'intrus des yeux, mes doigts tracent le contour d'un objet solide. Sans hésiter, je m'en empare, et tout en hurlant, je brandis devant moi… une télécommande.

Chiotte.

Dans la seconde qui suit, l'ombre surgit au-dessus de ma tête et plaque sa main sur ma bouche

Je suis terrifiée, mais hors de question de me laisser faire sans réagir. Je me débats comme une furie, agite mes jambes dans tous les sens afin de tenter de me libérer. Dans le tumulte, je parviens à mordre la main qui m'entrave et crie de plus belle.

– Arghhh ! Putain de merde ! Ferme-la, bordel ! Tu vas finir par réveiller tout le château.

Cette voix…

Profonde et grave, suave et rocailleuse.

Je cesse de hurler, cesse de me débattre et même de respirer.

– Lachlan ?

– Évidemment, triple idiote ! Qui d'autre ?

Je le repousse de toutes mes forces, rencontrant au passage la peau nue de son torse. Sous cette peau, les muscles noueux semblent taillés dans la pierre.

– Mais, bon sang ! Qu'est-ce que tu fiches dans mes appartements ? Et pourquoi tu es à poil ?

Il se redresse légèrement.

– Rectification, mon cœur. Ce sont *nos appartements*. Toi et moi, nous partageons des chambres communicantes.

– Je ne comprends pas…

Il laisse échapper un long soupir et glisse une main dans ses cheveux pour les ramener en arrière.

– Nos piaules sont communicantes. Nous sommes un couple, nous dormons l'un à côté de l'autre. C'est plus clair comme ça ? Et je ne suis pas à poil, j'ai fait l'effort de mettre une serviette autour de ma taille histoire de ne pas complexer les prochains mecs que tu te taperas.

Mon cerveau déclare forfait.

– Non, vraiment, j'essaie de comprendre, mais tu m'excuseras, ça n'a aucun sens. Il y a genre mille chambres dans ce château ! Et presque autant de salles de bains ! Je refuse de partager, d'autant plus avec toi !

Lachlan se rapproche encore, si bien que malgré la pénombre, je discerne ses yeux pétillants de rage.

– D'autant plus avec moi ? dit-il en articulant lentement chaque mot. Est-ce que ça signifie qu'avec un autre, ça ne te poserait pas de souci ?

– En quoi ça te regarde ?

– Tu as raison, après tout, tu es ma femme en public. Le reste du temps, tu fais ce que tu veux de ton cul.

Son manque de respect me donne envie de vomir.

– Tu n'es qu'un sale porc et je te demande de sortir immédiatement de ma chambre.

Il ricane en se dirigeant vers la salle de bains qui sert apparemment de sas entre nos deux chambres, avant de revenir sur ses pas.

– Et au cas où l'idée t'aurait effleurée de retourner dans le pavillon des invités, sache que dès demain, il sera occupé, comme le reste des chambres libres du château, par les joueurs venus de toute l'Écosse afin de disputer les jeux des Highlands. On dirait que tu es coincée avec moi pour quelque temps encore…

J'attrape la première chose qui me vient sous la main et lui envoie en pleine face… un coussin, qu'il évite sans aucune difficulté.

Argh !

– Va au diable ! déclaré-je, hors de moi.

Il me lance un sourire plein de fiel.

– Bonne nuit, mon cœur ! lâche-t-il avant de disparaître dans l'embrasure de la porte.

Je laisse ma tête retomber sur l'oreiller, haletante et sur les nerfs. Évidemment, dans un tel état, je peux faire une croix sur mon sommeil. Et tout ça, par sa faute.

Maudit Lachlan !

Un jour.

Cela fait seulement un jour.

J'ignore vraiment comment je vais parvenir à tenir toute une année.

CHAPITRE 17

LACHLAN

Une épaule calée contre le chambranle de la porte principale, j'assiste aux au revoir entre Erynn et son père. Je suis suffisamment près pour l'entendre échanger avec lui des mots gentils.

Le froid est saisissant. En dépit des trois tonnes de fringues dans lesquelles l'Anglaise est emmitouflée, ses épaules tressaillent.

Quant à moi, je n'ai pas fermé l'œil de la nuit. D'autant qu'aux premières heures du jour, Erynn a foutu un bordel monstrueux avec Ed Sheeran en fond sonore, pour ensuite débouler dans ma chambre et exiger que je l'accompagne jusqu'au pavillon des invités pour rejoindre son père. Plus gonflée, tu meurs !

Enveloppée par la brume matinale, Erynn ramène les pans de son manteau sur sa poitrine, ses mèches rousses voletant au gré du vent.

Le nez rougi, elle se tient face à son père qu'elle assaille de conseils comme si elle s'adressait à un gosse : surveille ton cholestérol, pense à boire beaucoup d'eau, ne fume pas trop, n'oublie pas de faire de l'exercice, trente minutes de marche par jour, au moins…

Il lui répond par un large sourire, puis la prend dans ses bras avant de s'écarter, le temps de déposer sa valise dans le coffre du taxi que j'ai commandé pour lui. Les gars ayant la gueule de bois, impossible de coller la mission de le raccompagner à l'un d'entre eux.

– Tu vas me manquer, ma luciole !

– Toi aussi, papa, dit-elle avant de dégainer son téléphone pour prendre un selfie avec lui.

Au diapason, ils grimacent au même moment.

Leur complicité est évidente.

Maintenant que le mariage est passé, il rentre chez lui à Galston pour retrouver sa vie, confiant son bien le plus précieux aux bons soins des Cameron.

– Je te promets de venir souvent te rendre visite, déclare-t-il à sa fille.

Erynn enroule ses bras autour de lui, réticente à le quitter, si bien que leurs embrassades s'éternisent. Assister à tout ce cirque me file de l'urticaire. Je tire une dernière taffe et écrase le bout rougeoyant de ma cigarette contre la pierre, puis l'abandonne là, agacé par leur excès de mièvrerie. Qu'elle se débrouille pour retrouver son chemin !

En réalité, le problème, ce n'est pas son père, c'est elle. Sa présence ici. Sans compter qu'elle occupe la chambre voisine de la mienne, de quoi bien flinguer ma tranquillité.

Tu parles d'une nuit de noces ! Impossible de fermer l'œil ni de lâcher prise dans ces conditions. Mon cerveau, branché en permanence sur le replay de notre mariage, m'a mitraillé d'images d'elle dans un slow motion interminable. Résultat, je suis d'une humeur exécrable. Enfin, plus que d'habitude. Il va me falloir une bonne dose de caféine si je veux survivre à cette journée, aussi je fais un crochet par la cuisine pour me servir une tasse fumante.

En dehors des employés déjà sur le pont, le reste du château sommeille encore. Et comme Bonnie n'est pas près de se lever, je décide d'en profiter pour bosser sur les futurs aménagements des locaux de la distillerie. Accessoirement, ce sera l'occasion de mettre un peu de distance entre celle qui s'est infiltrée dans mes neurones tel un virus et moi.

Je me rends dans le bureau qu'occupait mon père et qui désormais m'appartient. Lumineux, il dispose de grandes baies qui donnent sur la cour intérieure. Depuis que je suis officiellement à la tête de la holding, mon paternel me l'a cédé et a déménagé dans un autre, plus petit, pour garder malgré tout un œil sur son empire. Et sur moi.

Je fais le tour du large bureau en chêne et m'installe. Je suis loin d'être dupe. S'il a choisi de se mettre en retrait pour me propulser sur le devant de la scène, c'est dans l'unique but d'asseoir notre position dans l'ordre de succession des Cameron.

Je dépose ma tasse devant moi, apprécie le confort du cuir de son fauteuil et m'absorbe dans la lecture du rapport de l'architecte.

En plein milieu de la matinée, la poignée s'agite et la porte s'ouvre.

– Ah, te voilà fiston !

Je lève le nez de la paperasse et croise les bras.

– Papa, qu'est-ce que je peux faire pour toi ? demandé-je en le scrutant d'un air méfiant.

Avec lui, j'aime autant être sur mes gardes. Depuis la mort de Finn, je vais de surprise en surprise avec mon père.

– Simple visite de courtoisie, lance-t-il. Je n'ai pas le droit de passer voir comment va mon fils ?

Angus Cameron ne fait jamais rien sans arrière-pensée. J'ai encore notre dernière entrevue en travers de la gorge.

J'avise ma montre.

– Si tôt ? Tu te fous de moi ? Abrège mes souffrances et va droit au but. Dis-moi pourquoi tu es là.

Il se racle la gorge, tire la chaise vers lui pour prendre place face à moi.

– Je tenais à te féliciter.

– Pour ?

S'il me sort que c'est pour mon mariage, je pète un câble.

– Pour ton numéro d'hier. Grâce à votre prestation à tous les deux, personne n'osera remettre en doute la crédibilité de votre union.

Surtout pas son frère, Rory, qui a brillé par son absence. S'il savait qu'au fond, je n'avais qu'une idée en tête : envoyer promener tout le monde et éviter au maximum tout contact avec Erynn. Quoique, à la réflexion, la mettre mal à l'aise s'est révélé être foutrement jouissif.

– Votre alchimie sautait aux yeux.

Quoi ? N'importe quoi !

– Bon, je ne veux pas avoir l'air de te virer de mon bureau, mais si tu le permets, j'aimerais finir d'étudier ce rapport avant d'aller m'entraîner.

– Je ne sais pas si maintenir ta participation aux jeux est une bonne idée à présent que tu es lochiel.

– Parce qu'en plus de m'imposer un putain de mariage dont je n'avais pas envie, tu as prévu d'interférer sur mon emploi du temps ?

Cinq petites minutes. Il me suffit d'être dans la même pièce que lui pendant cinq minutes pour qu'il me fasse monter en pression.

– Je dis juste que…

Je l'interromps immédiatement.

– Où tu veux en venir ?

– Tu pourrais te blesser.

– Depuis quand ça t'importe ?

Je plaque mon dos contre le dossier de mon fauteuil et observe mon père. Malgré l'heure matinale, il est tiré à quatre épingles et son œil brille d'une lueur conquérante. Je ne sais pas ce qu'il a derrière la tête, mais il n'est pas question que je le laisse me manipuler à nouveau.

Pas cette fois.

– Lachlan, je sais que tu me prends pour le diable incarné, mais je t'assure que mes intentions sont sincères. J'ai déjà failli te perdre une fois, je ne veux surtout pas risquer…

– De perdre ton précieux héritier, terminé-je pour lui. À moins que tu redoutes que ton fils se retrouve avec une nouvelle cicatrice qui ferait fuir ta petite protégée ? Je te rassure tout de suite : ça ne pourrait pas être pire.

Mon père exhibe un faciès impassible. Cacher ses émotions est une discipline olympique chez les Cameron.

Son silence m'irrite et la pièce est définitivement trop petite pour contenir tous les non-dits qui flottent entre nous.

– Si tu as fini, je ne te retiens pas, déclaré-je en ouvrant un nouveau dossier.

Mon père finit par comprendre que de mon côté, la discussion est close. Il se lève en frottant sa chaise sur le parquet, et s'apprête à partir. Toutefois, au dernier moment, il s'arrête devant la porte et se tourne vers moi.

– Au fait, j'ai oublié de te faire part d'un détail. C'est d'ailleurs pour cette raison que j'étais passé te voir, initialement.

Ah, donc ce n'est plus pour prendre de mes nouvelles ?

– Je t'écoute, dis-je sans prendre la peine de le regarder.

– J'ai offert un emploi à ta femme.

Hein ? Je redresse la tête et le dévisage aussi sec.

– Qu'entends-tu par « tu lui as offert un emploi » ?

– Au sein de la holding. À compter de la semaine prochaine, elle sera chargée des relations publiques de nos sociétés.

Mon sang ne fait qu'un tour.

– Dis-moi que c'est une plaisanterie !

– Absolument pas. Le fait est que, pour pouvoir s'installer ici, Erynn a été contrainte d'abandonner sa recherche d'emploi à Londres.

– Ça n'a aucun sens, bon sang ! Pourquoi tu l'as embauchée sans m'en parler ?

– Calme-toi, Lachlan. Je peux t'expliquer.

– À quoi bon, à présent que tu me mets devant le fait accompli ?

– Que voulais-tu que je fasse ? J'ai agi dans notre intérêt.

– Permets-moi d'en douter. Et sa rente d'épouse de lochiel, alors ? Ça ne lui suffit pas, donc elle t'a demandé une plus grande part du gâteau, c'est ça ?

– Elle l'a refusée. Ta femme refuse de toucher quoi que ce soit sans travailler en contrepartie.

Je me raidis net face à son aveu. *Elle a refusé ?* J'ai un moment de flottement.

– Je ne te crois pas, déclaré-je tout de go.

– Je jure que c'est la vérité.

Mon courroux s'efface, remplacé par l'incompréhension la plus totale. Erynn est une énigme. Ou une sacrée manipulatrice.

Je me laisse retomber dans mon fauteuil et prends mes tempes entre mes mains.

Dire que je suis sur le cul est un euphémisme. J'aime la logique, ce qui est constant. Or, la situation me déstabilise, Erynn ne correspond pas au tableau que je me suis fait d'elle. Et en plus de s'introduire dans mes quartiers et dans ma vie, voilà à présent qu'elle va s'immiscer dans mon travail.

Pas de doute, c'est bien une Anglaise !

– J'ai besoin d'être seul, soufflé-je. Je ne te raccompagne pas, tu connais déjà le chemin.

Je dois réfléchir à la décision qu'il a prise et à ce qu'elle implique.

– Excuse-moi, j'ai du travail et j'aimerais avancer aujourd'hui, ajouté-je pour tenter d'atténuer mon ton peu amène.

À peine terminé-je ma phrase qu'une clameur se fait entendre. Mon père se statufie et tend l'oreille.

– Toi aussi, tu as entendu ce bruit, n'est-ce pas ?

J'acquiesce.

– Ce sont peut-être les premiers participants qui viennent d'arriver et qui expriment leur joie.

Pendant des semaines, le château va vivre au rythme des sélections pour les jeux des Highlands avec des participants venant de toute l'Écosse.

Économiquement, l'événement est l'un des plus importants de l'année. Son organisation rapporte un max de fric à la ville, et par extension, à notre distillerie qui tourne à plein régime. Le seul inconvénient est d'être envahi par une horde de types en kilt shootés à la testostérone.

Le tapage éclate de nouveau, et cette fois, il semble venir de la cour.

Je fronce les sourcils et m'approche de la fenêtre. À l'extérieur, un petit attroupement inhabituel est en train de se former devant le château et confirme mes soupçons. Mon regard balaie la masse d'inconnus et s'arrête sur une silhouette à la chevelure flamboyante, agitant les mains en l'air à la manière d'un chef d'orchestre face à la foule.

Putain, mais qu'est-ce qu'elle fiche encore ?

Ma première hypothèse et la plus évidente : Erynn est en train d'organiser une mutinerie au sein de notre communauté.

– Bon sang, je jure qu'elle va m'entendre ! m'écrié-je, en quittant précipitamment mon bureau pour la rejoindre et lui passer le savon du siècle, mon père sur mes talons.

– Calme-toi, je t'en prie, mon fils. Ne fais rien d'inconsidéré.

Rien d'inconsidéré, mon cul !

Je dévale les marches en veillant à ramener mes cheveux sur ma joue, afin de planquer au maximum ma cicatrice. Bien que je me contrefoute du regard des autres, la planquer est devenu un réflexe.

Mon père me rattrape, essaie de freiner mes ardeurs, mais il est trop tard. J'ouvre à la volée la porte principale et déboule dans la cour, prêt à en découdre avec la fauteuse de troubles que j'ai épousée.

– Erynn Cameron ! tonné-je d'une voix grave, attirant l'attention de toutes les personnes présentes.

À mon approche, nos regards se croisent. Le mien est dur, le sien n'est pas celui d'une rebelle, j'y lis plutôt une lueur de confusion.

Putain... Erynn, qu'est-ce que tu as foutu, encore ?

CHAPITRE 18

ERYNN

Je trace du bout du doigt les motifs qui ornent le mur d'enceinte du château, et me rends compte que la peinture est légèrement fraîche parce qu'elle tache mes doigts de rouge. Celui ou celle qui a fait ces dessins a un certain talent – un peu tordu, certes – mais du talent, quand même.

Dans mon dos, j'entends un hoquet de stupeur. Je me retourne en m'attendant à découvrir l'auteur de ces symboles étranges, mais à ma grande surprise, c'est une femme d'un certain âge qui me fait face. Les traits de son visage me sont extrêmement familiers, pourtant je suis incapable de me souvenir d'elle. Je note une étrange ressemblance avec Morag. Je ne serais pas étonnée que l'on m'annonce qu'elle est sa jumelle maléfique. *Encore plus maléfique ?*

– Pourquoi ? demande-t-elle en me dévisageant bizarrement.

Je devine qu'elle fait allusion aux inscriptions dans mon dos, une série de symboles peints en rouge sang. Des croix inversées, les lettres d'un alphabet étrange et plusieurs pentagrammes entourant un bouc. Les coulures de peinture donnent une dimension sinistre au spectacle.

– Si vous voulez parler de ça, en fait, je n'y suis pour rien, le mur était dans cet état à mon arrivée.

– Vraiment ? Et vos mains, alors ?

– Ah, ça ! C'est ma faute, je suis trop curieuse, plaisanté-je.

Ma tentative pour la dérider tombe à l'eau,

– Je ne vous aime pas, me balance-t-elle sur un ton sec qui me laisse pantoise.

Voilà qui a le mérite d'être honnête.

– Je pense que je m'en remettrai, soupiré-je en levant les yeux au ciel.

Il est temps de mettre un terme à cette charmante conversation, alors, sans demander mon reste, je me dirige vers l'entrée du château.

Une seconde, tout va bien, la seconde suivante, la doublure de mauvaise facture de Morag pousse un hurlement qui rameute tout le monde. Très vite, je me retrouve encerclée de gens que je ne connais pas. Je suppose qu'ils étaient là au mariage, et comme des abeilles attirées par le miel, ils jaillissent du château et toisent mes mains, horrifiés, puis le mur.

Je me racle la gorge et lève les mains à hauteur de mon visage en signe de reddition.

– OK, tout le monde se calme, les gars ! Vous vous méprenez sur toute la ligne. Je n'ai pas fait ces dessins, d'accord ? tenté-je de me justifier, sans succès.

– Elle dit que ce n'est pas elle, pourtant elle était seule à rôder à proximité, grommelle celle qui est à l'origine de toute cette agitation.

– Il paraît que c'est une sorcière, murmure quelqu'un.

On dirait que peu importe ce que je dis, ils sont convaincus que je suis la coupable. Dans leurs esprits, ils m'ont jugée et condamnée sans preuve.

Et quand bien même je serais à l'origine de ces dessins, nous ne sommes plus au seizième siècle, si ? Le *street art*, ça parle à quelqu'un ? Apparemment non, si j'en crois les bêtises que j'entends.

Soudain, une voix rauque déchire le brouhaha.

– Erynn Cameron !

Minute, comment m'a-t-il appelée ? Erynn, quoi ?

Je ne suis pas d'accord. Toutefois, je choisis de ravaler mon objection pour le moment. Ce n'est pas la peine de la ramener dans l'immédiat, pas alors qu'un groupuscule semble envisager sérieusement de promener ma tête au bout d'une pique.

Je suis le mouvement de la foule et tourne la tête en direction de Lachlan qui avance vers nous, enfin vers moi, d'un pas furibond. Le groupe qui m'entoure se scinde en deux pour le laisser passer et en un rien de temps, sa haute stature se dresse face à moi, si bien qu'il me faut lever la tête pour ne pas le quitter des yeux. Il semble particulièrement en colère. Je veux dire, encore plus que d'habitude.

– Tu peux m'expliquer tout ce cirque ? demande-t-il en haussant un sourcil.

– La réunion des colériques anonymes.

– Qu'est-ce que tu me chantes ?

– Comme ils t'attendaient, je me suis dévouée pour les occuper le temps que tu arrives. Ne me remercie pas, ça m'a fait plaisir.

Lachlan pince l'arête de son nez entre son pouce et son index, puis lâche un soupir irrité.

– Tu as pris de la drogue, Erynn ?

– Non, pourquoi ? Tu en vends pour arrondir tes fins de mois ? Bref, maintenant que tu es là, tu ne m'en voudras pas si je m'éclipse pour vous laisser entre vous, suggéré-je en mimant des guillemets avec les doigts.

– Erynn, gronde-t-il.

Je lève la tête et soutiens son regard glacial. Je déglutis et prends sur moi pour ne rien montrer de mon trouble.

– Oui ?

– Il se passe quoi, ici ?

– Mais… rien du tout ! m'insurgé-je, scandalisée qu'il puisse penser un instant que j'ai quelque chose à voir dans tout ça.

Une flamme vacillante s'allume dans mon ventre quand son index trace lentement la courbe de ma mâchoire et qu'il se penche vers moi.

– À quoi tu joues, mon cœur ?

Je plaque un sourire factice sur mes lèvres et articule doucement afin que lui seul puisse m'entendre :

– Arrête de m'appeler comme ça.

– Et toi, arrête de foutre le bordel partout où tu passes. Tu es là depuis moins de trois jours et déjà à la tête d'une rébellion ?

Je manque d'éclater de rire.

– Une rébellion ? On ne t'a jamais dit que tu as un peu trop d'imagination ?

Lachlan esquisse un début de sourire qui s'efface à la seconde où son regard implacable se fixe derrière moi.

– Nom de Dieu, c'est quoi ce foutoir ? lance-t-il à la cantonade.

Sa mâchoire se contracte, faisant saillir les veines de son cou. Je devance les mauvaises langues et balance tout de go :

– Je peux t'assurer que j'aimerais avoir autant de talent, mais malheureusement je suis une quiche en dessin.

Face à son silence, je poursuis :

– Ces gens que tu vois semblent penser que c'est moi qui ai produit ce chef-d'œuvre.

Devoir me justifier ainsi est franchement ridicule.

Finalement, Lachlan se tourne vers les curieux et les prie de se disperser. Ce qu'ils font, non sans grommeler dans leur barbe.

Il sort ensuite son téléphone et passe un appel.

– C'est moi, déclare-t-il. J'ai besoin que tu fasses intervenir quelqu'un pour nettoyer ce foutoir, je t'envoie une photo. Et renforce la sécurité pour qu'on chope celui qui a fait ça. Je ne veux pas que ça se reproduise, c'est clair ? Quoi, comment ? Eh bien tu fais venir les gars de la sécurité pour qu'ils installent une caméra de surveillance supplémentaire.

Au moins il me croit, c'est déjà ça. Je profite du fait qu'il soit occupé pour l'étudier discrètement. Ses cheveux lâchés retombent sur ses épaules et dissimulent en partie sa cicatrice, comme un masque protecteur. Il porte un jean sombre qu'il a rentré dans ses boots, et un pull col V qui laisse entrevoir ses clavicules parcourues de lignes d'encre. Fascinée, je me demande quel genre de tatouages se cachent sous ses fringues. D'ailleurs, qu'il soit si peu vêtu retient mon attention, parce que le temps ici est vraiment différent de celui de Londres. Je ne sais pas comment fait Lachlan pour ne pas frissonner de froid alors qu'il n'a quasiment rien sur le dos. J'en déduis que les Écossais n'ont pas seulement un sale caractère, mais également la peau dure. Et dans « les Écossais », j'inclus bien entendu celui qui se tient à mes côtés.

– Je suis avec elle. Oui, elle va bien. Et non, je ne vais pas te la passer. Tu veux bien faire ce que je demande, s'il te plaît ?

Surprise qu'il parle de moi, je lève aussitôt les yeux vers lui et rencontre les siens, qui paraissent d'un bleu encore plus perçant et plus intense à la lumière du jour.

Il raccroche, range son téléphone dans sa poche arrière et me scrute un instant dans un long silence pesant. Je pense d'abord qu'il va me demander de me justifier sur ce qui vient de se passer, mais non, il se contente de m'ignorer.

Je craque la première.

– Tu as quelque chose à me dire ?

Au lieu de me répondre, Lachlan sort un paquet de cigarettes, en retire une qu'il coince à la commissure de ses lèvres, et l'allume.

– T'en veux une ? se contente-t-il de proposer en crachant une volute de fumée qui s'évanouit rapidement.

– Non, merci. Je ne fume pas.

Il tire une longue latte, et affiche un rictus moqueur.

– Tu ne bois pas, tu ne fumes pas. J'ai épousé une vraie sainte, ma parole ! Et je suppose que tu ne baises pas non plus.

– Pas avec toi, ça c'est certain.

Connard ! manqué-je d'ajouter.

Et sans plus de cérémonie, je le contourne et me précipite à l'intérieur pour mettre autant de distance que possible entre nous. Je ne regarde pas où je vais, d'ailleurs je ne sais pas trop où me conduisent mes pas. Toutefois au détour d'un énième couloir, mon cri se bloque dans ma gorge quand je percute un obstacle de plein fouet. Un obstacle aux bras suffisamment forts pour me retenir avant que je tombe à la renverse.

Je me retrouve nez à nez avec Glenn qui m'offre un large sourire.

– Erynn, tout va bien ?

Je réajuste mes cheveux et opine du chef.

– Je peux savoir qui tu fuyais comme ça ?

– Personne, éludé-je avec un geste vague de la main.

– OK, et tu courais parce que… ?

– Parce que… je faisais mon jogging du matin. J'ai malencontreusement mal évalué le virage. Enfin bref, heureusement que tu étais là, haleté-je pour corroborer mes dires.

Le cousin de Lachlan – l'une des seules personnes avec qui j'ai eu un échange amical – esquisse une révérence, une expression amusée sur le visage.

– À ton service.

Je me dandine d'un pied sur l'autre, soudain envahie par la curiosité.

– Est-ce que tu vis ici, toi aussi ?

– La plupart du temps.

– Et le reste du temps ?

– C'est une longue histoire, dit-il avant de regarder sa montre.

Puis d'ajouter :

– Je comptais me rendre à la cuisine, du coup un brunch, ça te dit ?

– Euh, je ne sais pas…

En réalité, je n'ai pas très envie de risquer de me retrouver en présence de Lachlan.

Face à mon hésitation, Glenn ajoute :

– Tu n'as rien à craindre avec moi, Erynn. Si tu veux, nous pouvons aussi le prendre à l'extérieur ?

Je doute que déjeuner seule avec le cousin de mon mari le lendemain de mon mariage soit bien vu par les mauvaises langues, cependant l'avantage avec un faux mariage est que je me fiche de ce qu'ils penseront de moi. De plus, un brin d'air frais loin d'ici et loin de Lachlan me fera le plus grand bien. Cette pensée suffit à me décider.

– Dans ce cas, j'accepte !

Un sourire jaillit sur ses lèvres.

– Cool ! Allons-y !

Je le suis à travers les couloirs labyrinthiques du château, repoussant au loin la petite voix qui me souffle que ce n'est pas une idée très judicieuse.

CHAPITRE 19

ERYNN

Alors que je suis Glenn jusqu'à notre table, un léger malaise monte en moi, et il n'a rien à voir avec l'odeur de friture flottant dans l'air.

– Ce pub ne paie pas de mine, mais tu verras, la bouffe est extra ! déclare-t-il en tirant ma chaise.

– Je te fais confiance.

Je le remercie, retire mon manteau et m'installe, avant de balayer l'endroit du regard. Les murs lambrissés et la musique douce confèrent au lieu une ambiance chaleureuse et agréable. Ça change de celle, glaciale, qui règne à l'intérieur du château.

– Tu viens souvent, ici ? demandé-je par curiosité.

Glenn glisse machinalement sa main dans ses boucles brunes. Son geste me rappelle son cousin, et accessoirement mon mari. En dehors de leurs cheveux, longs et blond foncé pour Lachlan, et courts et châtains pour Glenn, leur ressemblance est si frappante qu'il est impossible de se tromper sur leur lien de parenté. Toutefois, Lachlan est plus grand, plus rude et indéniablement plus agaçant.

– Presque tous les jours.

Je me retiens d'écarquiller les yeux face à sa réponse. Manger aussi souvent au restaurant ? C'est certain, nous n'avons vraiment pas le même train de vie.

– Un problème avec la cuisine du château ?

– Le problème, c'est moi.

– C'est-à-dire ?

– Je suis une vraie calamité devant les fourneaux, les quelques fois où j'ai tenté de me faire à manger en l'absence d'Alba, ce n'était pas beau à voir.

– Je suis sûre que ce n'était pas si terrible que ça.

– Je n'exagère pas ! Je serais bien capable de provoquer un incendie pour un simple œuf au plat, contrairement à Lachlan, qui se débrouille bien mieux que moi.

Lachlan...

Entendre son prénom suffit à me rembrunir. Glenn le remarque et s'appuie contre le dossier de sa chaise afin de mieux me sonder. Je sens immédiatement son regard scrutateur peser sur moi, un peu comme s'il essayait de deviner mes pensées les plus secrètes.

– Et sinon, comment trouves-tu ta nouvelle vie d'épouse de lochiel ? Ça ne doit pas être évident de passer d'une vie normale à la vie de château.

Il vise dans le mille, cependant je me contente de lui sourire poliment. Je refuse de lui révéler quoi que ce soit sur mon mariage. Je ne sais pas dans quelle mesure il est au courant de notre arrangement, donc j'opte pour la discrétion.

Quelques secondes de silence s'écoulent, puis le serveur s'approche de notre table pour prendre nos commandes. Je demande le même plat que Glenn, puis laisse mon regard s'aventurer du côté de la grande baie vitrée. Le paysage qui se détache au loin offre une vue magnifique sur la vallée. Les montagnes verdoyantes semblent caresser les nuages. Un tableau grandiose, aux antipodes de ce à quoi je suis habituée depuis mon minuscule appartement londonien.

Quel dommage d'avoir oublié mon téléphone dans ma chambre… Si je l'avais eu sur moi, j'aurais volontiers capturé ce moment pour l'envoyer à Jill qui adore les grands espaces.

Un fumet délicieux nous annonce l'arrivée de belles assiettes garnies d'œufs, de bacon grillé et de toasts, ainsi que d'une bière.

– J'espère que tu as faim ?

– Une faim de loup, tu veux dire !

J'avale un morceau de bacon et me retiens de lécher mes doigts. À la place, je pousse un gémissement de bonheur qui fait rire mon voisin d'en face.

– Alors ?

– Ça se laisse manger, le taquiné-je.

– Tu déconnes, Erynn ? Tu viens d'avoir un orgasme gustatif, là, sous mes yeux !

– D'accord, le bacon est bien croustillant, exactement comme j'aime ! Mes compliments au cuisinier.

Nous dévorons nos plats avec appétit, dans un silence interrompu uniquement par le bruit de nos couverts contre la porcelaine.

J'aimerais lui poser des dizaines de questions et en apprendre plus sur Lachlan, mais je ne sais pas comment amorcer la conversation sans passer pour une horrible fouineuse et sans qu'il se doute que c'est un faux mariage. Après tout, je ne suis la femme de son cousin que depuis peu, et en dehors de notre petite danse au mariage, nous demeurons de parfaits inconnus l'un pour l'autre.

Glenn pose sa fourchette, puis s'empare de sa bière qu'il tend vers moi pour trinquer.

– *Slàinte* !

Je saisis mon verre d'eau et l'imite.

– *Slàinte* ! répété-je à mon tour.

– Ça veut dire « santé » m'explique-t-il avec sérieux.

– Merci Glenn pour la traduction ! Je ne m'en serais pas doutée une seule seconde.

Ma réplique le fait rire. Il joue avec le verre avant de le porter à sa bouche.

– Je comprends à présent ce qui plaît chez toi à mon cousin.

Il doit être drôlement proche de lui pour se permettre ce genre de commentaire…

– Lachlan et toi, vous semblez bien vous entendre, n'est-ce pas ?

Je suis curieuse d'en apprendre plus sur l'homme taciturne qui partage désormais ma vie, mais plutôt mourir que de lui poser une question.

– C'est le cas, en effet. Je travaille avec lui, je vis au château et je passe le plus clair de mon temps avec lui. Il n'est pas que mon cousin, c'est aussi mon meilleur ami. Lach a toujours eu un sacré caractère, mais c'est devenu pire après l'acci…

Glenn ne finit pas sa phrase et semble mal à l'aise, comme s'il en avait déjà trop dit.

– Enfin, c'est quelqu'un de loyal, de vrai, et je peux toujours compter sur lui, reprend-il.

L'accident ? Quel accident ? Celui qui serait à l'origine de sa cicatrice ? Je ne voudrais pas rendre la situation plus embarrassante, alors je choisis de ne pas insister sur le sujet.

La conversation reprend et la façon dont il évoque leurs souvenirs communs est touchante. Je dois faire travailler mon imagination pour visualiser Lachlan enfant. Mon cerveau ne parvient pas à intégrer une autre image que celle du colosse aux cheveux longs et à la langue acérée.

– C'était le plus intrépide d'entre nous. Une fois, nous ne devions pas avoir plus de treize ou quatorze ans, Lach avait décrété que nous devions honorer nos ancêtres.

– Honorer vos ancêtres ?

– On nous a tellement rabâché d'histoires sur eux ! Et donc, il a eu l'idée d'aller à Loch Shiel, à environ vingt minutes du château.

– Pourquoi là-bas ? demandé-je, curieuse.

– Au bout du loch se dresse une colonne surmontée de la statue d'un Highlander, un guerrier inconnu qui a servi aux côtés de Bonnie Prince Charlie. Lachlan a volé les clés d'une des voitures de son père, et il a conduit sur plus de vingt kilomètres. Bon sang, nous étions comme des dingues ! Une fois arrivés à la tour, nous avons baratiné le gardien pour qu'il nous laisse monter au sommet. Nous étions si fiers de nous, le torse bombé, à chanter notre hymne national…

– Mais vous ne vous êtes pas fait prendre ?

Glenn secoue la tête.

– Lachlan était sûr de lui, et il n'a paniqué à aucun moment. Je lui enviais son assurance et son courage, j'aurais aimé être comme lui. Malgré les années, il est resté le même, inébranlable.

À la fin de notre repas, Glenn règle et me tend la main.

– Suis-moi, je vais te montrer un truc cool.

– Rassure-moi, on ne va rien faire d'illégal ? plaisanté-je alors qu'il m'entraîne dans une rue adjacente.

Nous empruntons ensuite un chemin escarpé qui conduit au bord de la falaise. Essoufflée et en nage, j'arrive difficilement à articuler :

– Qu'est-ce qu'on fait là ?

Glenn pointe l'horizon de l'index.

– Je ne sais pas si tu vois, tout au bout il y a un lac, derrière la brume. La statue se trouve là. Tu pourras demander à Lachlan de t'y conduire, mais surtout pas un mot sur ce que je t'ai raconté, dit-il en m'adressant un clin d'œil complice.

J'opine tout en sachant pertinemment que l'idée d'une balade en amoureux avec Lachlan est illusoire.

Le chemin du retour se fait dans une ambiance plus légère, si bien que j'en oublie presque l'épisode des dessins, du moins jusqu'à ce que Glenn se gare à proximité.

– Encore des jeunes qui cherchent à se faire remarquer, déclare-t-il en secouant la tête.

Je note son utilisation du mot « encore ».

Glenn descend, fait le tour de la voiture et vient m'ouvrir.

– C'est déjà arrivé, avant ?

– Quoi, les graffitis démoniaques ? Non, c'est la première fois. Mais il y a quelques mois, nous avons eu affaire à des actes de vandalisme. Une bande venant d'un village voisin trouvait drôle de péter les vitres du château.

– Tu penses que c'est pareil, cette fois ? Du vandalisme gratuit ?

– Je n'en sais rien, mais si c'est le cas, tu peux être certaine que l'on ne tardera pas à les choper.

– Tu sais qu'une dame m'a accusée d'en être l'auteure ?

Glenn éclate de rire.

– Quelle connerie !

Au moins, il ne doute pas de moi, c'est déjà ça. Je suis rassurée de m'être fait un nouvel ami dans cet endroit hostile.

Une fois à l'intérieur, les rires gras et une liesse inattendue nous parviennent depuis la grande salle.

– Les premiers participants ont dû arriver pendant notre absence. Tu veux que je te les présente ?

– Ça ira, décliné-je poliment. Je vais monter dans ma chambre, j'ai des coups de fil importants à passer.

J'évite d'ajouter que je n'ai pas non plus envie de me retrouver en compagnie d'une bande de Highlanders aux mauvaises manières.

– Des coups de fil à passer ? C'est ça, oui, lance-t-il en jouant des sourcils.

Je lève les yeux au ciel.

– Tais-toi et indique-moi plutôt quelle direction je dois prendre pour retourner dans mes appartements, si tu veux bien.

Je tente de mémoriser le chemin qu'il me détaille, et ponctue d'un hochement de tête chacune de ses indications.

– Je devrais réussir à me débrouiller, avec ces informations. Merci pour tout, Glenn ! J'ai adoré notre balade !

– Pareil ! On remet ça quand tu veux ! Tu es certaine de ne pas vouloir que je t'accompagne à ta chambre ?

– Je m'en occupe, tonne une voix rauque dans mon dos.

Je me raidis, puis fais face au regard foudroyant de Lachlan. L'épaule appuyée contre le mur, il nous dévisage à tour de rôle avant de se détacher et avancer vers moi. Son attitude suinte la colère contenue. Je ne m'en formalise pas et remercie Glenn pour le brunch.

– À ton service, cousine.

Il pivote vers Lachlan et ajoute :

– On se retrouve au bureau ?

– J'y compte bien, *cousin*.

Au moment où mon nouvel ami disparaît, je me tourne vers Attila le Hun.

– Je peux savoir ce qui te prend ? Le rôle de l'époux jaloux ne te va pas au teint.

Ce dernier lève un sourcil.

– Tu te tires sans m'avertir, et avec mon cousin qui plus est ! Est-ce que tu t'envoies en l'air avec lui ?

Ses doigts s'enroulent autour de mon bras et m'attirent à sa suite.

– Où tu m'emmènes comme ça ?

– Dans notre chambre. C'est bien là que tu désires te rendre, non ? Je ne voudrais pas que tu te retrouves dans les cachots par inadvertance.

– Exact. Attends, il n'y a pas vraiment de cachots, si ? Non, bref, peu importe, je prends le risque : tout plutôt que devoir accepter ton aide.

Soudain, en plein milieu du couloir, je me retrouve acculée contre le mur, Lachlan me toise, ses mains de chaque côté de ma tête et sa bouche à quelques malheureux millimètres de la mienne.

– Parce que tu préfères que ce soit Glenn qui t'accompagne, c'est ça ? crache-t-il en me scrutant longuement.

Ses yeux bleus lancent des éclairs.

– Lui, au moins, il est gentil et ne me traite pas avec dédain.

– Vraiment ? Alors c'est lui que tu aurais dû épouser. Je veux t'entendre le dire.

– Dire quoi ?

– Que tu trouves mon cousin plus à ton goût. Que son visage lisse ne te répugne pas, contrairement au mien.

Je fronce les sourcils.

– Tu penses que ta cicatrice me gêne ? Tu es complètement à côté de la plaque.

– Ose me dire que ce n'est pas le cas !

– Tu crois que je vais me plier à tes exigences ? Et puis, qu'est-ce que ça peut te faire ? Ne me dis pas que tu es subitement jaloux ? Ça serait franchement comique ! Surtout après m'avoir élégamment dit de faire ce que je veux de mon cul !

– Utiliserais-tu mes propres mots contre moi, Erynn ?

Lachlan est si près qu'il m'est difficile d'ignorer son parfum, un mélange suave et épicé qui s'infiltre dans mes narines. Sa proximité me donne chaud. Je déglutis bruyamment pour retrouver une contenance.

– J'utiliserai toutes les armes à ma disposition contre toi. Maintenant écarte-toi et par pitié, reste loin de moi !

Au lieu de s'écarter, il se penche davantage, ses yeux envoûtants fixés sur ma bouche. Je crois un instant qu'il va m'embrasser mais, alors que je louche sans le vouloir sur la pointe de sa langue lorsqu'il humecte ses lèvres, des pas résonnent à proximité.

La seconde suivante, Lachlan s'éloigne, me laissant pantelante et légèrement désorientée.

Sans réfléchir à ce qui vient de se passer, je me précipite dans la direction opposée, prête à mettre autant de distance que nécessaire entre nous. Et s'il me faut faire le tour du château et ouvrir toutes les portes pour retrouver mon chemin, eh bien soit !

CHAPITRE 20

LACHLAN

Je la regarde s'éloigner comme si elle avait le diable aux trousses. Je pourrais lui courir après et la rattraper aisément si je le voulais, mais je reste là, figé au milieu du passage, à la suivre des yeux jusqu'à ce qu'elle disparaisse au détour d'un couloir, son parfum fruité emplissant mes narines et flottant autour de moi.

Soudain, le doute me percute aussi violemment qu'un train à pleine vitesse. Il se passe quelque chose entre eux. J'ai du mal à y croire, mais mon esprit perfide sème la graine de la défiance. Glenn et Erynn ? Leur complicité naissante et leurs sourires…

La vérité, c'est que je ne suis pas partageur. Certes, notre mariage est monté de toutes pièces, mais je refuse qu'elle se pavane au bras d'un autre, fut-il mon cousin.

N'importe quoi, mec ! T'as perdu la tête ou bien ?

Sans réfléchir, je laisse mes pas me conduire vers lui. J'ai besoin de penser à lui. Et il n'y a qu'un seul endroit au château pour ça.

J'arpente les couloirs et me dirige vers l'aile sud. L'endroit est désert, et pour cause, personne ne s'y rend jamais. Personne à part moi. Ce sont les quartiers de mon frère aîné et mon héros, Finnlay.

J'arrive au bout du corridor et, les mâchoires crispées, je m'arrête devant la double porte qui conduit à sa chambre. Avec un tremblement, je sors la clé de ma poche et l'enfonce dans la serrure. Le goût âcre de la bile remonte dans ma gorge alors que je déverrouille et écarte lentement le battant.

Respire...

Un pas.

Expire...

Un pas.

Et entre les deux, je lutte pour rester debout. Il faut croire que j'aime me faire du mal, car chaque seconde à l'intérieur de son antre me fait l'effet d'une centaine d'aiguilles plantées dans mon estomac.

Après son départ, voir cette chambre tous les jours était trop dur pour Grace qui a préféré déménager. Et je l'en remercie secrètement, car depuis, la pièce est restée exactement la même. J'ai toujours refusé que l'on touche à ses affaires. Cet endroit est devenu mon sanctuaire, là où je me sens le plus proche de lui. Le plus vulnérable aussi. Et le plus triste.

Je n'y peux rien, quand je suis ici, je redeviens le gamin qui a besoin de son grand frère pour le calmer et tempérer ses accès de rage.

Je jette un coup d'œil dans la chambre. Les draps sont défaits et quelques fringues traînent sur sa chaise de bureau malgré son dressing immense. Mon frangin avait une fâcheuse propension à cultiver le désordre – son seul défaut – au grand dam de Grace que ça rendait dingue.

Sur sa table de chevet se trouve encore son exemplaire à la reliure usée de l'*Iliade*. Il a toujours été féru de mythologie.

Finn était définitivement le plus sage et le plus responsable de nous deux. C'était la force tranquille, l'enfant docile, le fils prodige, celui qui fait tout ce qu'on attend de lui, qui rend les parents fiers. Il a ensuite été l'époux modèle et le père attentionné, alors que j'étais tout l'inverse, intenable, imprudent, rebelle, en marge de la famille et un indécrottable célibataire.

Respire…

Un pas.

Expire…

Un pas.

Soudain, sans crier gare, je me retrouve catapulté des mois en arrière. J'ai de nouveau froid et je suis écrasé par le métal imbriqué dans ma chair. Mes plaies pissent le sang et ma balafre à la joue est à vif. Je ne peux pas bouger, à peine tourner la tête de quelques millimètres, mais j'ai une parfaite vision sur l'horreur. L'horreur absolue : la perte de mon frangin, mon frère d'armes, mon meilleur ami.

Une poignée de secondes avant qu'il expire son ultime souffle, toutes ses pensées étaient tournées vers elles.

– *Gracie et Bonnie, articule-t-il, sa main cherchant la mienne parmi les débris. Promets-moi de veiller sur elles.*

Il est hors de question que je fasse comme s'il allait mourir, je le refuse.

– *S'il... s'il... te plaît, frangin. Promets-le-moi...*

– *Je te l'interdis, Finn. Accroche-toi ! Les secours vont arriver, hurlé-je, alors même que je n'en ai aucune idée.*

Je prie pour qu'une voiture s'arrête, que n'importe qui nous remarque et nous vienne en aide.

– *Dis-leur...*

Sa voix n'est plus qu'un mince filet, étouffée par un gargouillis inquiétant.

Je suis terrifié et ma vue se brouille.

– *Tu le leur diras toi-même ! Tu m'entends, tu le leur diras toi-même ! Par pitié, Finn... reste avec moi.*

Puis, plus rien.

J'ai beau hurler à m'en déchirer les cordes vocales, les doigts de Finn sont inertes et froids.

Un instant, l'espoir. L'instant suivant, le vide.

Les minutes s'étirent, deviennent des heures, et rien ne vient briser le silence.

À ce moment précis, je sais que le cauchemar me hantera toute mon existence.

J'ignore combien de temps je passe là, à ressasser un millier de souvenirs. Les pires de ma vie. Les meilleurs, aussi.

Assis sur le sofa de mon frère, je vois notre vie défiler dans un kaléidoscope en noir et blanc. J'ai besoin de me confronter à ce raz de marée de douleur que le souvenir de Finnlay provoque en moi. Pour me sentir vivant, et surtout, *surtout*, pour ne jamais oublier que je suis à l'origine du malheur de ma famille.

– Lach, t'es là ?

Je cille, puis regarde autour de moi, troublé. Il me faut un moment pour me rappeler où je suis.

– Frangin, réponds-nous ! s'exclame la voix étouffée de Misha.

J'essuie le filet de sueur qui dévale ma tempe, me lève et me dirige vers la sortie, laissant derrière moi un passé douloureux que je n'oublierai jamais.

Je chancelle en sortant. Misha et Glenn m'attendent dehors.

– Mec, t'es tout pâle. T'es sûr que ça va ? lance mon cousin à mon attention. Rassure-moi, tu ne vas pas vomir ?

Je lui adresse un regard noir.

– Je vais bien, crétin.

– Crétin ? En attendant, ce n'est pas moi qui ai besoin de sniffer les caleçons sales de mon frangin pour me remonter le moral, marmonne-t-il dans sa barbe.

Sans réfléchir, je le saisis par le col de sa chemise et le plaque contre le mur du couloir. À cause du choc, un des tableaux se décroche et tombe avec fracas sur le sol.

– Relax, mec. Je plaisantais ! Excuse-moi, ça m'a échappé. Comme tu l'as dit, je suis un crétin. Tu me connais…

Finn est ma limite et il sait parfaitement que me provoquer à son sujet est une mauvaise idée. Une très mauvaise idée.

– S'il te plaît, Lachlan, tu ne vas pas m'en vouloir pour ça.

Misha, qui déteste les conflits, intervient d'une voix tremblante et tente de nous séparer.

– C'est quoi votre délire, les gars ?

Je desserre mon poing et lâche Glenn. Je me rends compte que j'y suis allé un peu fort, son cou est marbré de traces rouges.

– C'est bon, t'inquiète. Je l'ai mérité, dit-il en me présentant son poing fermé.

Misha semble sur le point de craquer face à toute cette tension, et c'est uniquement pour cette raison que je viens cogner mes phalanges contre celles de Glenn.

Un geste banal en apparence, mais qui signifie beaucoup pour un mec comme moi, incapable d'exprimer ses sentiments.

– Encore désolé, Lachlan. À la vie, à la mort ? lance-t-il, penaud.

Finn aimait nous seriner cette expression à tout bout de champ, si bien qu'elle est devenue notre cri de guerre. Il disait tout le temps que nous étions comme des frères. Et c'est ce que nous étions, avant que le sort nous ampute du meilleur d'entre nous

– À la vie, à la mort, répété-je en le scrutant avec une insistance qui ne lui échappe pas.

À l'avenir, fais gaffe à ce que tu dis.

Il opine pour me faire comprendre qu'il a saisi le message silencieux.

Misha me donne une légère tape amicale dans le dos et déclare :

– Je ne sais pas vous, mais moi je ne serais pas contre un bon whisky.

Nous approuvons à l'unisson.

Finalement, Erynn n'a pas tort. Rester éloignée de moi est la meilleure chose qu'elle puisse faire.

Reste le plus loin possible, mon cœur...

CHAPITRE 21

ERYNN

Tandis que j'arpente les couloirs interminables et identiques de ce foutu château, j'essaie de me rappeler les indications de Glenn.

– Bon sang, qu'est-ce qu'il a dit déjà ?

Deux fois à droite, marcher jusqu'au bout du couloir, puis une fois à gauche, prendre l'escalier, tourner une dernière fois à droite, et enfin troisième porte sur la gauche.

À moins que ce soit une fois à droite et deux fois à gauche ? Je ne me souviens plus très bien. Les détails sont flous entre le moment où Lachlan m'a plaquée contre le mur et celui où j'ai couru mon meilleur sprint.

Après avoir tourné en rond, en large et en travers, je pense avoir trouvé la bonne porte. Elle est double, décorée de fines moulures et de dorures. J'hésite une fraction de seconde, puis décide de me fier à mon instinct. Et à Glenn.

Par acquit de conscience, je donne trois coups à la porte – copie conforme de toutes les autres, sinon ce serait trop facile – afin de m'assurer qu'il s'agisse bien de ma chambre.

– Il y a quelqu'un ?

Silence de l'autre côté.

Bingo ! Pas de doute, je suis au bon endroit.

Mais alors que je m'apprête à tourner la poignée, celle-ci se met à bouger toute seule et le battant s'écarte, m'offrant une vue dont je me serais bien passée.

Oh merde...

De toutes les chambres de ce château, il fallait que je tombe sur la sienne. Face à moi, j'ai droit à la mine réprobatrice de Morag. Elle semble aussi ravie que moi de cette rencontre.

– Bonjour, Morag. Je suis désolée de vous avoir dérangée. Oh, mais vous faisiez la sieste ?

En réponse, ses sourcils s'arquent tellement qu'ils disparaissent presque sous le bonnet à motifs floraux qu'elle porte sur la tête, identique à sa chemise de nuit.

Je note plusieurs choses. La première est que contrairement à moi, Morag assortit ses sous-vêtements. La seconde, c'est qu'il est à peine quatorze heures, a-t-elle vraiment l'intention de se coucher maintenant ? Si c'est le cas, pas étonnant qu'elle soit aussi bien conservée. Pour quelqu'un frôlant le siècle et demi, je la trouve plutôt pas mal.

Bonté divine ! Je tiens peut-être le secret de la jeunesse éternelle : dormir toute la journée.

– Non. J'aime être à l'aise dans mes quartiers. Que voulez-vous ? Il ne vous suffit pas d'avoir fait main basse sur mon petit-fils et sur son héritage, vous voulez investir ma chambre en plus ?

Charmant.

Elle a marmonné la dernière phrase entre ses lèvres pincées, pensant probablement être discrète. J'hésite fortement à lui rappeler que je suis à moitié anglaise, et non à moitié sourde.

– Je suis confuse, voyez-vous, je pensais que c'était ma chambre.

– Faites demi-tour, prenez la première à gauche, puis au bout du couloir, prenez à droite. La vôtre est la troisième sur la droite.

Et avant que je puisse la remercier, elle s'écarte et referme la porte dans un claquement sonore me signifiant d'aller me faire voir chez les Grecs.

Tant de considération, je pourrais presque lâcher une larme d'émotion. À la place, je lui offre mon majeur magistralement dressé et rebrousse chemin.

Dire que c'est moi que l'on prend pour une sorcière… la bonne blague !

Bref, grâce à ses indications, je finis enfin par retrouver mes quartiers. Bien sûr j'ai tout de même frappé à la porte au préalable. Deux fois. Avant d'ouvrir lentement pour jeter un coup d'œil dans la chambre.

Une fois à l'intérieur, je vérifie mon téléphone pour voir si j'ai reçu un message de mon père.

Bientôt arrivé, ma luciole.
Tu me manques déjà.

Je lui écris qu'il me manque aussi et repose mon téléphone sur la table de nuit.

Je m'étire et décide de prendre une douche. Mieux encore : je vais me prélasser dans la baignoire !

Dans la salle de bains, je lorgne du côté de la cloison qui me sépare de mon barbare de mari et grimace. L'absence de verrou me contrarie prodigieusement. Je refuse de baisser la garde alors qu'il peut se pointer à tout moment. Pour le maintenir à distance, je décide d'utiliser une technique que j'ai vue plusieurs fois dans les films. Ni une ni deux, je chope une chaise dans ma chambre, puis la retourne afin de caler le dossier sous la poignée de la porte qui donne sur ses quartiers. J'observe mon œuvre une demi-seconde, fière de ma créativité.

Ainsi, je suis à l'abri, au moins le temps de faire trempette.

En attendant que la baignoire se remplisse, je me déleste de mes vêtements ainsi que de mon alliance. L'espace d'un instant, je retrouve ma liberté chérie. La température dans la pièce monte de plusieurs degrés, créant un cocon cotonneux de vapeur. J'entre dans la baignoire et une fois entièrement immergée, je me détends et me laisse hypnotiser par les volutes de fumée qui émanent de la surface de l'eau. La chaleur sur ma peau m'apaise, la sensation est délicieuse. Au point que je me laisse aller, ferme les yeux et glisse lentement, très lentement…

– Bordel ! gronde une voix si grave qu'on la croirait sortie d'un abîme.

J'ouvre brusquement les yeux tandis que deux bras épais plongent dans l'eau, m'enveloppent et m'extirpent hors de mon sanctuaire.

J'ouvre la bouche, mais mon cri se coince dans ma gorge, et en moins de temps qu'il n'en faut pour dire « *vade retro satana* », je me retrouve plaquée contre le torse puissant de Lachlan, la tête enfouie dans son cou, à humer son parfum épicé directement à la source.

– Oh mon Dieu ! Mais qu'est-ce que tu fiches ici ?

Je suis sous le choc, et ce pour diverses raisons. La première – et la plus évidente : je suis à poil. À POIL ! Aussitôt que je prends conscience de ma nudité et de notre promiscuité, je me débats telle une furie. Des gouttelettes se répandent sur le sol, au mur, partout. Je veux qu'il dégage de cette salle de bains et fissa !

– Lâche-moi, immédiatement !

– Vos désirs sont des ordres, madame.

L'étau se desserre et je me retrouve libre. Prise de court, je trébuche sur le rebord de la baignoire, subitement déséquilibrée. Je tente de me retenir à la paroi, mais elle est glissante. Très glissante. Trop glissante.

Et sans plus de cérémonie, je bascule en arrière dans la baignoire. Mes doigts s'agrippent à tout ce qui est à leur portée, comme cette étoffe en laine, douce et soyeuse. Étoffe enroulée autour du cou de Lachlan, puisqu'il s'agit de son écharpe. Dans le mouvement, je l'attire avec moi dans ma chute et nos fronts se percutent.

– Aïe ! m'écrié-je en frottant mon front douloureux. Pourquoi es-tu ici, idiot ?

La violence du choc me fait voir trente-six chandelles et un liquide tiède coule le long de ma joue. Avant que je comprenne ce qui m'arrive, Lachlan s'est redressé et une serviette chaude couvre ma nudité, une autre éponge le coin de mon front.

– Je croyais que tu t'étais endormie ! grogne-t-il.

– Je ne dormais pas, je me prélassais ! rectifié-je en me relevant à mon tour.

– Ah ouais ? Tu avais pourtant les yeux fermés et tu étais en train de couler.

Au même instant, une perle écarlate roule sur ma joue et tombe dans un *ploc* sonore sur la faïence. La vue du sang manque de me faire tourner de l'œil. Je blêmis soudain. Mon hématophobie revient en force.

– Putain, Erynn !

Lachlan passe ses bras autour de ma taille et me ramène contre lui.

– Tu veux t'achever ou quoi ?

J'essaie de me détacher de son emprise, mais il m'en empêche.

– Reste tranquille, bébé.

– Ne m'appelle pas comme ça.

Je sens ses doigts courir sur mon front et ma joue. Les caresser avec une attention particulière. Ma peau se hérisse et je rougis des orteils à la racine des cheveux.

Il me conduit dans ma chambre, et me dépose délicatement sur le lit. De sa part, je me serais attendue à plus de rudesse, du genre qu'il me laisse tomber sur les draps comme un sac de pommes de terre.

Il retourne dans la salle de bains, puis revient avec des compresses et un flacon d'antiseptique avant de s'asseoir près de ma cuisse nue.

– Je peux me débrouiller toute seule, merci. De toute façon, tu en as assez fait, déclaré-je en me redressant. Qu'est-ce qui t'a pris de débarquer comme tu l'as fait ? Je ne comprends pas comment tu as pu entrer. J'avais pourtant bloqué la porte.

Mais un coup d'œil en direction de la salle de bains me suffit à comprendre. Les deux portes de communication sont grandes ouvertes, la chaise gît sur le côté. Je suis hors de moi, Lachlan a clairement le chic pour me faire sortir de mes gonds. Il se contente de lever un sourcil, puis il ouvre le flacon pour verser du produit sur une compresse.

Je l'arrête avant qu'il me touche.

– Franchement Lachlan, pourquoi tu t'es pointé alors que je prenais mon bain ? Tu ne serais pas un peu voyeur sur les bords, par hasard ?

Il se lève, ramène ses cheveux en arrière dans un geste nerveux et se plante face à moi.

– Conneries, persifle-t-il entre ses dents serrées. Je venais récupérer mon portefeuille. Et pisser.

– Et tu ne t'es pas dit que tu pouvais frapper ?

– J'ai frappé, tu n'as pas répondu, alors j'ai poussé la porte. Bref, vu que tu sembles aller bien, je me casse. Je vais boire quelques verres avec les gars.

– Pourquoi tu me dis ça ?

– Ce n'est pas parce que tu te permets de te tirer sans m'avertir que je vais faire la même chose.

– Mais tu oublies un détail, mon grand : contrairement à toi, je me fiche éperdument de ce que tu fais de ton temps libre !

Ce n'est qu'une fois qu'elles m'échappent que je prends conscience de la dureté de mes paroles… Et il est trop tard pour les retirer.

La réaction de Lachlan ne se fait pas attendre. Ses mâchoires se crispent et son regard s'assombrit.

– Dans ce cas, débrouille-toi toute seule !

– Parfait !

Je ne peux pas lui en vouloir d'être remonté contre moi. Toutefois, s'il n'avait pas violé mon intimité, nous n'en serions pas là.

– Parfait ! répète-t-il en esquissant un sourire goguenard.

Sans demander son reste, il détale en claquant violemment la porte derrière lui.

Dès qu'il quitte ma chambre, je me lève, ouvre la porte et la reclaque de toutes mes forces.

Je déteste ne pas avoir le dernier mot !

Surtout lorsqu'il s'agit de Lachlan Cameron.

CHAPITRE 22

ERYNN

– Réveillez-vous.

J’ouvre lentement les yeux et découvre Alba penchée au-dessus de ma tête, arborant son habituel sourire compatissant.

J’ai besoin de quelques secondes pour que mes neurones se connectent.

– Qu’y a-t-il ?

– Pardonnez-moi de vous déranger, mais ce matin vous avez une visite du château avec madame Morag, et disons que la patience n’est pas sa plus grande vertu si vous voyez ce que je veux dire.

– Morag ?

– C’est bien cela, elle vous attend dans son boudoir.

– D’accord, mais l’ennui, c’est que je ne sais pas où se trouve son boudoir.

Alba glousse.

– Je vous conduirai à bon port, ne vous en faites pas. Je vous attends dehors.

Je me redresse, étire mes bras au-dessus de ma tête et acquiesce. La colère que j'ai ressentie contre Lachlan hier ne m'a pas aidée à passer une nuit réparatrice. J'ai fulminé une bonne partie de la nuit et je ne me sens pas vraiment d'attaque pour affronter Morag. Malgré tout, je me prépare et m'empresse de rejoindre Alba.

– Allons-y.

Je porte un pantalon rose pâle que j'ai agrémenté d'un épais pull en mohair couleur chair déniché dans une friperie à Londres et d'une paire d'escarpins afin de donner un côté habillé à ma tenue. Je ne voudrais pas offenser Morag en me pointant en jean et sneakers. J'ajoute une veste à carreaux *oversize* que j'ai empruntée à mon père avant de venir ici.

Je suis Alba à travers le dédale de couloirs en tâchant de retenir le chemin afin de l'éviter à l'avenir. Lorsque nous arrivons, nous sommes accueillies par une Morag égale à elle-même, arborant la mine de quelqu'un qui est obligé de finir une énorme assiette d'épinards.

– Vous voilà, enfin ! La ponctualité n'est vraiment pas une de vos qualités, déclare-t-elle en passant devant moi.

Je la rejoins sous les encouragements silencieux d'Alba qui retourne vaquer à ses occupations.

– Où allons-nous ?

– Je vous emmène à la bibliothèque, il est important que vous en sachiez plus sur notre clan et son histoire.

Autrement dit, je vais suivre un cours d'histoire dispensé par la personne la plus antipathique que je connaisse.

Merveilleux.

En chemin, nous passons devant l'entrée principale où un groupe d'hommes vêtus de différents tartans semble attendre quelque chose.

– Qui sont ces gens ?

– Des brutes.

Je tourne la tête aussi sec vers elle.

– Vous n'êtes pas sans savoir que le parc du château va accueillir les jeux des Highlands, c'est l'équivalent des Jeux olympiques version écossaise. Et chaque région organise les siens.

J'en ai déjà entendu parler par mon père, bien sûr, mais j'ignore tout de leur fonctionnement. Face à mon silence, Morag reprend :

– Et ces Highlanders que vous avez vus sont ici pour s'entraîner en vue de leur participation.

– Ils vont loger au château ?

– Exactement. Dans une aile dédiée. Et ils seront rejoints par des dizaines d'autres. Mon fils a toujours voulu que le château soit un lieu d'accueil pour les gens de la région.

– J'ignorais qu'il s'occupait aussi de l'organisation des jeux.

Morag s'arrête subitement et me toise un instant.

– Bien sûr, puisque vous ne savez rien de nous. Pour votre gouverne, toute la famille est activement investie dans l'association. Et c'est d'ailleurs le but de ce rendez-vous : vous rendre un peu moins ignorante. Vous ne pensez tout de même pas que je vous consacre du temps simplement pour le plaisir de votre compagnie ?

– Vous ne m'aimez pas. Vous savez, c'est assez clair, inutile de vous donner autant de peine pour me le faire comprendre.

– Vous êtes le portrait craché de votre mère, lâche-t-elle sans transition.

Son aveu me laisse pantoise.

– Parce que vous la connaissiez ?

– Qui ne la connaissait pas ?

– Mais, comment ?

– Je n'ai pas envie de parler d'elle.

OK. Pour cette fois, je n'insiste pas, mais je saisirai la moindre occasion d'en savoir plus.

Je lui emboîte le pas tandis qu'elle traverse la cour intérieure pour rejoindre l'aile opposée, mais juste avant d'y parvenir elle stoppe net, les yeux rivés sur ses plants.

– Quelle horreur ! Qui a osé profaner mon parterre de roses de la sorte ?

Oups...

– Alors, là ! Aucune idée, vraiment.

– Si jamais j'attrape le coupable, il va passer un sale quart d'heure ! fulmine-t-elle tout en reprenant sa marche à pas redoublés.

J'en conclus que Lachlan n'a pas vendu la mèche l'autre jour et ce constat adoucit un peu ma colère.

Nous gagnons l'aile opposée, puis nous engageons dans l'escalier.

– Avancez plus vite, je vous prie ! Nous avons du pain sur la planche, ajoute-t-elle en ronchonnant.

– Je pense au contraire que vous feriez mieux de ralentir, à votre âge, il faut préserver votre cœur.

– Parce que l'état de mon cœur vous intéresse maintenant ?

– Pas vraiment. Je tenais juste à éclaircir un détail : s'il lâche, ne comptez pas sur moi pour vous réanimer.

Elle pince les lèvres, mais s'abstient de tout commentaire pendant que je la suis jusqu'à la vaste pièce aux murs recouverts d'immenses bibliothèques, où je sens que je vais passer de longues heures…

CHAPITRE 23

ERYNN

– Tu es sûre que ça va, ma luciole ? insiste mon père.

C'est bizarre, il est parti depuis quelques jours seulement, et pourtant j'ai l'impression que ça fait une éternité que nous nous sommes dit au revoir. *Mon cher papa…*

– Je vais parfaitement bien, je t'assure.

– Tu me le dirais s'il y avait un problème, n'est-ce pas ?

Allongée en travers de mon lit, je bascule sur le ventre, le téléphone calé entre mon épaule et mon oreille. J'ai enfilé un vieux tee-shirt qui me sert de pyjama, d'épaisses chaussettes, et depuis près de dix minutes, je tente de rassurer mon père sur ma vie à Achnacarry. Malgré tous mes efforts, il ne peut s'empêcher de s'inquiéter pour moi. Je suppose qu'il n'arrive pas à se départir de son sentiment de culpabilité.

– Évidemment.

J'évite de lui mentionner l'épisode de la salle de bains, ainsi que le bleu et la petite coupure qui ornent désormais mon front. Pas de quoi en faire tout un plat !

– Et devine, quoi ? J'arrive presque à m'orienter dans ce labyrinthe.

– Presque ?

– Bon… d'accord, disons que je trouve surtout le chemin de la cuisine pour le moment, plaisanté-je.

Ma réplique cache une demi-vérité. Je n'ai qu'à suivre les fumets délicieux qui s'en échappent aux heures des repas.

– J'aurais dû te préparer davantage de croquis sur des serviettes en papier avant de partir. Je me débrouille, mais je suis moins doué en dessin que ta mère, ça c'est certain.

Sa voix affectueuse me ramène à plusieurs centaines de kilomètres d'ici, dans la chaleur de mon minuscule appartement londonien, et me donne le sentiment d'être de retour chez moi.

Quand je vivais à Londres, nous avions pris l'habitude de nous appeler pratiquement chaque soir pour parler de tout, de rien, de nos journées respectives, de la météo capricieuse, des frasques de la famille royale, de son manque d'assiduité pour le sport, du nouveau spectacle de Jill, de mon concierge affreusement curieux ou du dernier épisode de *Peaky Blinders* (mon père adore le contexte historique de l'entre-deux-guerres, moi, Thomas Shelby).

– Au fait, je ne t'ai pas dit, mais je commence mon nouveau travail bientôt. Ils ont besoin de quelqu'un pour les relations publiques et c'est pile dans mes compétences.

– Ah, vraiment ? C'est merveilleux ! Quand, exactement ?

Si mon mari ne décide pas de me licencier avant mon premier jour, demain. Nous avons convenu, Angus et moi, d'une prise de fonction une semaine après le mariage, mais Lachlan n'a pas l'air pressé. On voit bien que ce n'est pas lui qui doit rembourser un prêt étudiant. Depuis notre échange un peu houleux de l'autre soir, il m'évite comme la peste. Ce qui me convient parfaitement. Au moins, le ton de notre mariage est donné.

– Erynn, tu es toujours là ?

Mon père me sort de mes pensées.

– Oh, euh… oui. Je commence demain, bredouillé-je nerveusement.

– Ça me fait plaisir pour toi, ma luciole. Je suis certain que tu vas accomplir de grandes choses dans ton nouveau travail.

– Comment tu peux en être si sûr ?

– Facile ! Je connais ma fille. Je n'ai jamais douté de toi. Quand tu veux faire quelque chose, tu vas au bout ! Même petite, dès que tu avais une idée en tête, c'était presque impossible de t'arrêter. Tu te souviens de l'époque où tu voulais devenir astronaute ? Tu pensais qu'il fallait connaître par cœur le nom de toutes les étoiles.

Un sourire ému s'imprime sur mes lèvres.

– Comment oublier ? Je t'en avais parlé pendant des heures au téléphone et lorsque tu étais venu me voir la fois suivante, tu m'avais apporté un livre sur la voûte céleste.

– En effet, et tu as appris le nom des quatre-vingt-huit constellations, à neuf ans.

– J'étais têtue.

– Tu étais déterminée, volontaire et obstinée. Tu l'es toujours. Je ne te le dis pas souvent, mais j'ose espérer que tu sais combien je suis fier de toi, de la femme que tu deviens. Tu m'épates, Erynn, par ta résilience et ta beauté d'âme. Ce que tu as fait pour moi, je ne l'oublierai jamais, aussi longtemps que je vivrai. Ton bon cœur brille plus que toutes les étoiles de l'univers réunies, ma luciole.

Ma gorge se serre et ma vue se brouille. Je ferme les yeux, submergée par l'émotion, tandis qu'une larme s'accroche à mes cils.

Ses mots sont un cadeau très précieux.

Il n'y a rien que je ne ferais pas pour toi, papa…

– Oh, tu sais, ce n'était pas bien compliqué de dire « oui », déclaré-je d'un ton badin.

– Je t'interdis de sous-estimer la valeur de ton acte et de tout ce que tu sacrifies au nom des tiens.

– Tu as raison, papa. Tu crois que l'on pourrait envisager de construire une statue à mon effigie à côté de celle de William Wallace ?

Mon père éclate de rire.

– Pourquoi pas !

Nous passons encore un petit moment au téléphone, puis, lorsqu'il étouffe un bâillement, j'écourte la conversation.

– Je te laisse te reposer, papa.

– D'accord. Bonne nuit, luciole. Et n'oublie pas de m'appeler pour me raconter comment s'est passé ton premier jour de travail.

– Promis.

Je raccroche, laissant retomber ma main sur le lit, et le téléphone avec. Pourquoi, mais pourquoi lui ai-je menti sur mon nouveau job ? Personne ne m'a confirmé ma date de prise de fonction, je commence même à craindre qu'Angus m'ait menti pour me convaincre de venir à Achnacarry. Il faut que je parle à Lachlan.

Résolue, je prends mon courage à deux mains, me lève pour rejoindre la salle de bains, puis frappe à la porte.

Aucune réponse.

– Lachlan, tu es là ?

Toujours rien.

Je pose mon oreille contre le battant en bois et attends encore quelques secondes, à l'affût du moindre bruit qui m'indiquerait sa présence.

– Je peux entrer ? C'est moi, j'aimerais te parler.

Seul un silence de mort me répond.

OK, donc c'est simple, vu l'heure qu'il est, soit il est sorti avec ses amis boire un verre, ou *plusieurs*, soit il a prévu de ne pas rentrer du tout.

Autrement dit, de découcher. Et, par extension, de passer la nuit dans un autre lit. Un lit qui n'est pas le sien.

Ça m'étonnerait qu'il dorme seul.

Cette éventualité m'arrache une grimace, et un pincement étrange que je n'arrive pas à définir m'enserre le cœur.

C'est moche, la jalousie.

– Pfff... C'est complètement absurde ! m'insurgé-je. Je ne suis pas jalouse. Pas le moins du monde.

Je me rends compte que je parle toute seule, ce qui est plus ridicule encore, alors je laisse tomber l'idée de discuter avec Lachlan et retourne me glisser sous les couvertures. Mais impossible de fermer l'œil. J'ai beau me tourner et me retourner, rien à faire, mon esprit est focalisé sur le silence assourdissant qui règne dans la chambre d'à côté.

Je n'arriverai pas à dormir, pas en étant aussi préoccupée. Je décide de descendre à la cuisine pour me préparer une bonne tasse de thé. La chaleur du liquide m'aidera peut-être à apaiser mon cerveau agité.

Je sors de mon lit, puis enfile mon gilet en laine fétiche par-dessus mon tee-shirt. Il est vieux et légèrement élimé aux coudes, mais tellement confortable. Je ramène les pans contre ma poitrine et me glisse dans le couloir sur la pointe des pieds, hésitant à semer des petits cailloux sur mon trajet afin de m'aider à retrouver ma chambre.

Je m'aventure dans le couloir faiblement éclairé par un timide croissant de lune jouant à cache-cache avec les épais nuages. À l'intérieur du château, il flotte un silence absolu. J'avance à tâtons, compte mes pas, mémorise le chemin et laisse mon instinct faire le reste. Ô miracle, j'arrive devant la porte de la cuisine à l'aspect rustique avec ses tomettes en terre cuite et son mur de pierre apparente.

Si je ne craignais pas de réveiller la troupe de Highlanders venue des quatre coins de la région pour les jeux et logeant dans les chambres du rez-de-chaussée, je m'accorderais un tonnerre d'applaudissements. Je calme mes ardeurs, laisse de côté la batterie de cuisine en cuivre et opte pour la bouilloire électrique.

Quelques minutes plus tard, j'ai fini d'avaler mon breuvage et rince ma tasse, avant de la déposer sur l'égouttoir. Je me retourne ensuite pour repartir d'où je viens, mais je me heurte à un mur. Un cri meurt dans ma gorge quand une main puissante me couvre la bouche, tandis qu'une autre s'arrime à ma hanche et me décale contre le mur le plus proche. La pénombre m'empêche de distinguer quoi que ce soit, et mon cœur se déchaîne, tambourinant jusque dans mes tempes. L'haleine chargée d'alcool de mon assaillant me brûle les yeux alors que j'essaie de me dégager, en vain.

Et soudain, une voix profonde et grave s'immisce dans le creux de mon oreille.

– Je peux savoir ce que tu fais ici au beau milieu de la nuit et à moitié nue, mon cœur ?

Mon cœur...

Ce surnom et ce timbre particulier. Il ne peut s'agir que de lui. Le soulagement est immédiat. Mes épaules s'affaissent et le nœud dans ma gorge disparaît.

Merci, mon Dieu, ce n'est pas un Highlander inconnu complètement torché… seulement le Highlander complètement torché que j'ai épousé.

La main de Lachlan libère ma bouche.

Je le repousse et m'emporte aussitôt.

– J'ai eu la peur de ma vie, idiot ! grondé-je, excédée par son comportement d'ours mal léché.

– La peur de ta vie, hein ? Imagine un peu si c'était quelqu'un d'autre qui t'avait trouvée ? Le château grouille de mecs en rut au cas où tu l'aurais oublié !

Lachlan penche légèrement la tête et darde sur moi un regard si sombre qu'il m'arrache un frisson désagréable.

– À moins que ce soit ce que tu cherches ?

Estomaquée par son sous-entendu dégoûtant, je ne réponds pas tout de suite. Prenant mon silence pour un assentiment, il répète.

– C'est ce que tu cherchais, Erynn ?

Je soutiens son regard enfiévré, sans ciller. Je déteste son attitude, et par-dessus tout, je déteste ce qu'il provoque en moi. Quand il est dans les parages, je ne me reconnais pas. Je ne me reconnais plus.

– Et en quoi ça te regarde, au juste ? Prendrais-tu ton rôle un peu trop au sérieux, *mon cœur* ? rétorqué-je en claquant ma langue contre mon palais. Tu oublies que toi et moi, ce n'est que de la comédie. Nous ne sommes qu'un couple monté de toutes pièces. Notre mariage ne signifie rien.

Sa mâchoire crispée fait saillir les veines de son cou.

– Tu es ma femme, Erynn, et tu portes mon nom, bordel ! Rentre-toi bien ça dans le crâne !

Puis, brusquement il recule en chancelant.

– Tu as trop bu.

Ce n'est pas une question, plutôt une constatation. Et depuis que je suis ici, je l'ai vu plusieurs fois dans cet état. Je me demande s'il a des problèmes avec l'alcool.

– Qu'est-ce que ça peut te foutre si j'ai besoin de boire pour oublier que je te dégoûte ?

– Pardon ?

Mais au lieu de répéter, Lachlan allume une cigarette, la coince au coin de ses lèvres et se dirige vers la sortie d'un pas incertain.

Mon Dieu, il s'est vraiment mis dans un état lamentable. J'hésite à le laisser se débrouiller, après tout il l'aura bien cherché. Mais un élan d'inquiétude me monte à la tête. Et s'il trébuche dans l'escalier et s'ouvre le crâne en deux ? S'il laisse tomber sa cigarette et met le feu à tout le château ?

Mon esprit s'abîme dans l'élaboration de mille et un scénarios dans lesquels Lachlan finit invariablement par se tuer.

Je ne devrais pas m'en préoccuper, mais c'est plus fort que moi. Maintenant que l'idée s'est plantée dans mon esprit, il m'est impossible de la déloger.

Malgré son sale caractère et son comportement de connard, je me connais, je vais m'en vouloir s'il lui arrive quelque chose.

Je lève les yeux au ciel, agacée contre moi-même, avant de m'élancer à sa suite.

J'espère ne pas le regretter...

– Lachlan, attends-moi !

CHAPITRE 24

ERYNN

– Lachlan, répété-je en le rejoignant.

Je le rattrape, et suis surprise de le découvrir adossé au mur, sa clope au bec, fixant un point invisible par la grande fenêtre.

Je pensais le trouver au bout du couloir en train de tanguer façon Jack Sparrow, mais non, il est là, impassible, la moitié de son corps plongée dans l'obscurité, l'autre éclairée par la lune, et les yeux voilés par les ténèbres. Des volutes s'échappent de la braise de sa cigarette. C'est bizarre, il semble ailleurs, comme si son esprit était à mille lieues d'ici.

Je prends une grande goulée d'air, essoufflée par mon sprint, et soudain je me sens mal à l'aise, je prends conscience de ma tenue débraillée. Pour ma défense, je pensais ne croiser personne, encore moins Lachlan. Je lisse du plat de la main mes mèches emmêlées, puis tire sur le bas de mon tee-shirt pour couvrir mes cuisses, sans succès. Je dois avoir l'air d'une parfaite idiote, attifée de la sorte. Contrairement à lui car malgré sa gueule de bois, je ne peux m'empêcher de le trouver… beau.

Beau et triste à la fois.

Entre nous, le silence est assourdissant, un océan de non-dits.

Il a l'air d'aller bien, et s'il n'a pas besoin de moi, autant partir, non ? Comme s'il devinait les doutes qui m'assaillent, Lachlan esquisse un bref mouvement du menton pour désigner le mur à ses côtés.

Je comprends le message muet, et comme je n'ai rien de mieux à faire, j'accepte de lui tenir compagnie. Je ramène les pans de mon gilet sur ma poitrine et colle mon dos contre le mur, adoptant la même position que lui.

Pendant plusieurs minutes, nous restons ainsi sans échanger un mot, plongés l'un et l'autre dans une profonde réflexion entrecoupée par le bruit de nos respirations. C'est étrange de me retrouver là, avec lui. Et en même temps, j'apprécie notre bulle de solitude.

Il y a encore quelques jours, il était un parfait inconnu et à présent je vis chez lui, porte son nom ainsi que sa bague que je fais tournoyer autour de mon annulaire avec la pulpe de mon pouce, dans un geste mécanique.

En fait, je me demande ce qu'on fait là.

– Nous devrions monter, non ?

Mais Lachlan m'intime le silence de l'index et me montre ensuite l'astre brillant à travers la large fenêtre.

– OK, alors admirons la lune.

Je ne sais pas combien de minutes passent, j'ai perdu le fil. Jusqu'à ce que Lachlan me tende sa cigarette, avant de se raviser aussitôt.

– C'est vrai, j'avais oublié, tu ne fumes pas.

Sa remarque est teintée d'une pointe de reproche.

Je hausse une épaule.

– Tu m'excuseras de ne pas être plus emballée que ça par l'idée de choper un cancer des poumons.

Il tourne la tête vers moi, un sourire moqueur aux lèvres.

J'hésite à lui offrir un doigt d'honneur, tandis qu'il me dévisage.

Longtemps.

Si bien que je me sens presque nue sous son regard invasif. Puis il tire sur sa cigarette et laisse échapper des ronds de fumée qui s'évanouissent entre nous.

– On va tous mourir un jour, mon cœur.

Je lève les yeux au ciel et soupire profondément, agacée par ce foutu surnom qu'il ne semble pas vouloir arrêter d'utiliser.

– Cancer, accident… peu importe, le résultat est le même, complète-t-il d'un ton las. Seule la manière de partir diffère. Alors qu'est-ce que ça change ? Autant profiter à fond de tous les vices que nous offre la vie, tu ne crois pas ?

Résignation.

C'est le premier mot qui me vient à l'esprit lorsque je l'observe creuser ses joues et inhaler son cocktail toxique d'un air mélancolique.

Il est fort, musclé, mais ses épaules semblent ployer sous un poids trop lourd à porter. Un instant, il est détestable à souhait, puis son masque se fracture, comme en ce moment, et dévoile une vulnérabilité qui me touche malgré moi. Lachlan est tout en contradiction, un paradoxe à lui seul.

Je n'aurais jamais cru que le puissant chef du clan Cameron, respecté et toujours entouré, renfermait autant de souffrance. Mais dans le fond, ça ne devrait pas m'étonner. Quand on y pense, même Achille, tout héros qu'il était, avait ses faiblesses.

– Je ne suis pas d'accord, je pense que c'est une façon carrément lâche d'appréhender les choses. C'est facile de mépriser la vie. Mais à force de brûler la chandelle par les deux bouts, tu perds la saveur de ce qui est essentiel au profit d'une existence faite de futilités.

Je devine à la crispation de sa mâchoire combien mon point de vue l'horripile.

– Tu parles de ce que tu ne connais pas. Tu es comme tous ces donneurs de leçons qui prennent leur pied à étaler leur science, à défaut de savoir le prendre autrement.

Conan est vraiment vexé. D'accord, il ne m'a pas demandé mon avis, mais il s'adressait à moi, donc je pars du principe qu'il attendait une réponse de ma part.

– Et toi, tu es de ceux qui se pensent supérieurs aux autres et méprisent leurs sentiments. Être né avec une cuillère en argent dans la bouche ne te donne pas le droit de traiter les gens avec condescendance.

– Tu as raison, Wallace. J'ai toujours eu une vie facile. Satisfaite ?

Quand il ne reste que le bout rougeoyant entre ses doigts, il se décolle du mur en chancelant légèrement vers l'un des vases qui orne la console près de la fenêtre, et balance son mégot à l'intérieur. Il se dirige ensuite vers l'escalier, et quand il manque de trébucher, je ne réfléchis pas et me précipite vers lui.

Mes mains s'accrochent à son biceps épais, que je sens tout en muscle et en nerfs. C'est ridicule de penser qu'un petit gabarit comme le mien puisse parvenir à soutenir sa carrure de Highlander, et pourtant, il ne faut jamais se fier aux apparences. Je suis plus forte que j'en ai l'air.

– Appuie-toi sur moi si tu veux.

Lachlan n'en fait rien. À la place, il plisse les paupières en direction de mes doigts autour de son bras. Devant sa résistance, je relève lentement la tête vers lui. Du regard, je parcours la ligne de sa mâchoire carrée et remarque que sa barbe dissimule une partie de la cicatrice rose qui zèbre le côté droit de son visage.

Pas d'insulte grossière, pas de mots de travers et pas de « dégage de mon espace vital ». Il se contente de déglutir plusieurs fois de suite, et c'est tout. J'en conclus donc que l'alcool a endormi sa nature profonde.

– Combien de verres as-tu pris ?

Pour ma part, je n'ai pas bu une goutte, et pourtant je suis enivrée par le mouvement de sa pomme d'Adam qui monte et descend dans sa gorge, et par le bout de sa langue qu'il sort pour humecter lentement ses lèvres.

Je devrais être gênée par notre soudaine proximité, mais ce n'est pas le cas.

– Qu'est-ce que ça peut te faire ? souffle-t-il à un cheveu de ma bouche. Toi et moi, nous savons que tu n'en as rien à carrer !

Ah, finalement, le Lachlan que je connais est de retour…

Je suis sincère, je ne veux pas qu'il lui arrive malheur, tout ça parce qu'il est assez bête pour boire en quantités déraisonnables. Il me contourne et grimpe la volée de marches. Je tente de le saisir par le coude pour l'aider, mais il me repousse doucement.

– Épargne-toi cette peine, Erynn.

Dans le mouvement, il manque brusquement une marche. Je retiens un hoquet de peur tandis qu'il perd l'équilibre, mais heureusement, sa main s'accroche à la main courante au dernier moment.

– Merdc. Jc pourrais presque croire que tu t'inquiètes pour de vrai, déclare-t-il en affichant un sourire espiègle.

Bon sang, qu'il est bête quand il est saoul !

– Arrête de faire l'idiot et laisse-toi faire.

Sans attendre, je m'approche de lui, assez pour que son parfum épicé aux notes boisées mêlé à celui du whisky m'enveloppe. J'ignore son regard perplexe et entrelace nos doigts afin qu'il s'appuie sur moi, mon autre main agrippe sa taille et le pousse gentiment à me suivre.

– On y est presque, l'encouragé-je lorsque nous atteignons la dernière marche.

Mon mari m'offre un grognement dédaigneux, mais il se laisse faire. Par chance, je ne me perds pas dans le dédale de couloirs cette fois, et si mes calculs sont bons, nous serons bientôt dans nos quartiers. De temps en temps, il me semble qu'il ferme les yeux comme s'il était épuisé, prêt à dormir debout. Ou à lâcher prise, alors je m'accroche davantage à lui.

S'il tombe maintenant, c'est foutu. Jamais je ne réussirai à le relever. Ce serait comme déplacer une montagne, d'ailleurs je m'étonne d'être parvenue à le conduire jusqu'ici.

Je l'attire vers ce que je crois être sa porte. Il plisse les paupières et acquiesce, me confirmant que nous sommes au bon endroit. Il faudra que je pense à lui demander comment il a fait pour la reconnaître. Presque une semaine que je suis ici et j'en suis toujours incapable.

Je pousse le battant tout en l'attirant à l'intérieur. Je découvre, sans surprise, une décoration sobre et froide, à l'image de son propriétaire. Partout, du gris foncé et du mobilier de bois sombre.

Je l'aide à marcher jusqu'à son lit, nettement plus large que le mien, ce qui ne m'étonne guère. Vu sa stature imposante, il lui faut au moins un king size pour caler ses cent kilos de muscles. Je défais les couvertures, entreprends de l'aider à s'allonger, mais au dernier moment, Lachlan enroule ses doigts autour de mon poignet et m'entraîne avec lui dans sa chute. Je rebondis sur le matelas, et avant que je comprenne ce qui se passe, il me retourne sur le dos, si bien que je me retrouve sous lui, à l'observer en silence.

Il darde sur moi ses magnifiques prunelles océan, traversées d'une lueur incandescente. Mon cœur se débat dans ma poitrine à mesure que la pulpe rugueuse de ses doigts dessine la courbe de ma clavicule, remonte dans mon cou, puis trace lentement la ligne de ma mâchoire avant de prendre ma joue en coupe.

Je ne ris plus. Plus du tout. Je me concentre uniquement sur ma respiration afin de m'éviter d'hyperventiler.

Il est là, au-dessus de moi, appuyé sur un coude pour ne pas m'écraser, son bassin m'empêchant de bouger. Ses hanches pressées contre les miennes embrasent mon bas-ventre. Son regard appuyé est brillant – et pas seulement à cause de l'alcool – et je suis certaine d'y lire du désir. Le même désir qui coule désormais dans mes veines et me donne envie de bien plus.

Surprise par les réactions de mon corps, je me concentre sur son visage qui n'est plus qu'à un souffle du mien. Ses yeux oscillent entre mes iris et ma bouche, comme s'il s'apprêtait à m'embrasser.

Apparemment, il n'agira pas sans mon consentement. S'il est l'instigateur de notre rapprochement, il souhaite que je sois l'initiatrice de… de quoi ? De notre baiser ? De plus ?

D'ailleurs, ai-je envie d'embrasser un Highlander de deux mètres de haut aux manières détestables, grossier, autoritaire, arrogant et tyrannique ?

Apparemment, mon esprit n'est pas en état de réfléchir et mon instinct prend le dessus, puisque je comble le vide entre nous.

Et mon corps s'électrise.

C'est tout ce qu'il faut à Lachlan pour prendre les choses en main. Son torse se plaque contre mes seins et ses lèvres affamées dévorent les miennes, comme s'il craignait de n'en avoir jamais assez. Ce baiser n'a rien à voir avec celui que nous avons échangé le jour de notre mariage. C'est mieux, cent fois, mille fois mieux. Un plaisir indicible prend vie entre mes jambes, mon corps ondule sous le sien, s'accordant avec volupté aux mouvements de son bassin.

Je suis prise d'une frénésie aussi féroce que celle qui anime Lachlan. Ma main caresse son épaule, se faufile jusqu'à sa nuque avant de s'enfouir dans ses cheveux et de les tirer. Le grognement de Lachlan contre ma bouche me confirme qu'il apprécie mon geste.

Mon Dieu, que sommes-nous sur le point de faire ?

CHAPITRE 25

LACHLAN

Je me perds un instant sur les taches de rousseur qui recouvrent l'arête de son nez et le haut de ses joues, puis effleure sa peau veloutée. Je ne sais pas si c'est l'alcool que j'ai ingurgité, cette soudaine proximité ou la sensation que les choses évoluent entre nous, mais elle me paraît encore plus belle que d'habitude.

Je n'attends rien d'elle, rien en dehors de ce qu'elle est prête à me concéder. Mais puisque nous sommes coincés ensemble pendant un an, quel mal y a-t-il à vouloir passer du bon temps ? Après tout, nous sommes mariés, autant en profiter. Perso, ça ne me pose aucun problème. Et si, au passage, ça permet d'écarter les abrutis qui lui tournent autour, encore mieux. D'autant que le château grouille d'enfoirés à l'honneur bancal.

Erynn retient sa respiration. À quelques millimètres de sa bouche insolente, qui pour une fois demeure close, j'attends qu'elle vienne à moi, qu'elle comble le vide, car je ne ferai rien de plus sans qu'elle y consente. D'un regard appuyé, je l'encourage à se jeter à l'eau.

Allez... Embarque avec moi.

Il ne lui faut pas plus d'une petite impulsion pour sceller nos lèvres et mêler nos souffles.

Putain, oui !

Sans chercher à être délicat, je fonds sur sa bouche et avale ses gémissements. Mon cerveau vrille, mon cœur bat à tout rompre et je sens que je pourrais claquer dans l'instant.

Sensuelle, addictive, insupportable. Erynn est tout ça à la fois. Sa fougue, couplée à ses doigts tirant sur mes cheveux, suffit à me rendre dingue. Enfin, jusqu'à ce que la réalité me rattrape et m'apparaisse à travers le rideau brumeux de l'alcool. Je prends soudain la pleine mesure de ce que nous sommes sur le point de faire.

Putain, qu'est-ce que je fous ?

Je suis déchiré, et pas qu'un peu. Je ne peux pas baiser avec elle alors que mon cerveau baigne dans le whisky. Non pas que ça me dérange d'habitude. Mais là, je ne sais pas, c'est différent. Peut-être parce que je veux m'en souvenir, me souvenir de ses yeux quand elle basculera en criant mon nom. Je me fais violence pour m'arrêter, puis roule sur le dos en poussant un soupir de frustration.

Son goût est encore partout dans ma bouche, et mes pensées sont envahies par la vision sublime de son corps alangui contre le mien.

Bordel.

Je glisse mes doigts dans mes cheveux, tire nerveusement dessus. Je n'ai pas réfléchi, et maintenant je me retrouve dans la peau de l'enfoiré qui laisse la fille en plan.

Pas la fille… *ta femme.*

– J'ai trop bu, me justifié-je.

Pour ma défense, je voulais oublier, annihiler ma culpabilité à coups de pur malt et le plus souvent ça marche, du moins jusqu'à ce qu'un éclair de lucidité me frappe. Allongée près de moi, Erynn opine lentement, puis, dans un silence de mort, descend son tee-shirt sur ses cuisses nues avant de se redresser sans me jeter un seul regard. Quand elle prend appui sur ses poings pour se lever, je la retiens par le coude.

Je ne veux pas qu'elle parte. Je ne veux pas me retrouver seul. Pas après cette journée. Juste pour ce soir, j'ai besoin de sa chaleur, de ses bras enroulés autour de moi et de son souffle dans mon cou.

Un frisson la traverse de part en part.

– Reste, murmuré-je d'une voix rauque. Reste avec moi, s'il te plaît.

Elle m'adresse un coup d'œil par-dessus son épaule, et je peux sentir la bataille qui fait rage en son for intérieur. Elle se demande si je suis sérieux.

– Pour cette nuit, laisse-moi te tenir dans mes bras.

Elle semble hésitante. Elle doit peser le pour et le contre dans son esprit rebelle, en gardant pour elle toutes les questions qui lui brûlent la langue.

Cette fois, c'est elle qui attend un geste de ma part. Je caresse son bras à travers son gilet et enroule mes doigts autour de son poignet gracile pour l'attirer contre moi. Sa tête trouve sa place au creux de mon épaule comme si c'était sa place habituelle, comme si nous avions été façonnés de manière à nous imbriquer à la perfection.

D'un doigt sous son menton, je relève son visage vers moi et lui souffle un « merci » à peine murmuré, avant d'aller caresser la légère marque bleutée sur son front.

– Ça te fait encore mal ?

Erynn secoue la tête.

– Plus du tout.

Sa réponse me soulage immédiatement. Je m'en suis pas mal voulu, alors je suis heureux qu'elle ne garde pas de vilaine cicatrice à cause de moi.

Je retire rapidement mes boots sans me relever, les laissant choir au pied du lit, et passe un bras sous sa poitrine. J'apprécie de la sentir se lover contre moi.

Sa respiration régulière agit comme le plus puissant des anxiolytiques. Sa chaleur s'enroule autour de moi et pour ce soir, je me sens vivant.

Le nez enfoui dans sa chevelure aux effluves de vanille et de pêche, je ferme les yeux et laisse le sommeil prendre le dessus.

***

Erynn et sa peau satinée.

Erynn et ses gémissements délicieux.

Erynn et ses grands yeux ravissants.

Erynn et son parfum envoûtant.

Les souvenirs de la nuit dernière affluent tel un raz de marée.

Je me réveille en sursaut et me prends instantanément un flot de lumière aveuglant dans la gueule, puis ravale ma frustration en découvrant qu'elle n'est plus là. Je pivote en direction de la place vide à mes côtés, passe ma main sur l'empreinte creusant le matelas et ferme les yeux.

Elle est froide, signe qu'Erynn est partie depuis un bail. A-t-elle seulement dormi ici ?

Je passe mes doigts dans mes cheveux, puis me frotte le visage et la barbe. Il faudrait vraiment que je pense à me raser, mais pour l'instant, j'ai besoin d'une clope. Et d'une douche.

Je m'étire, puis jette un coup d'œil en direction de ma table de nuit et constate que j'ai dormi plus de quatre heures d'affilée, ce qui constitue chez moi un véritable exploit.

Malgré le début de migraine qui martèle mes tempes, je me sens parfaitement reposé pour la première fois depuis longtemps.

Je m'extirpe de mon pieu et vire mes fringues de la veille. Par pur réflexe, je glisse mes pouces sous l'élastique de mon boxer pour le retirer, avant de me rappeler qu'Erynn occupe la piaule d'à côté. Ce n'est sûrement pas le moment de me pointer à poil devant elle.

Si je n'ai pas de souvenir distinct de la soirée d'hier, seulement des bribes, je me souviens qu'elle ne m'a pas laissé tomber alors que j'étais complètement saoul. Enfin, il y a aussi ces flashs de nos bouches collées l'une à l'autre et ce goût qui ne me quitte pas, mais je préfère ne pas m'y attarder pour l'instant, sinon la douche risque d'être plus longue que prévu.

Le miroir de la salle de bains me renvoie une image peu reluisante. Pas étonnant qu'elle se soit carapatée à la première occasion. Malgré ma barbe de plusieurs jours, la cicatrice qui traverse mon visage reste flagrante. En plus d'être immonde à voir, elle est un rappel constant de ce jour maudit. Je ne sais pas comment a fait Erynn pour me regarder sans la voir, pour m'embrasser sans être dégoûtée. Je ferme les yeux une seconde, puis me traîne sous la douche.

En chemin pour me prendre un café, je croise des gars de tous les coins de la région. Si je me souviens des participants les plus anciens, les autres, venus concourir pour la première fois aux jeux des Highlands, sont d'illustres inconnus. Je n'approuve pas cet afflux de visiteurs qui transforme le château en foire à la testostérone, mais Achnacarry a toujours accueilli les joueurs de tout horizon.

Alors que j'arrive à proximité de la salle à manger, les rires gras de Glenn et Misha me parviennent, suivis par la voix lumineuse et claire d'Erynn.

Voilà où elle était.

J'entre et mes yeux la cherchent presque d'instinct.

Le pull épais qu'elle porte est trois fois trop grand pour elle, et ses cheveux lâchés cascadent dans son dos. Elle est assise autour de la table, près de Glenn et Misha, leurs yeux rivés sur je ne sais quelle vidéo que leur montre ce dernier. Tout ce que je sais, c'est qu'elle doit être drôle, parce qu'ils éclatent de rire.

Alba qui s'active à débarrasser est la première à me remarquer.

– Je peux vous apporter un café ? me propose-t-elle avec un grand sourire.

Je lui réponds d'un hochement de tête. Sa question attire l'attention de la bande sur moi.

– Hé cousin, bien dormi ? me hèle Misha.

– Viens mater ça, tu vas mourir de rire, renchérit Glenn.

Quant à Erynn, elle ramène une mèche cuivrée derrière son oreille et m'offre un sourire timide avant de mordiller sa lèvre inférieure. Pas plus tard qu'hier, c'étaient mes dents qui étaient plantées dans sa chair rose.

Est-ce qu'elle y repense aussi ? Est-ce pour cette raison que ses joues prennent une délicieuse teinte écarlate ? Pendant une seconde, je ne vois rien d'autre que sa beauté.

Bordel, elle est vraiment magnifique !

Je m'oblige à garder un masque impassible quand j'aperçois le bras de mon cousin calé sur le dossier d'Erynn.

Ils sont vraiment très proches, non ?

Heureusement, il doit remarquer mes sourcils froncés et croise aussitôt ses bras devant lui.

Je me laisse tomber sur la place libre à côté d'Erynn, regrettant de lui présenter la face meurtrie de mon visage. Qu'elle me regarde quand j'ai un coup dans le pif est une chose, mais qu'elle le fasse en plein jour et quand je suis lucide me gêne. Je ne suis pas certain de pouvoir supporter sa répulsion après ce qui s'est passé entre nous hier.

Je ramène volontairement quelques mèches vers l'avant histoire de cacher la misère, et remercie Alba quand elle dépose devant moi une tasse fumante.

Je ne comprends pas bien ce qui se passe dans ma tête. J'ai l'impression que mes sentiments s'embrouillent. D'ailleurs, depuis quand est-ce que je m'autorise à en ressentir à nouveau ? Décidément, l'arrivée d'Erynn me retourne complètement le cerveau.

J'avale une gorgée dans l'espoir que le café me remette les idées en place, avant de me pencher vers ma voisine.

– Bien dormi, mon cœur ?

L'effet est immédiat. Ses doigts se crispent autour de son bol de café. Je sais que ce petit nom l'emmerde prodigieusement, et c'est bien pour ça que je continue de l'utiliser.

– Comme un loir, *mon cœur* ! dit-elle en pivotant vers moi. Et toi ? En tout cas, tu as meilleure mine qu'hier, ajoute-t-elle en posant sa main sur mon front, puis ma joue. Tu vas mieux ?

Elle semble sincère, il n'y a pas de trace de taquinerie dans ses prunelles.

Je me raidis quand elle repousse mes cheveux et effleure ma cicatrice. Je m'attends à tout moment à un mouvement de recul de sa part, dès qu'elle sentira la texture écœurante sous ses doigts. Mais au lieu d'être dégoûtée, Erynn darde ses prunelles malicieuses sur moi et poursuit sa caresse comme si de rien n'était, sans se soucier de mon trouble.

Elle semble attendre une réponse.

Je fais oui de la tête. Il ne lui en faut pas plus pour afficher un grand sourire sincère.

– Super ! Parce que nous allons travailler ensemble dès aujourd'hui.

J'ai un moment de flottement, avant de comprendre.

– Quoi ?

Elle veut toujours travailler avec moi ?

Je ne croyais pas à cette histoire de rente qu'elle aurait refusée, parce que, disons-le, personne ne déclinerait l'opportunité de gagner de l'argent sans rien avoir à faire. Mais apparemment, Erynn n'est pas comme tout le monde.

Avant que j'aie le temps de réagir, Glenn la félicite tandis que Misha se lève et contourne la table pour la prendre dans ses bras.

– Chère Erynn, je te souhaite la bienvenue dans la holding.

Ils échangent ensuite un check dont ils semblent être les seuls à connaître l'existence et les gars nous saluent avant de se mettre en route pour les bureaux.

– J'ai vraiment hâte de me mettre au boulot ! s'exclame-t-elle en tapant dans ses mains. J'en avais ma claque de visiter le château et de réviser l'histoire des Cameron.

J'avais oublié que ma grand-mère s'était gentiment proposé de lui faire découvrir les lieux afin qu'elle arrête de se perdre, et de lui apprendre certains événements charnières de l'histoire de notre pays et de notre clan.

– Ce n'est pas que je n'aime pas Morag… mais…

– Mais quoi ? la coupe cette dernière en apparaissant dans l'encadrement de la porte de la cuisine. Qu'est-ce que vous allez encore trouver à dire sur moi ?

Le dédain qu'elle met dans ses paroles ne m'échappe pas, et encore moins à Erynn. Celle-ci tapote mon épaule en me soufflant « à tout à l'heure », avant de se lever pour rejoindre Morag. Elle se retrouve face à elle et, en articulant exagérément comme si elle était sourde, lui rétorque :

– Je disais, ce n'est pas que je ne vous aime pas, mais… je vous apprécierais davantage si vous étiez empaillée !

Et sur ce, elle la contourne puis s'en va, laissant ma grand-mère muette de stupéfaction. À ce que je vois, leur relation est allée en s'améliorant.

– Comment peux-tu accepter son manque de respect, Lachlan ? demande-t-elle en s'en prenant à moi.

– À moins que tu fasses entendre raison à ton fils, j'ai bien peur qu'on soit obligés de faire avec elle, grand-mère, souligné-je en haussant les épaules.

En réalité, sa présence me semble beaucoup moins horripilante qu'il y a une semaine.

CHAPITRE 26

ERYNN

Je contourne Morag, ignore le regard noir qu'elle me lance et, pour la faire rager un peu plus, je lui adresse un clin d'œil taquin.

En réalité, elle n'est pas si méchante que ça si l'on fait abstraction de son sale caractère, de sa langue acerbe, de sa mine grincheuse, de sa propension à me critiquer à tout bout de champ et de… Bon, d'accord. Il est clair qu'elle ne sera jamais ma plus fervente admiratrice, mais je peux faire avec, et on peut dire que je le lui rends bien. De toute façon, le contrat stipule que dans un an, nous serons débarrassées l'une de l'autre. Ensuite, elle deviendra le genre de lointain souvenir auquel on repense en grimaçant.

Et puis, pour être honnête, nos interactions me divertissent. Je ne sais pas si c'est réciproque, mais elles me rappellent celles que j'entretiens avec Lachlan. Lachlan qui provoque de drôles d'effets sur mon cœur, d'ailleurs. Un coup, il s'emballe. Un coup, il rate un battement. Je crois qu'on appelle ça la tachycardie, à moins que ce ne soit la bradycardie.

Ce n'est pas normal ! Mon corps réagit de manière exagérée quand il est dans les parages. Je dois couver quelque chose, peut-être qu'un virus expliquerait ces symptômes ?

Je secoue la tête pour le chasser de mon esprit et trottine en direction des gars. Ils sont devant moi, et en pressant suffisamment le pas, j'arrive à les rejoindre avant qu'ils ne disparaissent au bout du couloir.

– Hé, te voilà ! lance Glenn en passant son bras sous le mien. Je suis honoré que tu délaisses la compagnie de ton homme pour nous rejoindre.

Mon homme... L'est-il vraiment ? Après la nuit dernière, je ne sais plus trop où j'en suis. Enfin, où *nous* en sommes. J'ai beaucoup trop de questions en tête, et pour ma santé mentale, il va falloir que je trouve les réponses au plus vite.

– Il termine de prendre son petit déjeuner.

J'évite d'indiquer que c'est la compagnie de Morag qui m'a fait fuir. Et puis, je n'ai pas envie de me perdre en cherchant mon futur bureau. Je me connais, ça me prendrait la journée pour retrouver mon chemin.

Ou l'année.

Autant me faciliter la tâche et les suivre.

Au croisement suivant, Glenn part de son côté, en annonçant avoir une affaire à gérer à la distillerie. Quant à moi, je colle Misha au train.

Misha est le comptable du groupe, les chiffres, c'est son dada. Il m'entraîne vers une partie de la demeure que je découvre pour la première fois. En chemin, il me présente la compagnie, me détaille les rouages de la holding qui regroupe les sociétés du groupe Cameron à savoir la distillerie, la fonderie et l'aciérie. Il semble si heureux de m'apprendre de nouvelles choses que je n'ose pas lui dire que je suis déjà au courant de tout, grâce à Morag.

– Je suis impressionnée, déclaré-je. J'ignorais que le patrimoine du clan était aussi considérable.

Il faut bien l'avouer, avant d'arriver ici, ma conception du clan était réductrice et moyenâgeuse.

– Eh si ! Tu comprends maintenant pourquoi ces richesses ont pu attirer les convoitises et provoquer des batailles à l'époque de la société clanique, parfois même au sein d'un même clan. Les motivations sont toujours les mêmes… Le pouvoir, l'argent… Tout ça peut vite faire tourner la tête.

Nous arrivons dans un long couloir où sont alignées plusieurs portes ornées de plaques en verre.

– Donc toute cette aile est consacrée aux sociétés du groupe Cameron, si je comprends bien ?

– En effet. C'est plus simple de tout regrouper au même endroit.

– Oui, ça semble plutôt logique.

– Tu sais, ça n'a pas toujours été comme ça. À l'origine, les sociétés étaient gérées depuis leur propre site, et la gérance était compartimentée entre les différentes filiales du groupe. Les précédents lochiels devaient constamment se déplacer d'un endroit à un autre pour pouvoir diriger chaque structure.

Je fronce les sourcils, perplexe.

– Mais ça devait être une perte de temps considérable, non ?

– Ça l'était, acquiesce-t-il. C'est Lachlan qui a eu l'idée de centraliser la gestion des boîtes depuis un seul site. Le château est suffisamment vaste pour en consacrer une partie à la holding. Cette organisation a grandement réduit les déplacements, et désormais, toutes les décisions et les contrats se négocient ici. De même pour le département administratif de chaque structure.

Il poursuit la visite guidée, tandis que j'enregistre un maximum d'informations. C'est intéressant d'en apprendre plus finalement, Morag s'était cantonnée à l'histoire culturelle du clan.

Nous pénétrons dans une pièce spacieuse composée d'une longue table ovale entourée d'une dizaine de fauteuils qui ont l'air confortables. Sur la gauche, une large bibliothèque où sont alignés des dossiers ainsi que des livres occupe tout un pan de mur. Sur la droite se trouve un rétroprojecteur ainsi que du matériel informatique. Cependant, c'est la vue splendide sur le parc du château qui capture mon regard.

– C'est magnifique, n'est-ce pas ?

Je fais oui de la tête sans prendre la peine de me tourner vers lui. Ma vie londonienne me plaisait, mais je ne peux nier que la beauté des paysages écossais m'éblouit chaque jour.

– Comme tu dois t'en douter, on se trouve dans la salle de réunion, souligne-t-il.

Il m'entraîne ensuite dans une autre pièce aux murs tapissés de vert clair. Deux armoires encadrent un magnifique bureau en chêne.

– Je pense que tu seras bien ici. Je te laisse t'installer, je t'apporte un ordinateur et tu trouveras dans les tiroirs de quoi prendre des notes.

Je pense aussi que ça devrait aller…

Je reporte mon attention sur Misha, et me demande comment quelqu'un d'aussi gentil que lui peut supporter de vivre et travailler avec Lachlan. Il m'offre un sourire qui fait plisser ses yeux noisette puis disparaît. Comme promis, il revient un moment plus tard avec une boîte contenant, à ma grande surprise, un ordinateur dernier cri qu'il s'empresse de brancher. Quand il a terminé, il reporte son attention sur moi, tout en frottant l'arrière de son crâne rasé.

– Surtout, si tu as besoin de quelque chose, n'importe quoi, n'hésite pas à venir me déranger, tu me trouveras dans le bureau du fond.

Je le remercie d'un signe de la tête, puis une question m'échappe.

– Et le bureau de Lachlan ?

– Juste en face, répond-il en souriant d'un air entendu avant de s'éclipser.

J'en profite pour m'installer et me familiariser avec mon nouvel environnement.

Une heure plus tard, je suis dans le bureau de mon *mari* pour une réunion improvisée.

Angus est là aussi.

Je ne l'avais pas revu depuis le mariage. Apparemment, il part souvent en déplacement pour représenter le clan lors de diverses réunions ou événements dans la région. Assise face au duo infernal, je prends des notes sur ce qu'ils attendent de moi.

– Renforcer notre notoriété, promouvoir notre image et mettre en place une stratégie de communication sur les réseaux sociaux, déclare l'ancien lochiel. Il y a tant à faire !

Si je comprends bien, mon champ d'action est large, et la perspective de travailler sur ces objectifs m'enthousiasme.

– Je te donne carte blanche, Erynn, ajoute-t-il, au grand dam de son fils qui tire une tête de six pieds de long.

Je le soupçonne de ne pas approuver mon intégration dans leur boîte. Tant pis pour lui, il devra faire avec parce que je n'ai pas l'intention de passer les mois qui viennent à jouer les potiches.

– Je vous remercie, Angus. J'ai des tas d'idées, je vous promets que ça va déménager !

Il semble ravi que je sois là. Je m'étais fait une liste d'*a priori* longue comme le bras à son sujet, mais il se pourrait que je revoie mon jugement. Il n'est pas aussi terrible que je me l'étais figuré. En tout cas, il est plus avenant que son fils, c'est indéniable.

Tu oublies la nuit dernière. Ce n'est pas ce que tu disais quand il mêlait sa langue à la tienne.

Je me fais violence pour me concentrer sur le discours du patriarche, mais mon regard dévie, irrémédiablement attiré par celui de Lachlan. Assis devant moi, le dos enfoncé dans son fauteuil en cuir, il me lance un coup d'œil entendu, comme s'il avait compris la nature indécente de mes pensées. Et la lueur de désir qui fait briller ses beaux yeux bleus semble bien confirmer mes soupçons.

Oh, Seigneur ! Est-ce qu'il pense à ce que je pense ?

J'aurais tendance à dire que oui, tout en espérant que ce ne soit pas le cas. Une délicieuse chaleur s'invite dans le creux de mon ventre, puis s'éparpille dans mon intimité et colore mes joues. Je serre les cuisses pour soulager la pression entre mes jambes et me détourne afin de retrouver une contenance, mais c'est peine perdue. J'ai l'impression qu'il lit en moi aussi facilement que dans un livre ouvert.

Et qu'il *sait*.

Désormais, son attention est entièrement focalisée sur moi. Ses prunelles carnassières se promènent le long de mes jambes alors que je les croise d'un côté, puis de l'autre.

Je suis happée. Il n'y a pas d'autre mot pour décrire mon état. Il m'est difficile de décrocher mon regard de ses avant-bras puissants et tatoués, croisés sur son torse. Pourquoi je réagis ainsi ? Aux dernières nouvelles je le détestais, non ? Je m'oblige à baisser les yeux un instant sur mon bloc-notes, et griffonne des idées et des formes au hasard.

Quand il a terminé, Angus se lève, lisse sa cravate et déclare solennellement :

– Je te laisse voir les détails de ton intégration avec mon fils, Erynn, et encore bienvenue parmi nous.

J'opine, le remercie d'un mince sourire et retourne à la feuille que je noircis machinalement. Heureusement qu'il n'attendait aucune réponse de ma part, car je n'ai absolument pas entendu les dernières minutes de son monologue.

Dès qu'il part, Lachlan se racle la gorge.

– Que les choses soient claires, tu oublies immédiatement cette histoire de carte blanche. Ce sont des conneries et mon paternel ne sait pas de quoi il parle. Je veux que tu viennes me trouver avant de prendre la moindre décision impliquant la compagnie. C'est bien clair ?

Sans même m'en apercevoir, j'ai écrit les sept lettres de son prénom dans le coin de ma feuille.

Devant mon silence, il s'agace.

– C'est trop te demander que d'avoir ton attention ?

Je relève la tête et arque un sourcil.

– Oh, pardon… C'est à moi que tu parlais ?

Comme il ne répond pas, je fais abstraction de son regard noir et compte sur mes doigts.

– Je peux savoir ce que tu fiches exactement ?

– En fait… Je viens de faire une découverte intéressante.

– Qui est ?

– Tu savais que le mot « connard » avait exactement le même nombre de lettres que ton prénom ? déclaré-je d'un air songeur.

En réaction, Lachlan crispe la mâchoire si durement qu'une veine tressaute dans son cou.

– Si tu veux mon avis, je ne pense pas que ce soit une coïncidence, ajouté-je. Bref, si tu n'as rien d'autre à ajouter, je vais de ce pas me mettre au travail. Tu as entendu ton père, il y a beaucoup à faire et le fait qu'il me laisse carte blanche me met une sacrée pression !

Je peux sentir la colère monter en lui et inonder la pièce. Je ne lui laisse pas l'occasion de se déchaîner sur moi, me lève d'un bond et lui adresse un regard entendu par-dessus mon épaule.

– On se voit au déjeuner ?

Je me précipite aussitôt vers la porte, mais il est plus rapide que moi, et avant que j'aie pu l'atteindre, il m'attrape par le bras, me force à faire demi-tour. Sa main empoigne durement ma taille.

– Cesse de me provoquer, bordel !

J'ai conscience de la lueur féroce qui assombrit ses iris, de sa mâchoire contractée, du carré de peau que le bouton ouvert de sa chemise laisse entrevoir, de son bassin qui ondule presque imperceptiblement contre le mien et réanime un feu jamais vraiment endormi en sa présence.

– Sinon, quoi ?

Je soutiens son regard et, comme je ne sais pas quoi faire de mes bras, je décide de les nouer derrière sa nuque.

– Erynn, je suis sérieux !

– Merveilleux. Comme ça, nous sommes deux ! Pour qui tu me prends ? Que tu le croies ou non, je prends ce job très au sérieux.

Lachlan enfouit son nez dans mon cou, et la seconde d'après, je sens la pointe de ses dents mordre ma clavicule.

– Aussi au sérieux que notre mariage ?

J'opine lentement, avant de secouer la tête. En fait, c'est très simple, je ne sais plus très bien ce que je suis censée penser ou faire. La seule chose qui m'obsède est de soulager le battement douloureux entre mes jambes.

– Nous devrions reparler d'hier.

– Parce que tu te souviens de ce qui s'est passé ?

– Il m’a fallu un peu de temps pour retrouver la mémoire, mais maintenant, je me rappelle tout. Toi qui prends soin de moi et qui m’aides à marcher jusqu’à ma chambre. Pourquoi tu ne m’as pas laissé tomber ?

Pourquoi j’aurais fait ça ? Je n’ai pas pour habitude de tourner le dos aux autres, encore moins lorsqu’il s’agit de mon propre mari, même si ce dernier semble éprouver des difficultés à supporter ma présence. En réalité, je n’ai pas réfléchi, j’ai agi, c’est tout.

– Je vais t’embrasser, Erynn.

Je vais m’embraser, Lachlan.

– Et si tu ne veux pas, il te suffit de dire non.

Foutue voix grave qui hérisse tous les poils de mon corps.

CHAPITRE 27

LACHLAN

– Et si tu ne veux pas, il te suffit de dire non.

Je la mate en attendant sa réponse et elle ne montre pas la moindre réticence. Putain, merci !

Mais au moment précis où je m'apprête à passer à l'acte, on frappe à la porte.

Le bruit nous fait l'effet d'une douche froide. Je me raidis aussitôt et lâche un « bordel ! » dans ma barbe, tandis qu'elle murmure contre mes lèvres :

– Tu attends quelqu'un ?

– Personne.

– C'est peut-être ton père qui vient vérifier si nous ne nous sommes pas étripés, plaisante-t-elle.

– Erynn, tu es là ? fait une voix fluette que je ne reconnais pas.

– Mince, je crois que je sais qui c'est.

– Rien à foutre de qui c'est, murmuré-je en caressant sa pommette et en tirant sur sa lèvre inférieure avec mes dents.

Mon empressement lui arrache un sourire, mais elle m'écarte doucement d'elle.

– Attends, Lachlan.

Sa supplique termine de reconnecter mes neurones, et je recule d'un pas. De son côté, Erynn met de l'ordre dans sa tenue et ses cheveux avant de m'indiquer que je peux ouvrir la porte.

– Erynn ! s'exclame notre visiteuse à la seconde où j'écarte le battant. Je ne sais pas si tu te souviens de moi, je suis…

– Kennocha !

– Je suis si heureuse de te revoir, murmure-t-elle, émue. C'est le lochiel qui m'a dit où je pouvais te trouver.

Quand elle aperçoit Lachlan, elle s'empresse de rectifier.

– Enfin, je veux dire l'ancien lochiel. Oh, je suis vraiment désolée, je ne voulais pas vous déranger. On peut se voir plus tard si vous êtes occupés.

Son regard paniqué passe alternativement de ma femme à moi, tandis que je la gratifie d'un bref hochement de la tête. Est-ce qu'elle perçoit mon humeur massacrante ?

– Tu ne nous déranges pas, rassure-toi. Tu es là depuis longtemps ? lui demande Erynn.

– Non, nous venons d'arriver.

– Nous ?

– Mon frère et moi. Il est venu jusqu'ici pour s'inscrire, ce sera sa première participation aux jeux. À la minute où j'ai su qu'il venait à Fort William, j'ai sauté sur l'occasion pour l'accompagner. J'avais hâte de revoir ma nouvelle amie !

Pendant qu'elles échangent des nouvelles, je laisse mes doigts jouer dans le creux de la hanche d'Erynn, impatient de reprendre là où nous nous sommes arrêtés.

– Kennocha, je te rejoins dans la grande salle dans une petite minute.

Pardon ?

– Avec plaisir ! J'ai hâte de te présenter Kyle.

Je cille, brusquement. Qui est ce Kyle ?

Aussitôt que l'intruse se retourne et s'éloigne, je referme la porte, exaspéré. Dos contre le battant, ma femme laisse échapper un gloussement.

– Arrête de grogner comme ça ou je vais finir par croire que tu es jaloux.

Tu n'as pas idée !

– Je ne suis pas jaloux, mais si ce Kyle veut continuer à respirer par le nez, il vaut mieux pour lui qu'il sache garder ses distances avec toi.

Cette fois, elle éclate de rire et chacun de ces éclats se loge dans ma poitrine. Ébloui par sa beauté et par ce son cristallin, je me surprends à vouloir la voir heureuse plus souvent. Tout le temps, en fait.

Je réajuste mon érection douloureuse à travers mon jean – évidemment Erynn n'en rate pas une miette et étouffe un gloussement alors que je lui adresse un regard noir.

Pour je ne sais quelle obscure raison, Erynn n'est pas impressionnée par ma mauvaise humeur. Pas plus qu'elle ne l'est par ma cicatrice. D'ailleurs, elle ne m'a posé aucune question à ce sujet. D'habitude, c'est la première chose qu'on me demande : comment je me suis fait une telle balafre ?

Pas elle. J'ignore si c'est parce qu'elle ne veut pas être indiscrète ou parce que la réponse l'indiffère. À ce stade, je suis certain que je ne veux pas de son indifférence.

Erynn m'embrasse une dernière fois avant de me quitter pour rejoindre son amie dans la grande salle tandis que je retourne m'asseoir derrière mon bureau.

Je reste un long moment sans bouger, les yeux perdus sur un point invisible devant moi. Je me rends compte que peu à peu, cette femme s'insinue dans mon organisme comme un poison délectable.

CHAPITRE 28

ERYNN

Kennocha et moi décidons de nous rendre à pied sur les ruines de l'Inverlochy Castle, un château bâti au XIIIe siècle classé au patrimoine national.

Lorsque nous nous affalons à même le tapis de verdure, je me perds dans la contemplation des collines escarpées qui servent d'écrins aux lacs brumeux. La vue est enchanteresse. Je n'étais encore jamais venue jusqu'ici et je dois bien admettre que Kennocha a le chic pour me faire découvrir les plus beaux coins de l'Écosse.

– Les jeux commencent bientôt, tu dois être excitée d'y assister depuis les premières loges.

– En réalité, pas vraiment. C'est l'effervescence au château, mais j'y suis hermétique, certainement parce que je ne sais pas à quoi m'attendre ni même si ça me plaira. Le sport n'est pas vraiment ma tasse de thé. Dommage que ce ne soit pas une compétition du plus gros mangeur de hamburgers. Là, j'aurais pris les choses au sérieux, plaisanté-je.

– Je suis certaine que ça te plaira, presque autant qu'un concours de nourriture ! En tout cas je l'espère pour toi, car les jeux s'étalent sur plusieurs semaines, ajoute-t-elle malicieusement.

– Mais pourquoi c'est aussi long ? À croire qu'ils ne veulent pas que ça se termine !

– C'est simple, il y a différentes disciplines, étalées sur plusieurs week-ends. De semaine en semaine, certains compétiteurs sont éliminés tandis que les meilleurs accèdent aux épreuves finales qui clôtureront les jeux. Dans la culture locale, les jeux des Highlands sont un véritable retour aux sources. Les hommes qui y participent ont le sentiment de renouer avec la tradition et l'histoire de notre pays, comme une sorte de revanche sur le passé. Tu savais que pendant de nombreuses années, tout ce qui se rapportait aux clans était interdit ? Les tartans, la cornemuse, les jeux eux-mêmes.

Je secoue la tête. J'ai appris comme tout le monde l'essentiel de l'histoire du pays à l'école, mais je ne m'étais jamais intéressée davantage à l'histoire des clans.

– Les Anglais ont semé la désolation dans les Highlands. Les batailles étaient sanglantes, ils ont été impitoyables. Les jeux sont en quelque sorte un devoir de mémoire, une façon d'honorer ceux qui se sont battus pour notre peuple.

– Je comprends.

Tandis que le vent soulève mes cheveux, je me demande ce qu'il serait advenu de l'Écosse si elle avait gagné la guerre. Est-ce que les clans continueraient de régner en maîtres sur les Highlands ?

– Et toi, raconte-moi ! Comment ça se passe avec ton mari ? Vous avez l'air de bien vous entendre. En tout cas, lui te dévorait des yeux.

Que puis-je lui dire ? Que nous nous prenons le bec pour un oui ou pour un non ? Que lui et les siens ne peuvent pas me blairer ? Pourtant il m'a semblé hier soir que Lachlan éprouvait désormais pour moi autre chose que de l'aversion… J'aimerais tellement pouvoir ouvrir mon cœur à Kennocha ! Après ce qui s'est passé hier, j'ai bien besoin d'une confidente, car seule je ne parviens à comprendre ni son comportement, ni le mien. Mais il m'est impossible de me confier à elle. Même si elle a toute ma confiance, j'ai donné ma parole : ce qui se passe entre lui et moi ne regarde que nous.

– Ça se passe bien. Mieux que je l'imaginais, même !

– Tant mieux. Je suis heureuse pour toi. Je ne le connais pas, je n'aurais pas dû accorder la moindre importance aux rumeurs à son sujet, encore moins les colporter. La preuve, j'avais tout faux !

Bon, elle n'avait pas TOUT faux.

– Je ne te cache pas qu'il a un sacré caractère, mais il n'a rien de la brute épaisse que les gens dépeignent.

Bon sang, si j'étais dans un conte, mon nez se mettrait à pousser d'un seul coup…

– Ne t'inquiète pas, Kennocha, ajouté-je. Tu ne savais pas. Et bien sûr, je ne répéterai à personne ce que tu m'as dit, cela restera notre secret.

– Merci beaucoup, Erynn. Cette famille a bien de la chance de t'avoir.

Je ne sais pas trop ce que penserait Morag de cette affirmation…

Regardant tout à coup sa montre, Kennocha reprend :

– Nous ferions mieux de rentrer. J'ai promis à Kyle de ne pas être trop longue. Mais je reviendrai discuter avec toi à la moindre occasion.

– Ça me ferait vraiment plaisir !

J'époussette mon pull et me relève en même temps qu'elle. Nous bavardons sans arrêt sur le chemin du retour et, aux portes du château, nous retrouvons son frère qu'elle s'empresse de me présenter. Puis je m'éclipse pour retourner travailler. Alors que j'arrive devant le bureau de Lachlan, impatiente malgré moi de le revoir, je suis déçue de constater qu'il s'est absenté.

Je rejoins mon bureau, ferme la porte et m'adosse contre le battant, confuse. Pourquoi l'aversion que je ressentais pour lui fond-elle comme neige au soleil ? Je me souviens du Lachlan vulnérable, qui m'a laissé apercevoir l'homme blessé qu'il dissimule sous sa cuirasse. Et je comprends qu'il s'est immiscé dans mon cœur sans même le vouloir.

***

Satisfaite de mon premier jour de travail, j'éteins mon ordinateur et quitte mon bureau. Cette journée m'a permis de comprendre le fonctionnement de la société et de poser les premières bases de ma future stratégie de communication. Je me dirige vers ma chambre afin de me rafraîchir un peu avant le dîner, même si je n'ai pas vraiment faim.

Lachlan n'est pas revenu, n'a pas jugé nécessaire de me donner des nouvelles. Je ravale ma déception. En chemin vers mes quartiers, je croise Grace accompagnée de sa fille. Je suis ravie de voir des figures connues, même si je connais encore mal la très discrète Grace.

– Erynn, ça va ? Tu es perdue ? me demande-t-elle, un sourire bienveillant aux lèvres.

– À vrai dire, pas encore.

– Tu sais, c'est tout à fait normal d'être un peu désorientée au début, mais tu finiras par t'habituer et bientôt, tu arpenteras ces couloirs les yeux fermés.

– J'ai du mal à le croire. Cet endroit est tellement grand que je ne suis pas certaine qu'un an suffise à s'y retrouver.

Je me rends compte trop tard de ma bourde. Bon sang, quelle gourde ! Je change aussitôt de sujet pour faire diversion.

– Où est-ce que vous alliez comme ça ?

Grace caresse tendrement une des tresses de sa fille.

– Dans le parc.

– Oh, je n'ai pas encore eu l'occasion d'y aller.

– Tu peux venir avec nous, si tu veux ! déclare la charmante petite tête blonde.

Habillée d'une salopette en jean, d'une épaisse veste molletonnée et portant une épée en plastique accrochée à la ceinture, elle trépigne d'impatience. À vue de nez, je dirais qu'elle a sept ans ou huit ans. Peut-être neuf. En vérité, je n'en sais rien. Je n'y connais rien aux enfants.

– Avec joie !

Le parc du château est d'une saisissante beauté classique, illuminé d'un éblouissant camaïeu de verts. Je suis Grace et Bonnie jusqu'à l'un des bancs en pierre installés aux abords des jardins. Aussitôt que nous sommes assises, la fillette sort son épée de son fourreau et mime un combat imaginaire sous nos yeux.

– Elle se débrouille bien.

– Elle rêve de devenir chevalier, m'explique sa mère.

– C'est un super projet professionnel !

– Oui, seulement c'est compliqué pour elle de se faire des amies à l'école quand toutes les filles de son âge veulent jouer aux princesses.

Je perçois de la tristesse dans sa voix. De manière générale, il émane de Grace une pointe de mélancolie accentuée par ses joues légèrement creusées et ses prunelles éteintes. Pas besoin d'être devin pour comprendre que son chagrin est dû à son deuil.

– Morag insiste même lourdement pour que je la retire de l'école et fasse venir un professeur particulier au château.

– Qu'en dit Bonnie ?

– Même si elle a du mal à trouver sa place, j'ai l'impression qu'elle souhaite continuer à aller à l'école.

– Je ne sais pas quoi dire, je ne suis pas une pro dans l'éducation des enfants, mais je serais d'avis d'écouter ta fille. Après tout, elle est la principale concernée. Et si Morag fait pression sur toi, tu n'as qu'à l'envoyer jouer à colin-maillard au bord de la falaise.

Un gloussement échappe à Grace si bien que sa fille se tourne vers nous et fixe sa mère avec ravissement. Quelque chose me dit qu'elle n'a pas l'habitude de la voir sourire souvent.

– Tu as raison, avoue-t-elle en réajustant son châle sur ses épaules. En tout cas, je suis heureuse de t'avoir pour belle-sœur. Ça manquait de présence féminine forte ici.

Je la remercie et laisse mon regard se perdre au loin un instant.

– Le parc est vraiment splendide !

– Ça c'est bien vrai ! Bonnie et moi, nous adorons venir ici quand elle rentre de l'école. Dire que dans quelques jours, une grande arène et plusieurs tentes occuperont tout l'espace que tu vois !

– Pour le début des jeux, c'est bien ça ?

– Oui. L'organisation de l'événement nous demande des mois de préparation. Je m'occupe de la partie administrative. Glenn gère le planning des épreuves et l'accueil et Angus les finances. Avant son décès, Finnlay s'occupait de la communication sur les réseaux en plus de son travail avec son père. Depuis, c'est moi qui ai repris cette tâche, mais je ne suis pas aussi douée qu'il l'était.

– Je suis désolée, dis-je en posant ma main sur la sienne afin de la réconforter.

– Ça va, je te remercie. C'était il y a longtemps, mais pas un seul jour ne passe sans que je pense à lui. C'était un homme profondément gentil. Il faisait constamment passer les autres avant lui. Il aimait les gens, et particulièrement son frère. Il aurait tout fait pour lui et pour nous.

– Il avait l'air merveilleux.

– Il l'était. Je suis certaine qu'il t'aurait adorée.

Une larme roule le long de sa joue qu'elle efface du bout du doigt avant de pousser un long soupir.

– Il commence à se faire tard, nous devrions rentrer, le dîner sera bientôt servi, annonce Grace.

– Allez-y, vous. Je vais rester encore un peu pour admirer le coucher de soleil.

Ma nouvelle belle-sœur opine avant de s'éloigner, sa fille sur ses talons. Je leur adresse un dernier geste de la main, puis contemple l'horizon nimbé d'ocre pendant de longues minutes.

Machinalement, je me surprends à faire tourner l'alliance qui orne mon doigt, plongée dans mes pensées.

Quelques secondes plus tard, j'entends des bruits de pas et Lachlan prend place à mes côtés. Ma respiration s'accélère tandis que son parfum épicé m'enveloppe. Sans un mot, nous observons le soleil décliner. Je n'ose pas lui demander où il était ni ce qui lui a pris autant de temps, encore moins amener le sujet de notre rapprochement sur le tapis. Pourtant, il serait temps.

À la place, je me racle la gorge et murmure :

– C'est bizarre, tu ne trouves pas ?

– D'où tu viens, peut-être, mais par ici, le soleil se couche tous les jours.

– Je ne parlais pas de ça, idiot, mais de nous.

– C'est-à-dire ?

– Du fait de se marier avec quelqu'un dont on ne sait rien.

– Ça dépend. Les mariages arrangés existent depuis toujours et étaient monnaie courante à l'époque où les clans dirigeaient les Highlands.

– Tu parles d'un temps révolu, Lachlan. Moi, je te parle de nous, de maintenant, de nos vies. C'est dingue de me dire que j'ignore tout de toi. Je ne sais même pas quelle est ta couleur préférée, ni si tu as un parfum de glace favori, si tu es allergique à quelque chose, quel est ton plus grand rêve ou… ou ce qui t'énerve le plus au monde, par exemple.

– Aucune, vanille, kiwi, remonter le temps et je déteste les gens qui ressentent le besoin de parler sans arrêt pendant un film.

– Pardon ?

– Je viens de te répondre. Toi ?

Je prends une seconde pour réfléchir.

– Bleu, chocolat, ce n'est pas une allergie mais je déteste la texture de la banane, visiter le Machu Picchu et qu'on m'empêche de commenter absolument toutes les scènes pendant que je regarde un film.

Mon mari esquisse une grimace qui m'arrache un sourire.

– Rappelle-moi de ne jamais me rendre au cinéma avec toi, déclare-t-il en croisant ses longues jambes musclées moulées dans un jean noir.

Ses yeux glissent lentement sur moi avant de se verrouiller aux miens.

– Je te ferais remarquer que Jill trouve ça adorable.

– Qui est Jill ?

– Ma meilleure amie.

– Ton amie te ment. Personne n'aime les gens qui parlent trop.

– Qui sait, tu pourrais être surpris et finir par adorer ça toi aussi, rétorqué-je en lui flanquant un léger coup de coude dans les côtes.

Mais aussitôt, sa main agrippe la mienne et il me rapproche de lui.

– Aucune chance, murmure-t-il contre mes lèvres.

Son souffle contre le mien, son odeur… Aussitôt, nos bouches se rencontrent et sa langue glisse sur la mienne. La sensation est divine et, sans que je le contrôle, un gémissement rauque m'échappe.

Je ne comprends pas les réactions de mon corps. Je veux dire, physiquement, Lachlan me plaît c'est évident, mais habituellement, je ne ressens pas une telle attraction pour un homme dont je ne sais rien, ou si peu. Et surtout pour quelqu'un d'aussi grossier et peu amène. Pas plus tard qu'hier, j'aurais préféré me trouver le plus loin possible de lui. Pourtant, l'envie est là, je ne peux pas le nier.

Mais je refuse de reproduire les mêmes erreurs que celles que j'ai commises par le passé, en enchaînant les relations sans lendemain. Avec lui, je veux plus. Je veux gratter la carapace et découvrir l'homme qui se cache derrière ces muscles épais et cette langue acérée. Je veux apprendre à connaître l'homme au-delà de son rôle de chef de clan.

Lachlan sent que je ne suis plus concentrée sur notre baiser et s'écarte légèrement, laissant échapper un grognement de frustration. Je devine que de son côté, il est plus que prêt à passer à l'étape supérieure, et ici même s'il le faut.

– Quel est le problème ? C'est le banc qui te bloque ? Baiser en plein milieu d'un parc désert, ce n'est pas ton truc ?

– En fait, j'aimerais apprendre à te connaître un peu mieux avant d'aller plus loin.

– Tu sais déjà qui je suis, non ? Tu connais mon nom, la plupart des membres de ma famille et ce château dans lequel tu sembles aimer te perdre.

– Je ne veux pas parler de ça, mais de créer quelque chose entre nous. Quelque chose de réel, de plus tangible.

– Pour quoi faire ?

– Parce que c'est ainsi que l'on construit une relation entre deux personnes ! On passe du temps ensemble, on apprend à se découvrir, ce genre de choses, tu sais bien ? Tu n'en as pas envie, toi ?

Les yeux de Lachlan prennent une teinte plus sombre et brillent d'une lueur pleine de concupiscence.

– Oh, mais tu te trompes, j'en ai très envie.

– Lachlan ! Il n'y a pas que le sexe qui entre en jeu.

– Il n'y a que ça que je connais. Et jusque-là, ça marchait plutôt bien.

– Tu ne désires pas apprendre à me connaître ? En savoir plus sur moi ? Tu ne connais même pas mes deuxièmes prénoms !

– Erynn Ewena Arabella, récite-t-il laconiquement. Franchement, pour qui te me prends ? Je dois te rappeler que j'étais là aussi lors de notre mariage ?

Je ne cache pas ma surprise qu'il s'en souvienne encore.

– Tu vois, je te connais. Donc, c'est bon ? On peut continuer ?

Il niche déjà son nez dans mon cou pour me faire comprendre de quoi il parle.

– Ce n'est pas exactement ce que je voulais dire.
– OK, qu'est-ce que je dois savoir de plus ?

Il ne semble pas vouloir s'éloigner de moi, et comme il est déjà difficile de lui résister, je préfère prendre les choses en main. Je le repousse, attrape sa paume et l'attire à ma suite.

– Suis-moi, je vais te montrer ce que font les couples normaux et ce que veut dire « partager des moments à deux ».

Nous sommes tous les deux au lit, l'un contre l'autre. Une situation qui semble ravir Lachlan. On dirait qu'il n'a pas tout à fait compris où je veux en venir. J'attrape mon vieil ordinateur portable que j'ai récupéré de ma chambre et le place entre nous. Je dois réprimer un sourire face à sa mine dubitative.

– J'ai pensé que nous pourrions regarder quelque chose ensemble, qu'en dis-tu ?

Il se penche vers moi, un sourire aux lèvres.

– Mon cœur, crois-moi, je n'ai pas besoin de mater de tutos pour savoir comment m'y prendre avec toi.

– Je ne parlais pas de porno, pervers ! Ce soir, je vais te faire découvrir une de mes séries préférées.

– Une série ? Sérieux, Erynn ! Tu n'as pas autre chose à me proposer ?

– Fais-moi confiance, tu vas adorer.

– Franchement, ça m'étonnerait ! Surtout si tu me mets une merde romantique, déclare-t-il en croisant les bras derrière sa nuque.

J'évite de loucher sur ses biceps tendus aux veines saillantes et me concentre pour trouver quelque chose qui pourrait lui plaire aussi. Après plusieurs minutes de recherches, je lance le premier épisode de *How I Met Your Mother*.

Secrètement, je trépigne de voir comment il va réagir à mon babillage incessant. Et s'il survit à l'épreuve d'une saison complète, peut-être que je consentirai à passer aux choses sérieuses.

Alors que le générique commence, je lève la main droite en souriant :

– Lachlan, je te promets de tenir ma langue !

Évidemment que je ne tiens pas ma promesse ! J'adore cette série et je ne peux m'empêcher de commenter chacune de mes scènes favorites. Étrangement, Lachlan ne me fait aucune réflexion à ce sujet. Je découvre qu'il peut se montrer patient quand il le veut vraiment. Grande découverte de la soirée.

À la fin du premier épisode, il pivote vers moi.

– J'ai maté ton truc, on est d'accord ?

– En effet.

– On peut donc dire que je te connais très bien, maintenant ?

– Pas encore, pouffé-je face à sa mine renfrognée.

Malgré ses tentatives, il semble finir par respecter mon choix de vouloir construire quelque chose qui dépasse le stade de la simple attraction physique. Le fait que nous soyons mariés joue énormément là-dedans. Même si je ne sais pas encore exactement ce que je ressens, on ne peut pas se comporter comme deux inconnus qui se rencontrent dans un bar et finissent au lit !

Après plusieurs épisodes, je crois enfin distinguer un sourire sur son visage.

– Ah, tu vois que tu aimes !

Je le contemple. Il est particulièrement beau, surtout quand il abaisse ses défenses. Sans réfléchir, je pose ma paume sur sa joue et caresse sa cicatrice. Il n'esquisse pas le moindre mouvement de recul. Cette marque de confiance me touche au plus profond de mon être.

– Tu me diras un jour comment tu te l'es faite ?

Il acquiesce, le regard assombri par les secrets qu'il renferme.

J'espère qu'il sait que je n'exigerai jamais rien de plus que ce qu'il est capable de me confier. Je préfère que ça vienne de lui, qu'il se sente assez en confiance pour s'ouvrir à moi plutôt que de le harceler de questions.

À la fin de notre séance de visionnage, je ferme mon ordinateur et retourne dans mon lit. C'est plus sage pour ma santé mentale, pour l'instant.

***

Les jours suivants se poursuivent sur un rythme similaire. La journée, nous nous rendons au bureau, puis une fois la nuit tombée, je le rejoins dans son lit avec mon ordinateur portable pour notre petite routine de couple. Je trouve nos séances délicieuses, à moins que ce ne soit le fait d'être blottie dans ses bras. Cette proximité est quelque chose de nouveau pour moi, je n'ai jamais connu un tel lien par le passé. Je crois que Lachlan apprécie aussi, même s'il faut parfois le remettre à sa place.

D'ailleurs, je ne sais pas combien de temps je vais le faire languir. J'ai besoin de temps pour mieux le connaître, certes, mais parfois je me demande si je ne suis pas surtout submergée par la peur. Je vois bien que mes sentiments pour lui se développent à vitesse grand V, et je n'arrive pas à faire taire cette petite voix mauvaise qui me souffle qu'une fois qu'il aura ce qu'il voudra, il ne s'intéressera plus à notre relation. Comme les autres avant lui, finalement. Mais il n'a rien à voir avec ceux qui l'ont précédé, et son rejet me ferait énormément de mal.

En attendant, j'apprends plein de choses à son sujet, comme le fait qu'il bégayait quand il était plus jeune et que c'est son frère qui l'a aidé à se soigner. Quand il n'est pas en kilt, il porte uniquement des couleurs foncées pour éviter de réfléchir à sa tenue le matin. Son dessert préféré est le cranachan, un dessert écossais à base de crème fouettée, de miel, de whisky et de framboises fraîches. Plus jeune, il rêvait de partir aux États-Unis afin de visiter toute la côte Ouest.

Nuit après nuit, Lachlan s'ouvre davantage à moi, et je suis heureuse de voir son armure se fendiller.

CHAPITRE 29

ERYNN

Dix jours plus tard se tient la cérémonie d'ouverture de l'événement sportif le plus populaire et le plus emblématique de la région : les jeux des Highlands.

Pour l'occasion, une arène est installée au bout du parc du château afin d'accueillir le plus de monde possible. C'est spectaculaire de sentir la vibration d'autant de gens perpétuant les traditions de nos ancêtres. Toute cette énergie me fait ressentir un attachement nouveau pour ce peuple qui cultive l'honneur et le courage, un peuple auquel j'appartiens.

L'effervescence est palpable et l'excitation se lit sur les visages. Assise sur l'estrade parmi les membres du clan Cameron, j'observe la fanfare faire le tour de l'arène au chant des caisses claires et des cornemuses. Ensuite, c'est au tour des participants de défiler en tenue traditionnelle – une des conditions pour participer est d'être habillé d'un kilt.

Si j'avais entendu parler des *Highland Games* à la télévision, je n'avais jamais participé à une telle manifestation, alors j'ai tenu à vivre l'événement à fond, en commençant par porter le tartan, celui de mon mariage, que j'ai drapé autour de mon épaule. J'ai bien vu la lueur de fierté dans le regard de Lachlan quand il a découvert ma tenue.

D'après Angus, le nombre de participants a atteint un record cette année, c'est sûrement en lien avec le fait que Lachlan remette ses titres en jeu pour la troisième fois consécutive. Apparemment, battre un champion, lochiel de surcroît, suscite un grand intérêt.

Si je dois être honnête, j'éprouve une certaine excitation depuis que je sais que Lachlan participera à certaines épreuves, dont le très populaire lancer de tronc d'arbre.

Au milieu de l'arène, les participants attendent le début des épreuves pendant que des *pipers* se mettent en place. C'est un moment émouvant, le morceau est à la fois un hommage aux soldats écossais tombés au champ d'honneur et le point de départ des *Highland Games*. Pour un peu, je pourrais croire que j'ai basculé trois cents ans en arrière.

Je ne pensais pas vivre une telle expérience. Mon téléphone en main, je prends plusieurs photos, excitée de les partager avec Jill. Elle m'a promis qu'elle ferait son possible pour venir passer quelques jours avec moi dès qu'elle pourrait se libérer.

Bien sûr, mon regard se retrouve vite happé par une seule personne. Debout, au centre de l'arène, ses cheveux ramenés en catogan, il saisit le micro sous les applaudissements du public.

Captivée par ses gestes assurés et par sa prestance, je ne le quitte pas des yeux. Lachlan transpire la confiance en lui et le charisme dans son rôle de chef. En tant que nouveau lochiel et membre de l'association, mon mari annonce au micro l'ouverture officielle des jeux, et le début de la première épreuve, puis revient prendre place à mes côtés.

Il s'agit du lancer de pierre en hauteur.

– Tu étais parfait, lui soufflé-je quand il revient s'asseoir.

– Merci, mon cœur.

Ce surnom qui d'habitude me hérisse n'a plus le même effet sur moi désormais. Je ne sais pas si c'est dû à l'euphorie du moment ou au fait qu'il est divinement attirant dans sa tenue traditionnelle, mais ces quelques mots attisent la faim tapie dans le creux de mon ventre et qui ne demande qu'à être assouvie. Certainement la faute à nos séances de rapprochements nocturnes.

Je me racle la gorge et demande :

– Tu ne participes pas maintenant ?

Il secoue la tête.

– Non, pas à cette épreuve. Ma spécialité, c'est le lancer de marteau et celui de tronc d'arbre.

La première épreuve dure environ une heure, et au lieu de m'ennuyer, je me surprends à apprécier le spectacle, allant jusqu'à applaudir de toutes mes forces le vainqueur, une armoire à glace du nom de Neil.

La fanfare réapparaît et entreprend un nouveau tour de piste afin de marquer la fin de l'épreuve et le début de la suivante : le tir à la corde.

Le groupe des participants prend place derrière la ligne de départ, mais l'un des joueurs semble refuser de bouger. Il demeure au centre du vaste terrain, aussi stoïque qu'un menhir.

Tout le monde s'impatiente, et très vite, une clameur de protestation gagne les spectateurs. Les sifflets fusent, les participants se regroupent autour du joueur récalcitrant et, soudain, une poignée de participants pointent l'estrade du doigt. Et par « estrade », j'entends… l'endroit exact où je me tiens. Surprise, je chuchote pour que seul Lachlan puisse m'entendre.

– Je ne veux pas avoir l'air d'être parano, mais j'ai l'impression que tous ces gens me dévisagent, c'est bizarre tu ne trouves pas ?

Au lieu de me rassurer, il fronce durement les sourcils.

Un rire nerveux m'échappe.

– Quoi ? Ne me dis pas que j'ai raison ?

Nouveau silence de sa part.

– Sérieusement ? Qu'est-ce que j'ai encore fait, bon sang ?

Face au silence de Lachlan, j'ouvre de grands yeux interdits.

– Tu plaisantes ? Attends, tu veux dire que ça a bien un rapport avec moi ?

L'agitation des spectateurs ne fait que renforcer mes doutes. Depuis l'estrade où nous nous trouvons, Morag est la première à pester et ne se prive pas de nous le faire savoir.

– Crénom de nom, quelqu'un peut me dire ce qui se passe, ici ? s'impatiente-t-elle.

– Fiston, y a-t-il un problème ? ajoute Angus.

Près de moi, je sens Lachlan se tendre imperceptiblement. Ses poings qui reposent sur ses cuisses sont si contractés que ses phalanges blanchissent.

– Je me demande ce que j'ai pu faire pour contrarier quelqu'un que je ne connais pas…

– Facile, vous existez ! ironise Morag.

Assise à la place près de la mienne, elle a formulé sa pensée tout bas, si bien que je suis la seule à l'avoir entendue.

– N'importe quoi ! Ce type, au milieu de l'arène, je ne le connais même pas !

– Pas besoin de connaître quelqu'un pour éprouver de l'antipathie.

Je lui adresse un regard noir par-dessus mon épaule tout en l'imaginant s'étouffer avec sa langue.

Soudain, l'arbitre se dirige vers nous. Habillé d'un kilt jaune, on le reconnaît au sifflet qu'il porte autour du cou.

Droit comme un I face à nous, il nous gratifie les uns après les autres d'un bref geste de la tête avant de reporter son attention sur Lachlan.

– Lachlan, Angus, Morgan refuse de s'écarter. Il a demandé à porter une doléance à votre attention.

– Une doléance, laquelle ? m'entends-je demander au messager.

L'arbitre se penche vers Lachlan pour lui chuchoter quelque chose à l'oreille. Le bruit autour de nous couvre leur discussion.

– Voici ma réponse : qu'il aille se faire voir ! crache mon mari.

OK, quelque chose l'a mis en colère. Et je me réjouis que, pour une fois, ce ne soit pas moi. Au sein même de l'estrade, tous les membres de sa famille le scrutent comme s'ils essayaient de lire dans ses pensées.

– Lachlan ? demande Angus, aussi stupéfait que les autres. Que se passe-t-il ?

Sans prendre la peine de répondre à son père et sans quitter l'arbitre des yeux, mon mari saisit brusquement ma main, puis entrelace nos doigts.

– Dites-lui qu'il peut toujours attendre, ma femme n'ira nulle part. C'est clair ?

Ma femme ?

Autrement dit, moi ?

Merde, donc c'est vraiment ma faute !

Lachlan verrouille ses prunelles orageuses aux miennes et ajoute :

– Et s'il est assez stupide pour penser que ses performances physiques dépendent d'une foutue superstition, il peut tout aussi bien déclarer forfait sur-le-champ.

Silence.

Bon sang, qu'il est torride quand il se met en colère !

Le porteur du message, dont le visage vire au rouge pivoine, opine puis, sans demander son reste, retourne d'où il est venu.

Dès qu'il est assez loin, Glenn et Misha explosent en même temps :

– Qu'est-ce que ça veut dire ?!

Grace semble également consternée par la situation.

– Morgan Macfarlane cherche les emmerdes, et s'il continue il va les trouver.

Je ne sais toujours pas de quoi on parle.

– Quel est le rapport avec Erynn ?

Moi aussi, j'aimerais bien le savoir...

– Est-ce parce qu'elle est anglaise ?

– Euh... vous oubliez que je suis une Wallace.

Je n'ai aucun problème avec les origines de ma mère, je les assume pleinement. Mais même si j'ai grandi loin de mes racines écossaises, le fait est qu'elles coulent dans mes veines.

– C'est sa mère qui a accusé Erynn d'être à l'origine des dessins sataniques de l'autre jour. J'imagine que tout est lié.

Lachlan semble à cran.

– Et qu'est-ce qu'il veut, au juste ?

– Macfarlane refuse de participer si Erynn ne quitte pas les gradins. Ce crétin s'imagine qu'elle va lui…

– Que je vais faire quoi ? Il s'imagine peut-être que pendant qu'il s'amusera à tirer sur sa cordelette, je vais en profiter pour me faufiler discrètement dans les vestiaires et lui voler son goûter, c'est ça ?

Je pouffe de rire face au ridicule de la situation. Lachlan secoue la tête.

– Nope. D'après ce que m'a dit l'arbitre, cet idiot pense que tu portes malheur et que ta présence lui fera perdre tous ses moyens, donc il refuse de participer tant que tu resteras là. Je parie que sa mère a dû lui bourrer le crâne de ses conneries.

Tandis que Misha s'emporte, j'accuse le coup.

– Si je comprends bien, un homme que je ne connais pas et que je n'ai jamais vu de ma vie préfère que je m'absente pour ne pas lui porter la guigne ?

Mon esprit de contradiction est terriblement tenté de dégainer mon majeur parfaitement manucuré, mais je sais aussi que cela risque d'être encore plus le bazar. Pour Lachlan, j'accepte de battre en retraite, et tant pis si ça fait de moi une mauviette.

Je retire mes doigts de sa main robuste et me lève.

– J'étais curieuse d'assister à mes premiers jeux des Highlands, mais si ma présence embarrasse les participants…

J'ai beau me montrer forte, barricader mes sentiments derrière une façade en papier mâché, me cacher derrière l'humour, je me heurte à une vérité à laquelle j'étais loin de m'attendre.

Une vérité crue. Et moche.

Les gens d'ici ne m'aiment pas.

Avant que je ne puisse esquisser un pas, Lachlan m'arrête et m'attire près de lui.

– Tu plaisantes ? Pas question que tu te soumettes à ce connard et que tu le laisses te dicter ta conduite.

– Non, euh... En fait, ce n'est pas si grave que ça. Ça ne me dérange pas, au contraire, j'ai plein de trucs à faire, alors...

– Tu as des trucs à faire ?

J'opine.

– Intéressant. Quoi, par exemple ? demande-t-il en effleurant ma tempe de ses lèvres.

Troublée par son geste terriblement intime, je débite une suite de mots sans réfléchir, tout ce qui me passe par la tête :

– Des coups de fil à passer, me laver les cheveux, trier mes chaussettes, couper mes cuticules, écrire une carte postale à Jill... Tu vois, j'ai de quoi m'occuper pendant que Fred Pierrafeu jouera à la corde à sauter dans la lande.

Un léger sourire échappe à Lachlan. Si léger qu'il disparaît presque aussitôt.

– Je ne sais pas ce que sont des cuticules, en revanche, ce dont je suis certain, c'est que tu ne quitteras pas ta place pour faire plaisir à ce connard ! Si tu te tires, je n'aurai aucun scrupule à faire annuler sur-le-champ toute cette célébration. Donc tu vas immédiatement poser ton joli petit cul sur ta chaise et c'est non négociable.

– Tu ferais tout annuler ?

Il hoche la tête.

– Vraiment ? Pourquoi tu ferais ça ?

– Tu poses sérieusement la question ?

Face à ma mine interloquée, il poursuit :

– Tu oublies que tu es ma femme ? Peu importe la nature profonde de notre mariage ou nos motivations, à leurs yeux, tu es une Cameron et c'est tout ce qu'ils doivent savoir. Ils te doivent le respect, point.

– Je ne veux pas que cet homme soit empêché de participer par ma faute.

– J'ai l'air d'en avoir quelque chose à foutre, de son putain de caprice ?

– Lachlan, s'il te plaît, je ne souhaite pas que ma présence ruine le déroulé de vos jeux.

Son bras s'enroule autour de ma taille et me plaque contre lui. De son autre main, il ramène mes cheveux sur une épaule, dégageant ainsi mon cou.

– Erynn, je participe également aux épreuves. Que crois-tu que vont penser les personnes présentes aujourd'hui si ma femme préfère se retirer plutôt que de rester pour encourager son mec ?

Puis il murmure la suite dans le creux de mon oreille, ce qui finit de me convaincre :

– Rappelle-toi que toi et moi, nous avons un rôle à tenir en public.

– Je ne risque pas de l'oublier, ne t'en fais pas, dis-je en jouant avec l'alliance autour de mon annulaire.

J'accepte finalement d'assister au reste des épreuves, au grand dam du superstitieux qui s'est résigné à quitter les jeux. En dehors de cet incident, la matinée se déroule sans anicroche.

Lorsque vient le tour de l'épreuve du lancer de marteau, Lachlan se lève de son siège, craque les os de son cou puis, avant de quitter l'estrade, se penche vers moi pour m'embrasser.

– Souhaite-moi bonne chance.

Les mains en coupe autour de son visage, je passe mes pouces sur ses pommettes, puis l'attire pour un bref baiser.

– Bonne chance, Conan ! murmuré-je, sentant ses lèvres s'étirer légèrement contre les miennes.

Est-ce qu'il vient de sourire ?

Lachlan s'écarte, puis descend de l'estrade pour rejoindre l'arène.

Il se meut avec tant d'aisance… Les autres participants font pâle figure à côté de lui. Avec son kilt, ses cheveux longs et son corps d'Adonis, il me fait penser à un gladiateur tout droit débarqué de la Rome antique, prêt à faire chavirer le cœur de n'importe quelle jeune vierge naïve et enamourée. Je ne suis ni l'un ni l'autre, pourtant je ne parviens pas à décrocher mes yeux de son profil.

À la fin de la première matinée de compétition, les gagnants de chaque épreuve se retrouvent au pied de la tente pour partager un verre. Et bien évidemment, Lachlan est parmi eux puisqu'il remporte celle du lancer de marteau. Quant à moi, je ne pensais pas prendre autant de plaisir à observer mes premiers jeux, sans parler de mon mari…

CHAPITRE 30

LACHLAN

Le premier week-end de compétition a eu raison de mon épaule.

J'aurais dû m'en souvenir, le lancer de marteau ne pardonne pas. Pourtant je ne suis pas un vieux croulant, loin de là ! Mais même à vingt-sept piges, il suffit d'un faux mouvement et c'est la panade assurée.

Il est encore tôt et je suis retranché dans ma chambre. Depuis près d'une demi-heure, je crève de douleur. Mes muscles tiraillent dans tous les sens, et il n'y a pas une partie de mon corps qui ne me fait pas méchamment souffrir.

Quelle idée de participer cette année, sérieux ! À croire qu'il m'arrive de mettre délibérément mon cerveau sur pause pour lui préférer celui que j'ai entre les jambes.

Ça m'apprendra à chercher à impressionner les nanas !

Pas les nanas. Ma femme...

Adossé contre la tête de lit, je grogne dans ma barbe et tente de trouver une position confortable, mais c'est comme croire à l'existence des farfadets.

Mes pensées sont un véritable sac de nœuds. Certainement la faute aux cachetons. J'aurais dû éviter de les avaler avec un trait de whisky.

– Ah, bordel ! maugréé-je dans ma barbe tout en maintenant la poche de froid contre mon épaule.

Quand quelques coups se font entendre à la porte, je prends une grande inspiration et fais de mon mieux pour adopter une attitude décontractée. Je lui avais dit que c'était mort pour ce soir et qu'on reportait notre soirée, alors je suis surpris qu'elle vienne tout de même.

– Tu peux entrer.

Le battant s'ouvre, Erynn apparaît dans l'encadrement… et mon cœur rate un battement. Je colle ma réaction sur le dos des effets secondaires des anti-inflammatoires quc j'ai ingurgités après le dîner.

Je m'efforce de calmer mes ardeurs d'ado en rut et me recompose un visage impassible.

– Un problème ? demandé-je sans pour autant la lâcher du regard.

Elle fait un pas à l'intérieur de ma piaule, et la faible lumière de ma lampe de chevet éclaire son profil magnifique.

Elle porte une fine nuisette en satin couleur chair qui s'arrête sur ses cuisses nues et ses cheveux sont ramenés sur une épaule.

La vision menace de m'achever.

Elle veut ma mort ou quoi ?

C'est comme si on m'agitait sous le nez le plus exquis des spiritueux, mais que je ne pouvais pas y goûter parce que je suis un ivrogne en sevrage.

Apparemment, il reste une partie de mon corps qui n'est pas engourdie. Erynn a demandé qu'on apprenne à se connaître avant qu'il ne se passe quoi que ce soit entre nous et après plusieurs semaines de ce traitement je dois dire que je suis à bout.

– C'est plutôt à toi qu'il faudrait le demander, déclare-t-elle en croisant les bras.

Son geste souligne son absence de soutien-gorge.

En fait, c'est elle qui détraque mon système. J'aurais dû m'en douter, c'est comme ça depuis le premier jour, mais je parvenais à planquer mon trouble sous un masque de mépris. Maintenant, mon attirance est de plus en plus visible et je me retrouve sans garde-fou.

– Qu'est-ce qui te fait dire ça ?

– Je t'entends gémir depuis un moment, alors, à moins que remettre notre soirée soit un prétexte pour un rencard avec la veuve poignet, ce qui ne semble pas être le cas, j'ai l'impression que tu souffres terriblement.

– Et ça t'a excitée, mon cœur ? C'est pour ça que tu es là ? Pour vérifier ou pour m'aider ? la taquiné-je.

Erynn claque sa langue contre son palais.

– Ni l'un ni l'autre, j'aurais plutôt envie de te bâillonner.

– Je peux faire un effort si tu me laisses fesser ton cul sublime.

Je lève la main pour mimer le geste, mais le maigre effort m'arrache une grimace qui me trahit.

– Tu veux bien arrêter cinq secondes de faire l'idiot et me dire où tu as mal ?

J'essaie de me redresser, pour lui montrer que tout va parfaitement bien, mais un muscle noué de mon épaule m'en empêche, si bien que je retombe en arrière.

– Mince, ça ne va vraiment pas, Lachlan.

Son inquiétude est touchante.

– Tu veux la version édulcorée ou la vérité ?

– Édulcorée, cela va de soi ! dit-elle en levant les yeux au ciel, agacée. Ainsi je pourrai retourner dans ma chambre et continuer de t'ignorer pour le restant de la nuit.

– C'est ta façon de dire « fantasmer sur mon mari en train de se toucher » ?

– Lachlan, je ne plaisante pas, dis-moi comment tu vas !

– Tout baigne, rassure-toi.

– D'accord, je vois.

J'ignore ce qu'elle voit, pour moi, le temps s'est suspendu à la seconde où elle a fait irruption dans ma chambre. Je ne vois plus qu'elle.

J'expulse un long soupir de frustration. J'ai l'impression d'être revenu à l'état d'ado bousculé par ses hormones.

Erynn traverse ma chambre d'un pas assuré.

– Tu veux bien me laisser une petite place, ajoute-t-elle en agitant la main afin que je me décale un peu plus au milieu du lit.

– Pourquoi ?

– Il paraît que je sais y faire avec mes doigts, donc si tu es d'accord, je peux te soulager ? Enfin, je veux dire, te masser ! s'empresse-t-elle de rectifier. Ton épaule et éventuellement ton dos.

Bon sang, mais d'où sort cette femme ?

J'hésite vraiment à refuser et à la renvoyer dans sa chambre, parce que je ne me fais pas confiance et que je ne veux pas qu'elle se rende compte de mon énorme érection. Mais la vérité, c'est que je veux sentir la pulpe de ses doigts parcourir ma peau.

Je me décale de quelques centimètres pour lui laisser de la place. Elle s'assied près de moi, sa cuisse nue contre mon flanc, puis je me rappelle que je ne porte pas de tee-shirt et qu'elle va avoir une vue d'ensemble sur mon torse et mon dos lacérés par l'accident.

Merde !

Les tatouages recouvrent le plus gros des cicatrices, cependant les marbrures d'un rose vif demeurent visibles.

Erynn avise le tube de crème qui traîne sur la table de nuit, et me lance un regard interrogateur.

– Je peux ?

– Fais-toi plaisir.

Je la regarde saisir le tube, verser une noisette de crème dans sa paume et la chauffer entre ses mains.

– Lachlan, tu veux bien t'allonger ?

Je ne me fais pas prier et courbe l'échine comme si mon cerveau était câblé sur l'option pilotage automatique. Quand ses paumes se posent délicatement sur l'arrondi de mon épaule, je me retiens de ronronner de plaisir.

– Aaah, bordel…

Ses doigts délicats impriment des huit invisibles le long de mon biceps et après quelques minutes de ce traitement, le soulagement se fait ressentir.

– Ça te fait du bien ?

Ma peau roule sous ses doigts habiles, la sensation me rend dingue.

Je me contente de hocher la tête. Si j'avais su que ça m'apporterait un tel soulagement, je l'aurais sollicitée avant. Elle se penche un peu plus, jusqu'à ce que le renflement de ses seins frôle mon torse.

La mâchoire crispée, je m'efforce de ne pas penser à ses globes magnifiques qui me narguent à travers l'étoffe ridiculement fine de son vêtement de nuit.

Bon sang, Lachlan maîtrise-toi !

Dans la manœuvre, je remarque qu'elle s'est contorsionnée pour parvenir à masser l'arrière de mon épaule. Sans réfléchir, je chope sa main et la bascule au-dessus de moi de manière qu'elle me chevauche.

– Lachlan ?

Je me redresse pour lui jeter un regard par-dessus mon épaule.

– Ne te fais pas un nœud au cerveau, c'est simplement pour te faciliter la tâche. J'aimerais bien éviter que tu te bousilles le dos en essayant de soulager le mien.

– Donc c'est par pur altruisme ?

– Absolument !

Erynn plisse les yeux, me mate un infime instant pour évaluer ma sincérité, puis reprend ses gestes circulaires.

Ma main droite repose contre le haut de sa cuisse, et malgré moi, j'effleure sa peau douce comme du satin tout le temps que dure le massage. Et lorsque je remonte un peu plus haut, un léger halètement s'échappe de sa bouche. Je crois d'abord rêver, mais quand il se répète une deuxième fois, je ne sais plus que penser.

Est-ce qu'elle essaie de me faire comprendre qu'elle est prête à passer à l'étape suivante ou est-ce que je me fais un film ? Perso, je suis prêt. Je suis prêt à répondre au moindre de ses désirs.

Mais elle ruine les plans qui s'échafaudent dans mon esprit lorsqu'elle s'allonge à côté de moi, m'embrasse sur la joue et ouvre son ordinateur pour lancer un nouvel épisode de notre série, me laissant en plan avec une érection monumentale.

CHAPITRE 31

ERYNN

Après avoir regardé encore deux épisodes, j'ai retrouvé mon lit et passé une grande partie de la nuit à rêver d'un Highlander au caractère revêche et à l'humour caustique. De fait, le réveil est plutôt difficile.

Forcément, je suis affreusement frustrée. Je sais que j'ai dit que je voulais apprendre à le connaître, mais le fait est que plus je passe de temps avec lui, et plus je deviens accro à nos parenthèses nocturnes. Dans ces moments-là, j'ai l'impression que Lachlan n'appartient qu'à moi. Et je suis persuadée que la prochaine fois que nous nous retrouverons en tête à tête, il me sera difficile de lui résister. Après tout, nous avons presque terminé toutes les saisons de notre série !

Au saut du lit, j'attache ma tignasse sur le sommet de ma tête, puis file à la salle de bains pour me brosser les dents et prendre ma douche. J'enfile ensuite des sous-vêtements, une chemise blanche à manches longues que je rentre dans un jean taille haute, et complète ma tenue avec un cardigan gris perle. Je glisse mes pieds dans des bottines à petits talons et choisis de laisser mes cheveux cascader dans mon dos.

Une fois prête, je me dirige vers la porte qui sépare nos chambres, donne quelques coups et attends son autorisation pour entrer. J'ai surtout envie de savoir si son épaule va mieux et s'il a réussi à dormir un peu malgré la douleur.

Comme il ne répond pas, j'insiste.

– Lachlan, tu es là ?

Le silence qui persiste de l'autre côté est sans équivoque.

Je pousse la porte et découvre qu'il est déjà parti.

Eh bien, s'il s'est réveillé tôt, c'est qu'il est en forme. Tant mieux pour lui. De toute façon, je le retrouverai soit à la cuisine, soit directement dans son bureau. Toutefois, un étrange sentiment me saisit, quelque chose qui ressemble à de la déception. Pas besoin d'en faire tout un plat, il va bien et c'est le plus important. N'empêche, il aurait quand même pu…

Il aurait pu, quoi ?

Parce que vous passez vos soirées dans les bras l'un de l'autre et que tu lui as massé le dos, il devrait subitement avoir de la considération pour toi et te tenir au courant de ses moindres faits et gestes ?

Je lève les yeux au ciel tout en secouant la tête, déjà fatiguée d'avoir à lutter contre mes pensées éparses. J'ai vraiment besoin d'un café. En quête de ma drogue, je glisse mon portable dans la poche arrière de mon jean et sors de ma chambre.

Hormis le léger bruit de mes pas sur le tapis du couloir, tout semble étrangement silencieux. C'est tellement rare. J'ai l'impression que depuis que je suis ici, il ne se passe pas un seul jour sans qu'il y ait constamment du tumulte.

Entre tous les membres de la famille Cameron, les employés et l'arrivée des participants aux jeux des Highlands, le château grouille de monde en permanence. Non pas que ça me déplaise, au contraire. J'aime faire de nouvelles rencontres, en découvrir plus sur le passé des invités et comprendre peu à peu l'attachement profond qui les lie à la culture du pays. Je n'ai pas de lien avec la terre de mes ancêtres, mais plus j'entends parler de l'histoire de l'Écosse, et plus un inextricable sentiment d'appartenance à ce pays grandit en moi.

– Bonjour, Erynn. Vous avez passé une bonne nuit ? me demande Alba qui s'affaire déjà en cuisine.

Son sourire me met tout de suite du baume au cœur.

Je la remercie, avant de me diriger vers ma grande amie la cafetière et de me servir une tasse.

Adossée au plan de travail, je réfléchis à une manière de collecter des infos tout en restant subtile.

– Les autres sont partis travailler il y a longtemps ?

– Si par « les autres », vous voulez dire votre Lachlan, alors oui. Il est passé il y a au moins une heure avant d'aller s'entraîner.

Je repose ma tasse sur le comptoir.

– S'entraîner ?

– Pour les épreuves de ce week-end, me répond-elle, surprise que je ne sois pas déjà au courant.

– Encore des épreuves ?

Décidément, je suis sidérée par la capacité des Écossais à tester leurs limites. Ils adorent faire voltiger dans les airs des objets qui ne sont pas faits pour ça à l'origine, que ce soient des pierres, des troncs d'arbres, des fûts de bière ou encore des marteaux.

– En fait, je suis étonnée que Lachlan maintienne sa participation à cette épreuve, voilà tout, précisé-je.

Je me demande si sa fierté va le pousser à se bousiller complètement l'épaule.

– Oh, mais son équipe est tenante du titre. Sa participation est donc attendue.

J'avale ce qu'il reste de mon café, rince ma tasse, la dépose dans le lave-vaisselle et prends la direction des bureaux.

Cela fait bientôt un mois que je travaille pour la holding, et je dois avouer que pour le moment, je m'y plais plutôt bien. Après quelques jours d'adaptation et certains ajustements, j'ai vite trouvé mes marques, et ma tête fourmille d'idées pour améliorer la communication entre la direction et tous les employés. J'en ai proposé certaines à Lachlan qui, en qualité de directeur – et d'emmerdeur –, s'est empressé de les rejeter.

Je le soupçonne de prendre son pied à me recaler.

Dès que j'arrive, je le trouve au téléphone, signe qu'il a terminé son entraînement, et les cheveux encore humides de sa douche. Je le salue d'un geste de la main et pars m'installer dans le bureau qui m'a été attribué.

J'ai prévu de terminer de peaufiner les brochures à l'attention des collaborateurs avant de les lui faire valider. En parallèle, je développe également une campagne de promotion pour la distillerie. J'adore ce que je fais.

Le seul inconvénient que je vois à travailler avec Lachlan, c'est Lachlan, lui-même. Enfin, je veux dire, devoir gérer notre proximité et rester concentrée quand il est dans les parages me demande beaucoup d'efforts.

La plupart du temps, j'y arrive.

La plupart du temps…

Une fois plongée dans le travail, je parviens à l'oublier pour quelques heures. Du moins, jusqu'à ce qu'il fasse irruption dans l'encadrement de ma porte en fin de journée.

– Je peux t'aider ? demandé-je en pivotant sur mon siège.

Est-ce qu'il est obligé de constamment relever les manches de ses chemises ou de ses pulls ? Franchement, ça devient agaçant.

– Je dois m'absenter. J'emmène Glenn, donc si tu as besoin de quelque chose, vois directement avec Misha. Je devrais être de retour pour le dîner.

– OK. Ton entraînement de ce matin s'est bien passé ?

Il fronce instantanément les sourcils.

– Est-ce que tu m'espionnes, mon cœur ?

– Évidemment. Tu occupes toutes mes pensées, je ne peux pas faire autrement que surveiller tes moindres faits et gestes, lancé-je sur un ton sarcastique.

Il m'adresse un sourire qui fait rater plusieurs battements à mon cœur.

– Lachlan, avant que tu partes, je peux te poser une question ?

– Je t'écoute.

– Est-ce que tu as des nouvelles au sujet des dessins ? Vous avez trouvé le coupable ? Est-ce que les caméras de sécurité ont filmé quelque chose depuis l'autre fois ?

– Ça fait trois questions.

– Je croyais que c'était Misha le comptable du château, dis-je en levant les yeux au ciel.

– Non, nous n'avons aucune piste pour l'instant. La personne qui a fait ça devait bien connaître le château, car personne n'a rien vu.

Je serai vraiment soulagée quand on aura trouvé le véritable coupable.

– Si tu n'as plus besoin de moi, je vais y aller.

– Au revoir, Conan.

– Au revoir, *mon cœur*.

– Quand vas-tu arrêter de m'appeler comme ça ?

– Jamais.

Il m'adresse un clin d'œil taquin, signe que ça l'amuse de m'agacer. Dès qu'il disparaît, un drôle de sentiment m'assaille.

Merde ! Je crois que… qu'il me manque.

Le constat est effrayant. Comment j'ai pu développer une dépendance pour sa personne en l'espace de quelques semaines ?

CHAPITRE 32

LACHLAN

La grande salle est pleine à craquer et, après plusieurs semaines de compétition, l'adrénaline est plus que jamais palpable. Les participants qui logent sur place sont partagés en petits groupes disséminés dans la pièce. Certains sont près du buffet qui a été dévalisé à l'heure du dîner, en train de revivre les jeux minute par minute. La musique bat son plein tandis que le whisky coule à flots après une nouvelle journée d'épreuves.

Grace a préféré quitter la soirée tôt, au prétexte de devoir coucher Bonnie, mais je sais que c'est autre chose qui la rend mélancolique. Elle a toujours été de nature discrète, mais depuis quelques semaines, elle semble encore plus effacée, tel un fantôme. Je suis certain que sans sa fille et son travail pour l'association des jeux, elle sombrerait. Depuis la disparition de Finn, c'est ainsi chaque année à l'approche de la date fatidique, et je ne peux pas le lui reprocher. Parce que je souffre autant qu'elle. En réalité, la douleur ne s'estompe jamais. Elle est là, au creux de ma poitrine, comme un fil barbelé qui s'enroule autour de mon cœur.

En revanche, depuis l'arrivée d'Erynn dans les parages, il arrive que la pression s'atténue légèrement.

– Il faudra garder Macfarlane à l'œil aux prochaines épreuves, surtout après son esclandre, dit mon père.

J'acquiesce machinalement tout en cherchant Erynn des yeux parmi les invités. Je repère rapidement sa crinière rousse flamboyante. Elle est en compagnie de Glenn, Misha et d'autres types. Avec le tartan du clan drapé autour de son épaule et ses cheveux en cascade sur son dos, elle est à couper le souffle.

Sa beauté est indéniable. Et je me demande si elle tient son charme envoûtant de sa mère. J'étais encore jeune à l'époque, toutefois je garde des bribes de souvenirs de cette Arabella Wallace sur laquelle tout le monde se pâmait.

J'entendais souvent ma grand-mère en parler avec véhémence, et échanger sur son compte avec les autres femmes du château, c'est certainement pourquoi elle a la même aversion envers la fille.

Un verre à la main, Erynn s'esclaffe à une connerie que dit l'un des mecs autour d'elle. Je ne la quitte pas du regard. Une pulsion soudaine me dicte d'aller les rejoindre. La rejoindre.

– Tu sembles mieux accepter ta nouvelle condition d'homme marié, n'est-ce pas ?

Je tourne la tête aussi sec en direction de mon père, surpris par sa question.

– Qu'est-ce qui te fait dire ça ?

– Vous deux. Quand vous êtes ensemble, la terre pourrait s'arrêter de tourner.

– Nous n'avons fait que jouer notre rôle.

Je passe sous silence nos rendez-vous nocturnes. Principalement parce que ça ne le regarde pas.

– Je peux dire sans mal que votre complicité saute aux yeux de tous, fiston.

Alors que je m'apprête à réfuter, il tapote mon épaule et se tire pour rejoindre ses amis un peu plus loin.

Au lieu de céder à mon envie de la retrouver, je fais volte-face et quitte la grande salle d'un pas rageur. Une fois dans ma piaule, je claque la porte derrière moi et m'y adosse.

Qu'est-ce que je fous, sérieux ? Me tirer et la laisser en compagnie d'un tas de mecs survoltés n'est pas digne d'un époux.

Je fais craquer mon cou, tiraillé entre l'envie de prendre une douche glacée pour la chasser de ma tête et celle de retourner la chercher pour la ramener ici et…

Et quoi ?

Soudain, on frappe à ma porte. J'ouvre et l'objet de mes pensées est là, devant moi. Voir les couleurs de ma famille autour de son cou délicat fait naître en moi un puissant sentiment de possession. Je l'imagine ne rien porter d'autre que mon tartan sur sa peau laiteuse.

– Qu'est-ce que tu veux ? grondé-je sans la quitter des yeux.

Ma voix est plus tranchante que je ne le voulais. Résultat, elle se rembrunit, les sourcils froncés.

– Rien, connard.

Quand elle se retourne, prête à repartir d'où elle vient, j'agrippe son bras et l'attire à l'intérieur de ma chambre. Pas question de la laisser m'échapper.

– Pourquoi tu m'as suivi ?

– Je t'ai vu partir d'un coup, sans rien me dire.

– Et ?

– Et, rien du tout ! Je me suis inquiétée pour toi, idiot !

– Je vais bien, tu peux retourner t'amuser avec les autres.

Une lueur avide traverse ses prunelles.

– Ou je peux rester…

– Si tu restes, je te préviens tout de suite qu'il n'est pas question qu'on se mate un épisode de quoi que ce soit. Je ne suis pas d'humeur à être un gentil garçon.

En réponse, elle plante son regard dans le mien et ses doigts glissent sur les boutons de ma chemise en lin.

– Je crois que je ne veux plus d'un gentil garçon.

Dès cet instant, je ne pense plus à rien, rien d'autre qu'à cette bouche gourmande, rose, délectable que je crève de goûter. Je ne sais pas lequel de nous deux amorce notre rapprochement, mais nos dents s'entrechoquent et nos souffles se mêlent, tandis que son parfum doux et fruité s'infiltre dans mes narines.

Bordel, qu'elle sent bon !

Je ne résiste pas et imprime à son bassin un mouvement lascif auquel elle répond en poussant ses hanches contre moi, ce qui manque de me faire vriller.

Oh, bon sang !

Quand je recommence une fois, puis deux, un gémissement lui échappe.

– Lachlan…

Encore ! Je veux qu'elle répète mon prénom à l'infini. À cet instant, je n'en ai pas grand-chose à foutre de savoir si nous jouons encore un rôle. Peu importe le nom que nous donnons à ce qu'il se passe entre nous, nous ne faisons que répondre à un besoin viscéral.

– Lachlan, s'il te plaît…

– Qu'est-ce que tu veux, mon cœur ?

Ma bouche picore la commissure de ses lèvres avant d'en lécher les contours. Si je m'écoutais, jc lui arracherais ses fringues pour la prendre à même cette porte.

– Toi. Toi, tout entier.

Sur ces mots, elle plante ses ongles dans ma nuque afin d'approfondir notre baiser tandis que j'agrippe ses fesses à pleines mains. Chacune de ses expirations me fait monter en pression. Après toutes ces soirées passées ensemble à me contrôler, à lutter contre mon envie, mon cerveau part en vrille et je ne pense plus à rien d'autre qu'aux pulsations erratiques de nos cœurs qui battent à l'unisson.

Une de ses mains quitte mon cou pour se glisser vers mon kilt qu'elle essaie d'ouvrir. Je l'aide en écartant les pans afin qu'elle atteigne ce qu'elle cherche, ma queue.

– Elle est à toi.

Ses doigts graciles s'enroulent autour de mon sexe tandis que les miens s'introduisent sous la barrière de sa culotte.

– Lachlan, halète-t-elle.

Elle pousse un long gémissement et murmure langoureusement mon prénom tandis que son désir coule sur mes doigts.

– C'est moi qui te mets dans cet état ?

– Qui d'autre, idiot ?

Je poursuis mes va-et-vient jusqu'à ce que je sente un long frisson dévaler dans son dos.

Mes veines s'embrasent, mon ventre se tord d'impatience. J'arrive au bout de ma résistance.

Je retire mes doigts trempés, vire son tartan et déboutonne son haut aussi vite que possible, comme dans un rêve où tous mes fantasmes deviennent réalité.

Sans attendre, je pose mes mains sur la dentelle recouvrant ses seins magnifiques. J'admire ses tétons à travers son sous-vêtement, dressés comme des cerises plantées sur le plus délicieux des gâteaux. J'en salive d'avance.

D'un coup, elle ruine ma chemise telle une walkyrie, sûre d'elle et de ce qu'elle veut.

Et ce qu'elle veut, c'est *moi*.

– Je veux t'entendre le dire.

Elle parcourt mon torse des doigts, puis ses ongles griffent légèrement mon ventre à mesure qu'elle descend, pour finir par s'arrêter sur l'épaisse boucle de ceinture de mon kilt qu'elle me retire précipitamment.

– C'est toi, Lachlan.

Nos souffles mêlés me reviennent dans un écho délicieux pendant que je baisse la braguette de son pantalon. Mes gestes sont empressés, impatients tandis que je lui retire ses sous-vêtements assortis. Erynn s'occupe du reste de mes fringues, et très vite, plus aucune barrière ne se dresse entre nous. Ça fait des jours, des semaines que j'en crève d'envie, et on dirait qu'elle aussi.

Je prends quelques secondes pour la contempler, debout devant moi, complètement nue. Enfin, elle va être à moi. Je la soulève en plaquant mes paumes sur l'arrondi de son cul sublime. Sans jamais quitter sa bouche voluptueuse, je nous conduis sur mon lit et l'allonge en plein milieu des draps.

Elle est totalement offerte à moi, ses cheveux s'étalent autour de son visage telle une auréole flamboyante. Mon sang tambourine violemment jusque dans mes tempes.

Elle est magnifique, putain !

Plus que ça même.

Erynn m'observe à travers ses paupières alourdies par le désir brut, et ses jambes s'écartent davantage dans une invitation explicite. Son sexe chaud et moite m'attire comme le chant d'une sirène.

Sans plus tarder, je plonge ma langue dans son intimité sucrée, et savoure ce moment que je m'étais imaginé tant de fois auparavant.

– Lachlan…

Mon index s'insinue lentement entre ses plis intimes pendant que j'agace son point sensible du bout de la langue. Lorsqu'un second doigt rejoint le premier, la pièce s'emplit de ses petits cris d'extase.

Je ne lui laisse aucun répit et dévore son sexe humide et gonflé, guidé par ses cris de jouissance. Lorsque son corps tout entier se contracte autour de mes doigts, elle répète inlassablement mon prénom à la manière d'une litanie envoûtante.

Lachlan, Lachlan, Lachlan…

Je l'observe monter jusqu'au sommet du plaisir puis redescendre lentement sur terre.

C'est loin d'être fini…

Je veux qu'elle puisse sentir son goût sur ma langue, alors je remonte lentement jusqu'à sa bouche. Ses dents tirent sur ma lèvre inférieure à plusieurs reprises, si bien qu'à la dernière tentative, ma peau finit par se fendre, et un goût métallique envahit ma bouche.

Ma lionne…

D'un mouvement ample, je nous retourne afin qu'elle me chevauche.

Sans détourner mes yeux des siens, je tends la main vers ma table de nuit, ouvre le tiroir et m'empare d'une capote que j'enfile aussitôt.

Je me délecte du tableau charnel qu'elle m'offre, de son regard langoureux à ses seins aux pointes érigées appelant mes caresses.

Quelle vision onirique…

Je perds la tête quand elle finit par empoigner ma queue pour la guider en elle.

– Bouge tes hanches, beauté, soufflé-je en la pénétrant.

Elle m'obéit, et je me redresse pour aspirer et lécher ses pointes durcies en m'enfonçant plus profondément en elle à chaque poussée.

– Lachlan, ne t'arrête pas, me supplie-t-elle en s'agitant sur ma queue.

– Je n'en avais pas l'intention.

Ses mains entourent ma nuque, et les miennes s'agrippent à son cul démentiel pour la faire coulisser le long de mon sexe.

Elle gémit à l'unisson des battements furieux de mon cœur, et quand j'imprime un mouvement circulaire à son bassin, les yeux d'Erynn se révulsent.

– Oui… Plus fort, Lachlan, m'ordonne-t-elle alors.

Et comme je suis dévoué à son plaisir, je recommence.

Et encore…

Et encore…

Lorsqu'elle se contracte autour de moi sous l'effet d'un orgasme foudroyant, sa tête part en arrière et son cri résonne dans la pièce, déclenchant aussitôt ma propre jouissance. Je me libère en elle dans un râle de plaisir, le cœur battant, le souffle coupé, et je savoure chaque instant de ce moment incroyable.

Peu après, Erynn s'effondre sur moi, s'abandonnant dans le creux de mon épaule, essoufflée. Quant à moi, je reste un moment à parcourir des yeux son visage parsemé de taches de rousseur et rougi par l'extase.

Sa paume vient caresser ma joue et je comprends sa question muette.

– Un accident de voiture, m'entends-je murmurer.

Je ferme les yeux, incapable d'en dire plus.

Erynn plaque ses deux mains autour de mon visage, me souffle un « merci » du bout des lèvres avant de m'embrasser.

– Lachlan, je peux passer la nuit dans ton lit ? me demande-t-elle à demi endormie.

– Une seule baise et tu ne peux déjà plus te passer de moi ?

– Tu as tout faux, Don Juan, c'est seulement une précaution. Le château est infesté d'araignées, je me dis que si je reste dans ton lit, elles s'attaqueront plutôt à toi.

– Je vois.

Un gloussement adorable lui échappe alors qu'elle papillonne des cils. Et bientôt, un souffle régulier agite sa poitrine. Je me rends dans la salle de bains afin de me débarrasser du préservatif, me lave les mains, puis reviens m'allonger sans un bruit auprès d'elle.

Au moment où elle sent ma présence, elle pivote vers moi pour nicher son nez dans mon cou et pose son bras sur ma poitrine. Un frisson la parcourt, aussi je ramène les couvertures sur nos deux corps entrelacés.

CHAPITRE 33

ERYNN

Je cligne des yeux et me réveille lentement, le corps délicieusement engourdi. Je tâte la place à côté de moi et découvre un espace vide.

Sur la table de nuit, un mot capte mon attention.

Je suis parti m'entraîner.
On se retrouve aux jeux.

P.-S. : Essaie de ne pas tomber
amoureuse de moi.

P.-S. 2 : Aucune morsure d'araignée
à signaler.

J'éclate de rire, puis bascule sur le côté afin de glisser hors du lit et de prendre une douche.

Une demi-heure plus tard, je dépose le mot de Lachlan dans le tiroir de ma commode et quitte ma chambre. Devant l'entrée du château, je croise Bonnie déguisée en chevalier, et sa mère, qui semble plus triste encore que d'habitude.

– Grace, est-ce que tout va bien ?

Elle m'offre un sourire qui n'atteint pas ses yeux.

– Oui, je suis juste un peu fatiguée. Ces jeux n'en finissent plus et demandent beaucoup de travail à l'association.

– Je comprends, tu dois être épuisée.

Aussitôt, sa fille tire sur sa main, réclamant son attention.

– Bonnie, je sais que tu veux aller t'amuser, mon ange, mais je n'ai pas terminé. Il faut être patiente, lui explique sa mère.

– Mais tu m'avais promis, insiste la petite en faisant la moue.

Voyant mon regard interrogateur, Grace pousse un profond soupir.

– Glenn vient de nous dire qu'une des juments a mis bas dans la ferme des Macfarlane, et Bonnie veut absolument voir le poulain, mais j'ai encore un million de choses à régler avant ce soir.

– Oh, je vois. Si tu veux, je peux l'accompagner ? Il suffit de m'indiquer où elle se trouve.

– C'est la ferme qui est située juste derrière le château, près d'un grand poulailler. Mais je ne sais pas si c'est une bonne idée de t'y rendre seule. Et si tu te perdais ?

Face à l'hésitation de sa mère, Bonnie se met aussitôt à sautiller partout et à la supplier, ce qui finit par la faire céder.

– Tu es sûre que ça ne te gêne pas, Erynn ?

– Évidemment ! Je ne travaille pas, aujourd'hui, et ce sera l'occasion de visiter les environs.

– Bon d'accord, alors je vous laisse toutes les deux. On se retrouve tout à l'heure pour le début des épreuves ?

– Ça marche ! Et ne t'en fais pas pour Bonnie, elle est en sécurité avec moi.

Je me tourne vers cette dernière, qui est en train d'agiter dans tous les sens l'épée en plastique qu'elle tient à la main.

– Allons-y !

En suivant les indications de Grace, nous trouvons effectivement la ferme des Macfarlane, qui se trouve à une dizaine de minutes à pied en passant par un petit sentier et en contournant un poulailler.

Macfarlane... J'ignore pourquoi, mais ce nom me dit quelque chose.

Nous nous arrêtons au niveau de l'enclos, et Bonnie, les yeux brillants d'excitation, admire le petit qui chancelle sur ses pattes. Son pelage brun capte les rayons du soleil tandis qu'il tremble à chacun de ses pas.

– Il est trop mignon ! s'exclame la petite chipie près de moi en glapissant d'excitation.

– C'est vrai. Tu as déjà monté un cheval ?

– Oui, je prenais des leçons d'équitation, mais après la mort de mon père, maman a refusé que je continue à monter.

– Oh, mais c'est dommage !

– Je crois surtout qu'après avoir perdu mon papa, elle ne voulait pas risquer de me perdre aussi.

Cette fillette est d'une maturité qui me laisse sans voix. Pendant que nous admirons le petit nouveau qui prend davantage d'assurance à chaque pas, Bonnie babille sans discontinuer. Quand soudain…

– Tu l'aimes bien, mon tonton Lachlan ? demande-t-elle subitement, sans lien apparent avec notre discussion précédente.

Surprise par sa question, je réfléchis à une réponse qui puisse convenir et finis par opter pour la vérité.

– Oui, en effet.

– Cool. Tonton Glenn est venu en parler avec maman. Il a dit qu'il ne comprenait pas ce que tu trouvais à mon tonton Lachlan.

Je reste sans voix, étonnée par sa confidence. Il m'est difficile de comprendre l'intervention de Glenn. Ce n'est pas la première fois que je trouve son attitude… légèrement inappropriée.

– Ah, vraiment ? Et que lui a répondu ta maman ?

– Que vous alliez bien ensemble.

Et c'est tout. Elle n'ajoute rien de plus, se hissant sur la barrière afin de mieux observer l'animal qui se dandine sur ses pattes.

– Tu sais quoi, je pense que ta mère a entièrement raison.

Alors oui, il est vrai que nous sommes différents. Mais je crois que je commence à apprendre à composer avec le caractère irascible de Lachlan.

– Qu'est-ce que vous faites chez moi ? gronde une voix derrière nous.

Bonnie et moi nous retournons au même moment, et j'ouvre de grands yeux quand je découvre le visage de la propriétaire des lieux.

Merde... Encore elle !

La femme qui a répandu les horribles rumeurs à mon sujet. Celle dont le fils a refusé de participer aux jeux à cause de ma présence.

– La petite voulait voir votre poulain, voilà tout.

– Je vous défends de vous approcher de mes bêtes ! lance-t-elle, horrifiée, comme si j'avais proposé de faire un barbecue géant avec le poulain.

Cette bonne femme n'est vraiment pas nette. Je prends la main de Bonnie dans la mienne et la tire à ma suite.

– Viens, ma belle. Il vaut mieux rentrer à la maison.

Lorsque nous arrivons au niveau du poulailler, je jette un bref regard par-dessus mon épaule et suis surprise de découvrir que la vieille Macfarlane n'a pas bougé, nous épiant d'un œil mauvais.

Trop bizarre, celle-là !

Un curieux pressentiment me saisit. Je hâte le pas afin de mettre un maximum de distance entre elle et nous.

Aussitôt que j'aperçois la tour du château, un intense soulagement m'envahit. Je regarde l'heure et découvre que nous sommes restées chez les

Macfarlane plus longtemps que prévu, si bien que la prochaine épreuve s'apprête à commencer.

– Ta maman doit déjà être dans le parc, allons-y, déclaré-je.

La petite se contente de hocher la tête et de me suivre sans poser de questions. Je crois que l'intervention de la sorcière lui a fichu une sacrée frousse et j'essaie de la rassurer comme je le peux.

Dès que nous approchons de l'arène, Bonnie se précipite vers l'estrade et raconte à son arrière-grand-mère et ses tontons notre rencontre inopinée.

Bien sûr, j'ai droit à un regard noir de la part de Morag. Grace, quant à elle, s'excuse et Glenn pose une main réconfortante sur la mienne. Je me raidis malgré moi, incapable de m'ôter de la tête la confidence de Bonnie.

Le passage de la fanfare aura pour effet de me distraire et de me mettre dans l'ambiance. Je me joins aux applaudissements du public afin d'encourager les joueurs qui défilent à leur tour, toujours sous le chant des cornemuses.

Que l'épreuve du lancer de tronc d'arbre commence ! Je repère Lachlan dont le regard croise immédiatement le mien. J'articule un « bonne chance » auquel il répond par un bref sourire qui provoque une envolée de papillons dans mon ventre. Impossible de ne pas repenser à notre nuit, à ses lèvres charnues parcourant mon corps et à nos halètements à l'unisson.

Habillé de son kilt et d'un tee-shirt noir qui moule les muscles de son torse, il s'échauffe en attendant que vienne son tour.

Chaque joueur agrippe des deux mains le tronc d'arbre, le soulève afin de le caler contre son épaule et, après une puissante impulsion, le lance dans les airs. Mais bon sang, qui a eu une idée pareille ?

À chaque lancer de Lachlan je serre les dents en espérant que son épaule tienne le coup. Je ne sais pas comment il fait, car malgré sa douleur, il remporte la plupart des manches, et bientôt toute l'arène se lève et l'applaudit comme un seul homme.

Mon Dieu, il est incroyable ! Pas étonnant qu'il soit si populaire parmi les joueurs. Tout le monde l'acclame et lui tape dans le dos pour le féliciter, et moi, je suis fière de lui. Je descends précipitamment de l'estrade et, mue par une excitation nouvelle, je slalome entre les gens afin de retrouver Lachlan, impatiente de le féliciter.

Lorsque j'arrive à sa hauteur, j'enroule mes bras autour de son cou, pendant que les siens trouvent leur place naturellement autour de ma taille.

– Félicitations, champion ! murmuré-je contre ses lèvres.

– Merci, bébé.

Aussitôt, sa bouche s'abat sur la mienne pour un baiser de remerciement qui devient très vite ardent, faisant naître une faim féroce au creux de mon ventre.

Bon sang, j'ai envie de lui !

– Tes désirs sont des ordres, madame Cameron.

– Quoi ? Ne me dis pas que j'ai pensé tout haut ?

– Pas besoin. Tes yeux brûlants parlent pour toi.

– Vraiment ? J'ignorais que tu étais ascendant poète ! Tu es sûr de ne pas avoir pris un coup de tronc sur la tête ?

Un sourire craquant flotte sur ses lèvres tandis qu'il m'embrasse… Certainement pour que je la boucle.

Sans s'occuper du monde qui nous entoure, il me prend par la main et nous conduit rapidement jusqu'à sa chambre. Il n'a pas l'air de se soucier une seconde des regards ahuris ou amusés que nous provoquons sur notre passage.

Une fois sur place, il reprend notre baiser là où nous l'avons laissé et ses mains parcourent mon corps, éveillant chacune de mes terminaisons nerveuses. Ses doigts déboutonnent mon haut et se posent sur mes seins, alors je ne réfléchis plus et tire sur sa chemise, faisant voleter des boutons tout autour de nous. Son torse est une véritable œuvre d'art, les tatouages qui le recouvrent sont magnifiques. Je ne peux me retenir de les parcourir du bout des doigts, mais bientôt, ce léger contact ne me suffit plus.

J'en veux définitivement plus…

CHAPITRE 34

LACHLAN

Je reviens péniblement à la réalité, enveloppé d'un parfum fruité. Si je ne sentais pas un corps chaud et doux contre moi, je pourrais jurer avoir rêvé. Mais lentement, mon esprit s'éveille et les souvenirs me reviennent, aussi limpides que la lumière du jour.

Ma victoire, les acclamations, les félicitations, mais aussi *son* regard, notre accord implicite, et l'union de nos corps qui a encore une fois dépassé toutes mes attentes. Je ne sais pas ce que les autres ont pensé de notre disparition soudaine, mais je m'en fiche royalement.

J'ouvre lentement les paupières. Ses yeux en amande sont clos, et l'ombre de ses longs cils s'étire sur ses pommettes roses. Sa bouche en forme de cœur est légèrement entrouverte, et un souffle régulier s'en échappe. La dernière fois, je devais la quitter pour aller m'entraîner, mais aujourd'hui, je compte bien profiter de son corps de déesse.

Erynn est agaçante, volontaire, courageuse, intrépide, drôle et surtout, elle me tient tête constamment, ce qui est rafraîchissant. Alors que je commence à avoir ma petite idée sur la façon de la réveiller, des éclats de voix brisent brusquement le silence.

Je me redresse d'un coup, tends l'oreille et réveille dans la manœuvre Erynn qui s'étire lentement tout en se frottant les yeux.

– Qu'est-ce qui se passe ? demande-t-elle, ensommeillée.

Ses mèches rousses caressent la courbe de ses épaules dénudées et cascadent dans son dos cambré. Je bande dans l'instant, et s'il n'y avait pas ces foutus beuglements, je la prendrais dans mes bras pour rester au lit avec elle.

– Je ne sais pas, soufflé-je en parcourant sa silhouette du regard, dévoré par l'envie de la goûter à nouveau.

Plusieurs coups résonnent à la porte de ma chambre et mettent un terme à mes projets.

– Ça va, j'arrive, grogné-je, frustré.

Je me penche ensuite vers Erynn et l'embrasse rapidement.

– Erynn, ne bouge pas d'ici, d'accord ?

Je glisse hors du lit, attrape mes affaires éparpillées au sol et commence à les enfiler aussi vite que possible.

– Certainement pas ! Je viens avec toi, déclare-t-elle.

OK. Et revoilà le retour de la Erynn qui me tient tête…

CHAPITRE 35

ERYNN

– D'accord, mais ne traîne pas et habille-toi…

– Bien reçu, chef ! lancé-je en mimant un salut militaire qui lui arrache un mince sourire.

Dieu que je les aime, ses sourires. Peut-être parce qu'ils sont si rares.

Je me glisse hors du lit, m'affaire à récupérer mes vêtements dispersés ici et là, puis me dépêche d'enfiler ma chemise. Dans ma hâte, je fais l'impasse sur mon soutien-gorge. Avec mon gilet, on n'y verra que du feu.

J'hésite une seconde en tournant sur moi-même, jetant un coup d'œil aux alentours.

– Bizarre, il me manque ma culotte, déclaré-je, mon poing calé sur ma hanche.

– Quoi ? demande Lachlan qui vient de finir de s'habiller.

Il a en permanence ce petit froncement de sourcils qui lui donne un charme indéniable. Et le plus extraordinaire, c'est qu'il n'en a sans doute même pas conscience.

– Ma culotte, je ne la trouve nulle part.

Lachlan glisse ses doigts dans ses cheveux pour les ramener vers l'arrière, et je décèle derrière son masque impassible un petit air espiègle qui ne me dit rien qui vaille.

– Par pitié, ne me dis pas que tu es un fétichiste des sous-vêtements féminins ?

– Tu te souviens de ce que je t'ai dit il y a cinq secondes ? demande-t-il en s'approchant de moi.

– Que j'étais ta déesse ?

Il secoue la tête, et à mesure qu'il approche, je recule.

– Que tu serais prêt à te damner pour mes seins fantastiques ? tenté-je à nouveau.

Mais quand il lève les yeux au ciel, j'arrête de le taquiner et déclare :

– D'accord, je ne traîne pas et me dépêche.

Mais une clameur qui semble provenir de l'intérieur du château, cette fois, nous parvient à nouveau.

– Erynn, grouille-toi !

Je ne me fais pas prier et termine de m'habiller en quatrième vitesse. Une fois que je suis décente, il ouvre la porte de sa chambre sur un Misha légèrement troublé.

– Bordel, Misha, il se passe quoi exactement ?

D'autres cris se joignent aux précédents et résonnent jusqu'à nous. C'en est presque effrayant.

– C'est la vieille Macfarlane, tu ferais mieux de venir voir par toi-même.

– Qu'est-ce qui lui arrive ? demande Lachlan.

– Allons-y, ne traînons pas.

Sa façon d'éluder la question de son cousin me fait plisser les yeux. Lachlan m'entraîne à sa suite à travers le dédale de couloirs, Misha en éclaireur.

Bien sûr, mon côté parano s'éveille et élabore une foule de scénarios tous plus tordus les uns que les autres.

Lorsque nous arrivons dans le petit salon, nous nous retrouvons face à une foule déjà formée. Parmi les gens présents, j'aperçois Glenn, Angus et Morag qui porte encore ses vêtements de nuit, une tenue différente de celle que je lui ai vue la dernière fois. Grace est là également, en train de bercer lentement sa fille dans ses bras.

Au milieu de ce cercle humain se trouve effectivement la vieille Macfarlane. Elle est entourée par deux hommes, debout près d'elle, que je devine être son mari et son fils, celui-là même qui s'est retiré de la compétition. Le premier porte un kilt à motifs noirs sur fond blanc, et doit avoir le même âge qu'Angus. Le second est plus jeune, environ une vingtaine d'années.

– Quelqu'un peut m'expliquer ? gronde Lachlan.

À la seconde où elle pose ses yeux fous sur moi, elle semble comme possédée et me montre du doigt de façon impolie.

Alba, que je n'avais pas vue jusqu'ici, s'approche de la fauteuse de trouble pour lui suggérer de calmer rapidement ses ardeurs, mais cette dernière poursuit comme si de rien n'était, tout en me prenant à partie.

– Elle a recommencé… C'est elle ! Je le sais, je l'ai vue ! Elle s'en est prise à mes pauvres poules innocentes !

Son regard est encore plus noir que l'autre jour.

– De quoi parlez-vous ? s'exclame mon mari.

Cette fois, c'est au tour du fils d'intervenir :

– Votre Anglaise s'est vengée sur nos poules, c'est pourtant clair !

Tout le monde retient un hoquet de stupeur, tandis que je porte la main à ma bouche.

– J'ai fait quoi ?

– Inutile de jouer l'innocente, je vous ai vue rôder autour de mes animaux !

Quoi ? Mais qu'est-ce qu'elle raconte ?

– Pas du tout, m'offusqué-je, les joues cramoisies.

– Une tueuse d'animaux, voilà ce que vous êtes !

Lachlan s'emporte aussitôt

– Ça suffit, bon sang ! Je ne tolérerai pas qu'on manque de respect à ma femme. Macfarlane, tu ferais mieux de partir et d'emmener ta mère. Il est évident qu'elle n'a plus toute sa tête !

J'ai l'impression que tout le monde attend que je me défende, alors que je ne sais même pas de quoi je suis accusée. Résultat, l'humiliation me tord le ventre.

– Je n'irai nulle part et je demande réparation immédiate pour mes poules !

– Je ne comprends pas, balbutié-je tout en cherchant Lachlan des yeux.

Ce dernier se pince l'arête du nez et pousse un soupir agacé.

– Quelqu'un peut m'expliquer de quoi on accuse Erynn ?

Mon beau-père, qui a gardé son calme jusqu'ici, se racle la gorge avant d'intervenir.

– Moira, Lachlan a raison, explique-nous quelle mouche t'a piquée et quel est le problème avec tes poules ?

– Mon problème, c'est qu'elle a sacrifié trois de mes bêtes pour pouvoir recommencer ses rites ignobles, crache-t-elle avec une fureur qui m'arrache un frisson.

Rien que de penser à une poule égorgée, mon hématophobie rapplique à la vitesse de l'éclair, et une violente nausée monte dans ma gorge.

Lachlan laisse échapper un rire exaspéré.

– Je parle de mes poules, de celles qu'elle a assassinées pour reproduire ses satanés dessins, et ça vous fait rire ! De plus, à cause d'elle, mon poulain ne veut plus téter sa mère. Depuis qu'elle est passée lui jeter le mauvais œil, il ne se nourrit plus.

– Moira, vous vous rendez compte que vous tenez le discours de quelqu'un qui a perdu la tête, n'est-ce pas ?

– Avec tout le respect que j'ai pour toi, Lachlan, ma mère n'est pas sénile, et je t'assure qu'elle n'invente rien. Tu n'as qu'à voir par toi-même.

Ce dernier sort son téléphone de la poche de sa veste et nous dévoile des images qui soulèvent le cœur. Des symboles identiques à ceux de la dernière fois s'étalent sur des mètres de mur, peints avec le sang des poules dont les cadavres jonchent le sol. Les traînées sont un mélange de plumes, de chair et de viscères.

C'en est trop pour moi. Mon estomac se retourne.

– Je vais être malade…

Je lâche la main de Lachlan et me précipite sans réfléchir hors de la pièce, ma paume plaquée sur ma bouche.

J'abandonne l'idée d'aller dans ma chambre, je sais que je n'arriverai jamais à temps. Lorsqu'un frisson douloureux dévale le long de mon épine dorsale, je pousse la première porte donnant sur l'extérieur et m'y engouffre sans réfléchir.

La vue brouillée par les larmes, je me penche en avant et vomis violemment.

CHAPITRE 36

LACHLAN

– Quoi qu'il en soit, nous n'en resterons pas là, lance le fils Macfarlane. Vous avez vu par vous-même, personne ne peut nier sa culpabilité.

Alors que je m'apprêtais à aller retrouver Erynn sans même prendre la peine de lui répondre, ce crétin renchérit :

– Ta femme est une malade mentale et elle va payer pour ses actes !

J'opère un demi-tour et le toise froidement, sans tenir compte des gens qui nous entourent.

– Ne t'avise plus jamais de menacer ma femme.

Ma voix est un grondement rauque, et sans la main de Glenn sur mon épaule, je pense que le coup serait parti tout seul. Avant que les choses ne dégénèrent, je préfère aller la retrouver.

– On n'en restera pas là, l'entends-je grommeler avant de me tirer.

Je parcours les pièces à grandes enjambées une à une, en vain, et c'est seulement au moment où je passe devant la cour intérieure que mes yeux se posent sur sa silhouette pliée en deux.

L'image me rappelle notre première rencontre. À la différence que cette fois-là, c'est moi qui étais à l'origine de son malaise.

J'arrive derrière elle, et dès qu'elle me remarque, elle lève la main pour m'arrêter.

– C'est dégoûtant. Ne regarde pas, s'il te plaît.

Je ne tiens pas compte de sa demande et rassemble ses cheveux pour les maintenir en queue-de-cheval tandis qu'elle poursuit, secouée de soubresauts.

Je l'aide ensuite à se redresser.

– Prends appui sur moi.

Elle obéit, se retient à mon coude et me laisse la raccompagner à l'intérieur. Ça me fout les nerfs de savoir qu'elle est dans cet état pour un truc dont elle n'est même pas responsable.

Franchement, il y a quelque chose qui m'échappe dans toute cette affaire. D'abord, pourquoi Erynn ? Je ne pige pas quel est le délire des Macfarlane avec elle, et comment ils peuvent penser une seule seconde qu'elle est coupable alors qu'elle a à peine pu supporter de regarder les images sur le téléphone.

Je la prends dans mes bras et la conduis à l'étage.

– On y est presque, OK ?

Elle me remercie du bout des lèvres, puis niche son visage dans mon cou.

Dès que nous sommes dans nos quartiers, je la dépose doucement sur son lit. Elle se recroqueville immédiatement sur elle-même en ramenant ses genoux contre son ventre, puis elle pousse un long soupir avant de fermer les yeux.

Je me rends dans la salle de bains, attrape un gant de toilette que je passe sous un filet d'eau tiède, et une serviette. Je reviens près d'elle, lui rince le visage à l'aide du gant humide puis recommence avec la serviette sèche. Quand elle est de nouveau fraîche, je m'assieds sur le bord de son lit pour vérifier si elle va bien.

Alors que je la croyais déjà endormie, Erynn papillonne des cils et pivote légèrement dans ma direction.

– Il faut que je me brosse les dents, déclare-t-elle en se redressant.

Sans hésiter, je l'aide à se relever et la conduis à la salle de bains.

– Tu penses que je devrais appeler un médecin ? lui demandé-je tandis qu'elle se rallonge

– Non, ça va. Pas besoin de médecin, c'est la vue du sang qui m'a retournée, c'est tout. Je suis hématophobe. J'ai une peur viscérale des piqûres aussi, et du matériel médical. Des séries médicales également. Quelques minutes de visionnages et je tourne de l'œil. Véridique.

Tout s'explique.

– OK, bon à savoir. Tu es sûre pour le médecin ? Parce que tu fais peur à voir.

C'est vrai qu'elle a l'air crevée. De gros cernes cerclent ses beaux yeux bleus.

– Merci du compliment, moi qui m'attendais à une demande en mariage, je suis déçue, Lachlan Cameron.

– Bon sang, tu ne t'arrêtes jamais de plaisanter ?

Des coups à sa porte me font dresser la tête. Je me penche vers Erynn :

– Repose-toi, d'accord ?

Je vais ouvrir la porte pour découvrir mon cousin sur le seuil, une main sur la nuque et une lueur d'inquiétude assombrissant son regard.

– Comment va-t-elle ?

– Voir tout ce sang l'a pas mal secouée, mais heureusement, elle va bien.

– D'accord, c'est une bonne nouvelle. Ça ne te dérange pas si j'entre cinq minutes pour la voir et me rassurer aussi ?

Je sais qu'ils sont amis et qu'il est donc tout naturel qu'il se préoccupe de son état, cependant, c'est plus fort que moi, il y a cette infime part de moi-même qui n'apprécie guère leur relation.

– Plus tard, mec. Elle se repose pour le moment. Tu n'auras qu'à passer dans une heure. Et pour les Macfarlane ?

– On peut en parler ailleurs ?

Je lance un regard vers le lit où repose Erynn qui semble désormais profondément endormie. Je préfère ne pas prendre le risque qu'elle se réveille en mon absence.

– J'aime mieux qu'on parle ici. Vas-y, je t'écoute.

– Ils viennent de partir, mais tu dois savoir aussi qu'ils ne comptent pas en rester là. Ils ont prévu de porter plainte contre ta femme. Moira a parlé de contacter la presse locale pour qu'ils viennent photographier les dessins sataniques et écrire un article.

Je secoue la tête, ahuri.

– Une plainte, la presse… Ils n'ont pas l'impression d'aller trop loin ? Dans quel but ils feraient tout ça ?

Glenn hausse les épaules en affichant un air désolé.

– Lach, j'ai entendu dire qu'ils chercheraient à faire destituer ton père de ses fonctions de président des jeux.

– Qu'ils essayent ! Tout ce qu'ils réussiront à faire, c'est se ridiculiser !

– J'espère que tu as raison. Mais personne n'aime la maltraitance envers les animaux. Je parle aussi bien du sort de ces poules que du poulain qui se laisse mourir de faim… Cette mauvaise publicité va traîner le nom des Cameron dans la boue, ce n'est pas bon pour les affaires. Tu sais comment vont les rumeurs par ici…

– Je ne sais pas ce qui leur prend. Il est évident que Morgan n'a pas apprécié d'être mis à l'écart de la compétition. Je parie que tout est lié, et peut-être même que leur histoire de poules égorgées est un putain de coup monté pour nous atteindre.

– Attends, tu veux dire qu'ils auraient tué eux-mêmes leurs poules, préparé toute cette mise en scène, uniquement pour parvenir à leurs fins ?

– Je n'en sais rien, mais ce dont je suis certain, c'est qu'Erynn n'a rien fait.

Glenn secoue la tête et semble réfléchir.

– Maintenant que j'y pense, j'ai peut-être la solution, dit-il en baissant la voix.

– Une solution pour quoi ?

– Tu sais, pour calmer les choses, avant qu'elles ne dégénèrent et nous dépassent.

Je croise les bras et m'adosse à l'encadrement de la porte.

– Je t'écoute.

– Renvoie-la chez elle.

Je me fige.

– Je te demande pardon ?

– Alors voilà, tu sais que je l'adore, là n'est pas le problème, mais si ça continue, toute cette histoire risque de nous retomber sur la gueule. Et sur Erynn aussi.

– Tu n'as pas l'impression que tu vas vite en besogne ?

– Écoute, tu as bien dit que c'était un mariage arrangé, non ?

– Je ne vois pas le rapport.

La teneur de cette conversation avec mon cousin me déplaît.

– C'est pourtant simple. Si tu la renvoies chez elle, ça calmera les tensions immédiatement.

D'après ce que j'ai compris, il n'y a rien entre vous, aucun sentiment. Il te suffit de mettre fin à votre pseudo-mariage.

– Mais qu'est-ce que tu racontes, bordel ?

À mesure qu'il débite ses conneries, une vague de colère sourde enfle en moi. Et comme s'il ne se rendait pas compte de mon état, il poursuit :

– Tu es comme mon frère, Lachlan, mais mec, tout le monde trouve que vous n'avez rien en commun. Je veux dire, elle n'est… pas faite pour toi. Et si Erynn retourne chez elle, tout rentrera dans l'ordre. Les jeux pourront se poursuivre comme avant et notre château retrouvera la sérénité qui le caractérisait avant qu'elle ne déboule parmi nous. Frangin, elle n'est même pas écossaise…

– Tu as conscience de ce que tu racontes ? craché-je d'un coup sec.

Mais Glenn n'en démord pas et renchéris :

– Tu es prêt à tout foutre en l'air pour elle ?

– C'est ma femme, trou du cul !

– Femme ou pas, il y a deux mois, elle n'était rien pour toi et à présent, tu serais capable de salir notre nom pour elle ? Franchement, je ne te comprends pas.

– Glenn, dégage de ma vue.

Ce n'est pas une proposition, ni même un conseil. C'est un ordre.

Il me lance un regard noir teinté d'amertume et d'incompréhension avant de faire demi-tour. Même lorsqu'il a disparu, je ne parviens pas à décolérer.

Mes mâchoires sont crispées et, à l'intérieur de mon crâne, la tempête fait rage. Ses mots tourbillonnent dans mon esprit. Au-delà du fait qu'il se mêle de ce qui ne le regarde pas, j'ai l'impression que quelque chose s'est brisé entre nous et qu'il sera presque impossible de le réparer. Les poings contractés, je lutte contre l'envie de rejoindre Glenn pour lui faire ravaler ses paroles assassines.

Je tressaille quand je sens un effleurement le long de mon bras, puis le long de ma colonne vertébrale. C'est si doux et si léger que je crois l'avoir rêvé.

Erynn…

Elle m'entoure de ses bras et me serre fort contre elle, puis elle me tire à l'intérieur de la chambre et claque la porte d'un coup de pied. Tous mes muscles sont méchamment contractés. L'arrière de mes jambes bute contre quelque chose de dur, son lit.

Sa bouche dépose un sillon de baisers sur la ligne de ma mâchoire. Je ferme les yeux quand je sens la douceur de ses lèvres sur mes joues, puis le long de ma cicatrice sur laquelle elle repasse plusieurs fois de suite.

Mon armure se fendille un peu plus à chacun de ses passages. Ses gestes sont tendres, patients, lents. Elle me pousse doucement pour que je retombe sur le lit, puis me chevauche.

Sa douceur contre ma noirceur. Sa lumière s'enroulant autour de mes ténèbres. Lentement, sa main prend ma joue en coupe. À ce moment-là, je me rends compte que je serais effectivement prêt à tout foutre en l'air pour elle. Parce que désormais, c'est elle et moi. Elle et moi contre le reste du monde.

– Lachlan ? dit-elle d'une voix émue.

Mes yeux s'arriment aux siens, si beaux et paisibles, et je comprends qu'elle a entendu la conversation.

– Laisse-moi m'occuper de toi.

Ses paumes encadrent mon visage tandis qu'elle répète mon prénom, avant de m'embrasser.

Une fois.

Deux fois.

Telles les pulsations régulières de son cœur qui progressivement ramènent le mien à la vie.

– D'accord.

CHAPITRE 37

ERYNN

– D'accord…

Un mot, un seul, qui a le pouvoir de donner une résonance nouvelle à ce qui se tisse entre nous. Lachlan Cameron, avec ses deux mètres de fierté abrupte et cent kilos de muscles, s'abandonne à moi.

Toutefois, la douleur dans ses yeux demeure intacte.

Même si j'ai entendu leur conversation, j'avoue que je n'ai pas tout compris. Des dizaines de questions tourbillonnent dans ma tête, mais là, tout de suite, ce n'est pas le bon moment pour les poser, alors je fais taire mon esprit inquisiteur et resserre mon étreinte autour de lui dans l'espoir de recoller les petits fragments épars de son âme.

Je reprends mes baisers le long de son cou et de la ligne de sa mâchoire rendue râpeuse par sa barbe. Je caresse sa peau, mes paumes comme un pansement sur ses blessures invisibles. Lachlan pousse un profond soupir, puis je sens ses barrières s'effondrer les unes après les autres.

Ses mains rugueuses et puissantes s'aventurent sur le rebondi de mes fesses. Sa prise s'affirme autour de mes hanches, puis sur ma taille pendant que je m'échine à lui retirer son pull et son tee-shirt.

Pour l'instant, je ne veux penser à rien d'autre qu'à lui, à nous. Ne pas réfléchir à la situation compliquée au château, ni même à demain.

Je secoue la tête et fais abstraction de la pique lancinante qui s'est logée dans ma poitrine depuis que j'ai entendu Glenn parler en mon nom. Mon ami Glenn, un des premiers à m'avoir tendu la main ici, a suggéré que j'étais le problème et qu'il suffirait de m'écarter pour que tout rentre dans l'ordre…

Je m'affaire à déboucler la ceinture de Lachlan. Il n'oppose aucune résistance quand je le plaque contre le lit d'une légère pression sur la poitrine, là où tambourinent les battements fous et désordonnés de son cœur.

Une fois que je l'ai débarrassé de son jean, je me relève, me déshabille rapidement à mon tour, impatiente de le sentir en moi. Lachlan me contemple d'un regard voilé par le désir, le même désir qui parsème ma peau d'une fine chair de poule.

Il me souffle :

– Dans mon portefeuille.

Je comprends aussitôt le message.

Une fois le préservatif en main, je grimpe sur ses hanches et le déroule sur son membre que je guide à l'entrée de mon intimité.

D'une poussée, il est en moi, réclamant tout ce que je suis prête à lui accorder.

Je gémis et renverse la tête en arrière sous ses assauts délicieux qui font grésiller toutes mes terminaisons nerveuses.

– Foutrement belle…

L'envie qui coule dans mes veines est devenue un besoin urgent, elle dévale le long de mon épine dorsale et se niche dans mon ventre. Je me penche en avant, m'imbrique davantage à lui, et capture sa lèvre inférieure entre mes dents.

– Promis, je ne te mordrai pas cette fois.

– Mords-moi si tu en as envie, griffe-moi, prends tout ce que tu veux de moi tant que tu ne t'arrêtes pas.

Je saisis l'invitation qu'il me tend et laisse ma bouche s'égarer sur la courbe de sa clavicule, puis le rebondi de son épaule, et alterne entre baisers et coups de langue. Lachlan se retire entièrement pour ensuite s'enfoncer durement. Il va et vient en moi, si bien que je ne peux m'empêcher de crier d'extase.

C'est si bon, Seigneur…

Puis très vite, trop fort, nos mouvements s'accélèrent, se font plus ardents, possessifs et affamés.

– Lachlan… encore.

Soudain, tout explose autour de moi, et mon âme s'éparpille en une pluie d'étoiles scintillantes.

Un vertige me saisit et je retombe comme une masse sur le torse moite de Lachlan. C'est ensuite tout naturellement que sa bouche vient chercher la mienne afin de mêler nos souffles désordonnés.

Il se lève, sort du lit et se rend dans la salle de bains. Quand il revient une minute plus tard, son bras s'insinue sous mes genoux, l'autre autour de ma taille, puis il me soulève et m'emmène.

– Qu'est-ce que tu fais ?

– Je n'en ai pas fini avec toi, déclare-t-il en nous conduisant dans la salle de bains.

Deux puissants orgasmes auront eu raison de moi. Je suis délicieusement lovée dans les bras de Lachlan et me perds dans la contemplation d'une volute de vapeur qui s'échappe de la surface de l'eau.

La baignoire est suffisamment grande pour nous accueillir tous les deux, je suis allongée entre ses jambes, mon dos reposant contre son large torse. Bercée par les mouvements de sa poitrine, je pousse un profond soupir de bien-être. Au creux de ses bras, j'ai la sensation d'être à la maison.

Le silence est rompu uniquement par les clapotements provoqués par ses doigts qui dessinent des cercles invisibles sur l'intérieur de mes cuisses.

– Tu as entendu Glenn tout à l'heure, n'est-ce pas ?

J'opine lentement, sachant pertinemment que je n'aurais pas dû écouter une conversation privée.

– C'est ce que je pensais, murmure-t-il.

– Je ne voulais pas vous espionner, enfin… ce n'était pas mon intention. Est-ce que tu m'en veux ?

Lachlan glisse une mèche derrière mon oreille et m'embrasse sur la tempe.

– Ce n'est pas à toi que j'en veux.

Après quelques secondes de silence, je partage à haute voix mes pensées :

– Je suis nulle en dessin. Même si ma mère était une merveilleuse artiste, je te garantis que je n'ai pas hérité de son talent.

– Tu n'as pas besoin de te justifier. Je n'ai jamais pensé que ça pouvait être toi, ni la première fois ni la seconde. Je te promets qu'on retrouvera les responsables de cette mascarade.

Sa confiance provoque en moi un intense sentiment de soulagement.

– Ne me dis pas que tu en doutais ?

– Non, malgré les apparences, je sais que tu m'as toujours crue alors merci d'être de mon côté. Ça compte énormément pour moi.

Je tends ma main vers la sienne et la presse quelques secondes dans un geste tendre de reconnaissance.

– Tu n'as pas à me remercier. J'ai appris à te faire confiance, et même si j'ai émis des doutes sur ta sincérité au début de notre mariage, ils se sont envolés depuis. Mais il y a une dernière chose que j'ai besoin de savoir.

Je pivote légèrement pour le regarder par-dessus mon épaule.

– Je t'écoute.

– Pourquoi t'es-tu mariée avec moi ?

Je me retourne dans ses bras afin de me retrouver face à lui et prends sur moi afin de ne pas me laisser distraire par le tableau saisissant qu'il m'offre. C'est si facile de se perdre dans les splendides tatouages qui recouvrent son pectoral gauche et la totalité de ses bras. Et ses cicatrices n'entachent en rien la beauté de son corps.

Le sourire en coin qui apparaît à la commissure de ses lèvres liquéfie des zones de mon corps qui ne sont pas censées se liquéfier. Comme mon cœur, mes poumons, mon bas-ventre… et la liste est encore longue.

– Erynn, un problème ?

– Hum… Avant de parler de tout ça, peut-être devrais-tu remettre ton tee-shirt ? Ou mieux encore : sortons de l'eau.

Nous avons besoin d'avoir une conversation sérieuse, ce qui risque d'être difficile si je suis sans cesse distraite… par lui.

***

– Je l'ai fait pour mon père. C'est pour lui que j'ai accepté de me marier à un homme que je ne connais pas. Et si c'était à refaire, je le referais dix fois, cent fois s'il le fallait.

Nous sommes dans son lit, allongés l'un en face de l'autre. Vêtue d'un tee-shirt trop grand pour moi que je lui ai emprunté, j'entortille nerveusement une de mes mèches autour de mon doigt.

– Mais ton père a déjà dû tout te raconter, je suppose.

– Il ne m'a rien dit, déclare-t-il en glissant son doigt paresseusement le long de mon bras nu. Mon père n'est pas un modèle d'éloquence, et comme tu as pu le constater, moi non plus.

Je prends une profonde inspiration et lui livre toute la vérité.

Ma vérité…

Que mon grand-père nous a quittés en laissant derrière lui une montagne de dettes contractées auprès des Cameron. Que mon père n'était pas au courant avant la lecture du testament. Qu'on risquait de lui prendre tout ce qu'il possède, ce pour quoi il avait travaillé sa vie durant. Qu'il m'était intolérable de le voir en détresse.

– Angus m'a proposé une alternative. Effacer notre dette si je t'épousais. J'ai accepté parce que je ferais tout pour mon père. Tu dois comprendre qu'il a tout sacrifié pour pouvoir continuer à m'élever et pourvoir à mes besoins, malgré la distance. Mes parents se sont séparés quand j'avais sept ans et ma mère m'a emmenée vivre avec elle dans un appartement de la banlieue de Londres. Mais elle vivait au-dessus de ses moyens. En fait, je crois qu'elle n'a jamais réussi à s'adapter à une vie « normale ».

Trouver un travail, payer ses factures, faire les courses, préparer à manger… Toutes ces choses du quotidien qui impliquent une routine étaient trop contraignantes pour son esprit libre.

Replonger dans ces souvenirs brouille légèrement ma vue, mais la main douce de Lachlan sur ma joue m'encourage à poursuivre.

CHAPITRE 38

LACHLAN

Erynn fronce son nez parsemé de taches de rousseur et replonge dans ses souvenirs.

– Comme je te le disais, maman était une artiste.

Je note l'emploi du passé, et la tristesse dans ses yeux confirme mes doutes.

Sa mère est morte.

– Et elle était vachement douée, tu aurais vu ses toiles, il y avait toujours plein de couleurs. Elle aimait tout ce qui est lumineux et coloré, elle disait que c'était pour compenser le ciel gris de Londres. Elle était géniale, adorait l'été, les coccinelles et Julia Roberts. Tous les vendredis, elle allait chez Tesco et nous achetait des cochonneries avec l'argent des toiles qu'elle parvenait à vendre, et on tirait au sort un film avec Julia Roberts. Elle me préparait du pop-corn licorne en y ajoutant du colorant. D'ailleurs, avec le recul, je me demande si ce n'était pas mauvais pour la santé de consommer autant de colorants artificiels, plaisante-t-elle.

Son sourire n'atteint pas ses yeux.

– Enfin, c'était tout Arabella Wallace. Elle vivait à fond sa passion. L'ennui, c'est qu'on a beau vivre comme dans un rêve, il y a un moment où la réalité nous rattrape. Et la réalité est venue frapper à notre porte un matin où ma mère était absente. J'ai raconté aux huissiers qu'elle était chez le médecin alors qu'elle était partie peindre au bord de la Tamise. J'ai immédiatement appelé mon père qui a pris le premier avion pour nous rejoindre et c'est comme ça qu'il a su que ma mère ne payait pas ses factures. Elle ne gagnait pas assez avec ses toiles et les factures s'accumulaient. En dehors de nos super vendredis, le frigo était le plus souvent vide.

– Tu avais quel âge ?

– Huit ans.

Un an après que ses parents se sont séparés.

– Et ton père ? Qu'est-ce qu'il a fait ?

– Il s'est occupé de tout. Il a réglé les loyers en retard, payé toutes les factures, il nous a acheté des meubles et a rempli le frigo. Et ce jour-là, pour la gamine que j'étais, mon père est devenu un vrai superhéros. Il l'est toujours.

Je comprends pourquoi elle parle de lui avec autant d'admiration.

– Après ça, il a supporté tous nos frais à Londres en plus des frais médicaux de mon grand-père et de l'entretien du domaine des Wallace. Et malgré tout ça, il trouvait le moyen de venir me voir pour les fêtes et mes anniversaires. Il n'en a jamais manqué un. Dès que j'ai décroché mon diplôme, j'ai cherché immédiatement un travail. Je ne voulais plus être un poids pour lui.

Je vois bien que chaque mot lui demande un effort considérable pour ne pas craquer.

– Ma mère nous a quittés trois mois après l'obtention de mon diplôme, emportée par un cancer. Après son décès, j'ai quitté notre appartement pour emménager dans un minuscule studio. Bien sûr, c'était moins spacieux, mais ce qui m'importait, c'était surtout de pouvoir assumer le loyer toute seule.

Cette fois, elle ne retient plus les larmes qui s'échappent librement de ses beaux yeux bleus. Erynn est tout le contraire de ce à quoi je m'attendais, et bien loin de l'image de fille de la ville vénale que je m'en suis faite quand je l'ai rencontrée la première fois.

– La suite de l'histoire, tu la connais. Mon grand-père est décédé et ton père m'a proposé de t'épouser, en échange de quoi il effaçait notre dette.

– Viens, bébé.

Erynn ne se fait pas prier, glisse vers moi, et c'est tout naturellement qu'elle pose sa tête dans le creux de mon épaule, tandis que je niche mon nez dans ses cheveux pour en humer le délicat arôme fruité.

Elle reste comme ça un long moment pendant que je m'occupe de lui caresser la nuque, le dos, les épaules. Sa peau est douce, plus douce que de la soie encore.

Et soudain, en un battement de cils, elle se retourne pour me faire face et me contemple comme si j'étais le plus beau mec de la planète.

Pour un peu, je pourrais y croire aussi. Dans le reflet de ses yeux, j'arrive à oublier les cicatrices sur mon visage. Un immense sentiment de fierté gonfle dans ma poitrine et fait battre furieusement mon cœur. Je me sens redevenir l'ancien Lachlan, sûr de lui, de son physique, celui qui pouvait séduire n'importe quelle meuf de Fort William. Mais aujourd'hui je ne m'intéresse pas à n'importe quelle fille. Seulement à elle.

Je baisse la tête et fonds sur elle pour goûter le sel de ses larmes à la lisière de ses lèvres. Et quand elle répond à mon baiser avec la même fièvre, la température de mon corps grimpe de plusieurs degrés.

Sans arrêter de l'embrasser, je faufile ma main sous le tee-shirt qu'elle m'a emprunté et empoigne ses seins fantastiques et dressés dans ma paume.

Je roule entre mon pouce et l'index leurs pointes durcies et érigées vers moi.

– Lachlan…

Sa voix est une complainte délicieuse.

– Je suis à toi, mes doigts, ma queue, tout est à toi ! Tu n'as qu'à me dire ce que tu veux, murmuré-je contre sa bouche ouverte.

– Toi. C'est toi que je veux…

Je comprends « les deux ». Ma main glisse alors entre ses cuisses, caresse ses lèvres roses avant de les écarter pour y enfoncer un doigt.

J'avale ses cris, lui murmure à quel point elle est belle et me rend dingue, tandis que j'ajoute un second doigt en elle. Erynn renverse la tête en arrière, m'offrant la courbe érotique de son cou à portée de langue.

Très vite, nos corps se recouvrent d'une fine pellicule de sueur. Et quand ses gémissements se font plus suppliants encore, je retire mes doigts, déroule une capote sur ma queue et la pénètre aussitôt.

Pur sentiment d'extase.

Je n'ai jamais connu une baise aussi exceptionnelle avec une autre. D'habitude, mon schéma de fonctionnement est basique. Je veux, je prends. Simple et efficace.

Mais avec elle, c'est différent.

Elle m'obsède.

Quand son intimité se contracte sur ma bite, je redouble d'ardeur et elle crie mon nom jusqu'à l'extase.

Mon orgasme est tout aussi violent, il explose tout sur son passage, mes neurones déclarent un black-out total et mes bras tremblent tellement que je me laisse tomber sur le côté, en ramenant Erynn contre moi pour qu'elle pose sa tête sur ma poitrine.

En fait, Erynn détraque ma perception des choses. Après tout, peut-être bien que c'est vraiment une sorcière… En tout cas, aujourd'hui, sa seule présence a eu le pouvoir de m'apaiser.

CHAPITRE 39

ERYNN

Alors que nous nous promenons Lachlan, Bonnie et moi dans le parc du château, j'ai tout le loisir d'observer mon mari interagir avec sa nièce. Drôle et attentionné, il me dévoile une nouvelle facette de sa personnalité. Je découvre qu'il adore raconter des histoires à sa nièce, des histoires de chevaliers et de Highlanders comme elle les aime. C'est lui qui a organisé cette sortie qui permet à la mère de Bonnie de se reposer.

Grace n'est pas bavarde, elle est souvent enfermée dans le silence. D'après ce que j'ai compris, elle a changé après la perte tragique de son mari, le frère de Lachlan. Mais comme il n'en parle jamais, j'évite tout simplement d'aborder le sujet.

Sa fille est tout l'inverse : vive, spontanée et toujours de bonne humeur. Assis sur l'herbe, nous l'observons tandis qu'elle marche en équilibre sur une bordure telle une funambule, les bras ouverts afin de maintenir son équilibre. Quand elle arrive au bout du parcours improvisé, elle bondit de son perchoir et salue comme une gymnaste sous nos applaudissements.

– Bravo, Bonnie ! l'acclamé-je.

– Appelez-moi désormais Lady Morgane Pendragon, déclare-t-elle en saisissant une branche pour l'agiter en guise de baguette.

– Qu'est-ce que tu as contre ton prénom ? lui demande son oncle, allongé sur l'herbe, les mains derrière la nuque.

– À l'école, tout le monde se moque de mon prénom en disant qu'il est moche.

Lachlan se redresse aussitôt.

– Viens par ici, mon ange.

La petite trottine jusqu'à nous et se laisse tomber sur les genoux de son oncle.

– Qui t'a raconté un tel mensonge ? Ton prénom est un hommage à un héros écossais, tu te souviens que je t'ai raconté son histoire ?

Bonnie opine en soupirant.

– Oui, plein de fois déjà.

– Je veux bien l'écouter, moi ! déclaré-je en adressant un clin d'œil complice à Lachlan.

Ce dernier se racle la gorge de façon solennelle, ce qui a le don d'amuser Bonnie.

– Le 23 juillet 1745, Charles Édouard Stuart, dit Bonnie Prince Charlie, débarque secrètement en Écosse. Le jeune prince de vingt-cinq ans s'est donné une mission : il veut inciter les Écossais à se soulever contre l'usurpateur anglais et reprendre les trônes d'Écosse et d'Angleterre. Et tu sais quoi ? Il conduira les féroces Highlanders de victoire en victoire. Tu portes le nom d'un héros, ne l'oublie jamais !

– Ton oncle a entièrement raison, tu portes un prénom magnifique, alors ne laisse personne t'en faire douter. Et puis pour ceux qui disent du mal de toi, garde en tête que ce ne sont que des jaloux.

Bonnie finit par hocher la tête, à demi-convaincue, afin de retourner jouer sur la rambarde et ne plus se préoccuper de nous.

Je me penche vers Lachlan et caresse sa mâchoire.

– J'ai adoré ton histoire. Je trouve que tu es un merveilleux tonton.

Il me retourne un regard aguicheur et murmure dans mon cou :

– Merci, mais tu sais à quoi je suis encore plus merveilleux ?

– Mince, je suis nulle en devinette ! le taquiné-je en faisant mine de réfléchir.

Lachlan frotte son nez sur le carré de peau sensible, juste sous mon oreille et souffle d'une voix rauque :

– Entre tes jambes.

S'il était facile de rester impassible face au Lachlan bourru et impitoyable, je crains qu'il me soit très difficile de ne pas succomber à celui que j'ai désormais devant moi, charmeur et taquin. Résultat, mon cœur s'emballe comme s'il menaçait de se décrocher.

Lorsque le soleil disparaît à l'horizon, nous décidons qu'il est temps de rentrer. Lachlan m'attire vers lui.

– Je vais raccompagner Bonnie dans sa chambre, et que dirais-tu qu'on se retrouve ensuite, rien que tous les deux ?

Je fais semblant de réfléchir.

– Ça dépend, avec ou sans vêtements ?

Le sourire carnassier qu'il m'offre est explicite. Quoi qu'il porte, Lachlan a un corps divin, mais je le préfère sans rien sur le dos et en train de me faire perdre la tête.

– Dépêche-toi ! murmuré-je contre ses lèvres.

Tandis que je me dirige vers ma chambre, je sors mon téléphone de ma poche et découvre les photos que Jill m'a envoyées. Il s'agit de l'affiche de son prochain spectacle, où elle aura un solo pour la première fois.

Je la félicite avant de lui envoyer un autre message auquel j'ajoute un smiley afin de ne pas la faire flipper.

Je crois que je fais une crise cardiaque.

Sa réponse ne tarde pas à venir.

Ça tombe bien parce que je viens
de m'enfiler la dernière saison
de Grey's Anatomy. *Tes symptômes ?*

Pouls qui bat à tout rompre
et souffle court.

Ça arrive quand ?

Quand il est près de moi.
Je suis peut-être allergique
à son parfum… ou à lui ?

Quelques secondes plus tard, mon téléphone vibre dans ma main.

Ma poule, tu n'es pas allergique,
et ton cœur va bien.
Tu es en train de tomber amoureuse.

Sa réponse me laisse perplexe. Suis-je réellement en train de tomber amoureuse de Lachlan ?

Je trouve ma chambre du premier coup et me laisse tomber sur le lit. Il me suffit de penser à lui pour qu'une foutue nuée de papillons prenne ses aises dans mon ventre.

Je laisse retomber ma tête en arrière,

– Oh, bordel… je crains que Jill ait raison.

Lachlan apparaît dans l'embrasure de la porte et, d'une voix rocailleuse à souhait, me demande :

– À propos de quoi ?

Je pivote sur le côté pour lui faire face.

– Du fait que tu sois un connard et que je devrais rentrer à Londres sur-le-champ.

En une seconde, Lachlan est sur moi, sa langue dans ma bouche et sa main se faufilant sous la couture de mon jean.

– On verra si tu auras toujours envie de me quitter quand je t'aurai fait jouir.

Ce soir-là, nous n'avons regardé aucun épisode de *How I Met Your Mother*, Lachlan étant trop occupé à tenir sa promesse, et moi, à crier son nom.

***

Le lendemain, installée devant mon ordinateur, je croise les jambes afin de calmer les pulsations de mon bas-ventre et tente de me concentrer sur le clavier.

Je travaille sur le nouvel argumentaire qui apparaîtra en page d'accueil du site internet de la distillerie. Et très franchement, je suis obligée de revenir constamment en arrière à cause de mon esprit contaminé par les souvenirs de ce matin, quand Lachlan et moi avons pris notre bain ensemble.

Les images sont si vivaces que mes joues s'échauffent. Je n'ai jamais connu une telle communion avec un homme. C'est comme si Lachlan et moi étions connectés à un niveau cosmique. Ça peut sembler complètement insensé, et j'étais loin de m'y attendre, mais le sexe avec mon mari est démentiel. Notre relation a pris un tournant inattendu, nous faisant passer d'ennemis à amants en l'espace de quelques semaines.

– Laisse-moi deviner. Tu repenses à notre baise torride d'hier soir ?

– Pas du tout, monsieur le prétentieux. Crois-le ou non, mais je ne passe pas mes journées à fantasmer sur nos parties de jambes en l'air.

Il s'approche de mon bureau, se baisse à ma hauteur et ses lèvres frôlent les miennes avec une lenteur calculée. Ne pas l'embrasser me demande un effort de tous les diables.

– Ça fait quoi, d'être une adorable menteuse ?

Alors que je m'apprête à m'offusquer, Lachlan pose son doigt sur ma bouche pour m'arrêter.

– Bébé, je peux sentir ton cœur cogner d'ici.

Je pousse un long soupir et finis par admettre :

– Bon d'accord, je pensais à ce matin. Voilà, tu es content ?

Lachlan à genoux s'affairant entre mes jambes pendant que je suis en équilibre sur le bord de la vasque.

– Tu vas quelque part ? demandé-je pour changer de sujet.

Lachlan s'assied et m'attire sur ses genoux.

– J'ai rendez-vous à l'aciérie avec l'architecte qui doit se charger de la rénovation de l'espace de vie des employés. J'en aurai pour deux heures, peut-être moins.

Son souffle caresse ma nuque et déclenche un frisson délicieux qui galope le long de mon épine dorsale.

– Tu comptes t'y rendre seul ?

Il secoue la tête, son front appuyé contre mon épaule.

– Misha vient avec moi.

– D'accord. Des nouvelles de Glenn ?

Depuis que ce dernier lui a suggéré de me renvoyer chez moi sans ménagement, Lachlan ne décolère pas.

– Lachlan ?

– En fait, je me demande si tu poses la question sérieusement ou si tu plaisantes.

– C'est ton cousin. Et très franchement, je me sens super mal d'être la raison de votre brouille. S'il te plaît, tu ne vas pas lui en vouloir indéfiniment quand même, si ?

– La vraie question, c'est pourquoi *toi* tu ne lui en veux pas ?

– Je sais par Misha qu'il culpabilise à mort. Et dans les faits, il n'a cherché qu'à protéger les intérêts de ta famille. En plus, ton père est parvenu à calmer le jeu avec les Macfarlane, donc pour l'instant nous sommes tranquilles, tu devrais songer à passer l'éponge.

En effet, Angus a promis que nous retrouverions le coupable et, contre un joli chèque de dédommagement, Moira et son fils ont accepté de ne pas porter plainte. Enfin, pour le moment.

– Lachlan, dois-je te rafraîchir la mémoire ? Toi aussi tu voulais que je déguerpisse au début de notre mariage, tu sembles l'oublier. Tu ne crois pas que tu aurais proposé la même chose, s'il avait été à ta place ?

– S'il avait été à ma place ? C'est avec lui que tu voudrais être mariée ?

Nullement impressionnée par son accès de possessivité, je dépose un baiser au coin de ses lèvres.

– Tu sais quoi ? Si tu en as fini avec ton numéro de Conan le Barbare, je te prierai de m'excuser, j'ai un coup de fil important à passer.

– En réalité, j'avais autre chose en tête, déclare-t-il en remontant ses doigts le long de ma cuisse. Dans combien de temps, ton appel ?

Je jette un coup d'œil à ma montre pour vérifier.

– Dix minutes.

Un grand sourire apparaît sur sa bouche gourmande.

– Challenge accepté !

– Toi, tu vas être privé de série si tu continues à utiliser toutes les répliques de Barney.

– Tu ne peux pas me faire ça, tu m'aimes trop pour me punir.

J'ai une seconde de flottement pendant laquelle je me demande s'il plaisante ou s'il a vu clair dans mon jeu. Au fond de moi, je sais parfaitement qu'il m'est impossible de lui résister.

Dans ces moments-là, je me plais à imaginer un avenir entre nous, la possibilité de rester ici après la fin du contrat. Et si je ne repartais pas ? Qu'en penserait Lachlan ?

Nous n'en avons jamais discuté, mais notre relation a évolué et pris un tournant inattendu. Tout a changé… et désormais, notre manière de nous comporter l'un avec l'autre ressemble à s'y méprendre à celle d'un couple, un vrai.

Mais lui ? Est-il encore capable d'éprouver de tels sentiments ?

CHAPITRE 40

ERYNN

Après plusieurs semaines de compétition, l'heure de la dernière épreuve des jeux des Highlands a enfin sonné.

Le frère de Kennocha n'a malheureusement pas fait long feu, il est arrivé dernier aux deux épreuves auxquelles il a participé, le lancer en hauteur et le lancer de pierre. Il est donc rentré définitivement à Galston, en se promettant de mieux réussir l'année prochaine.

Par ailleurs, je l'avoue, je n'ai plus assisté à toutes les épreuves, seulement celles auxquelles participait Lachlan.

– Je n'arrive pas à croire que c'est bientôt fini, déclaré-je à l'attention de Misha, les yeux rivés sur Lachlan au milieu de l'arène.

Il porte son kilt ainsi qu'un tee-shirt dont il a relevé les manches jusqu'aux coudes. Il masse son épaule qui lui fait encore quelques misères, mais

Lachlan est bien trop têtu pour déclarer forfait. Alors il est là, envers et contre tout bon sens.

Ils étaient une centaine de participants au début des jeux, ils sont désormais une petite dizaine autour de Lachlan pour la dernière épreuve, celle du porter de rocher. Avec un seul essai par joueur, puis un second si nécessaire pour les départager, ils se tiennent tous derrière la ligne de départ.

Près de moi, Bonnie est debout sur son siège, ses prunelles vertes débordant d'admiration pour son oncle.

Lachlan se place sur la ligne. Tandis que tout le monde retient son souffle, il saisit à bout de bras le premier rocher, le hisse sur sa poitrine et parvient à le laisser retomber à l'intérieur d'un pneu posé sur un tonneau à bière.

– Je déteste cette épreuve, déclaré-je tout en triturant mes doigts, morte d'inquiétude.

Misha se penche vers moi afin de me rassurer.

– Ne t'en fais pas, Lachlan est robuste.

Je me tourne vers lui, et surprends ses yeux brillants d'émotion. Je comprends alors qu'il est aussi angoissé que moi, mais qu'il ne veut pas le montrer pour éviter de me terrifier davantage.

Je presse son épaule afin de le remercier silencieusement de son soutien et soudain, je remarque un détail. Une chose à laquelle je n'avais pas prêté attention avant. Les doigts de Misha sont étroitement liés à ceux de Grace.

Un léger sourire flotte sur mes lèvres alors que je reporte mon attention sur mon mari qui se démène pour hisser le dernier rocher. Quand il y parvient, l'arbitre siffle et annonce le temps.

– Trente et une secondes et sept centièmes.

C'est plus que celui qui est passé juste avant lui, un joueur venant d'Inverness qui participe pour la troisième fois et arrache le titre. Malgré une belle prestation, Lachlan est deuxième.

Bien qu'il ait perdu, il se dirige immédiatement vers son concurrent pour le féliciter, avant de le laisser profiter d'un bain de foule rythmé par le chant des cornemuses.

Mon cœur bat à tout rompre dans ma poitrine tandis que je le rejoins, fière de lui et de son parcours exemplaire malgré sa blessure. Il m'est de plus en plus difficile de cacher mes sentiments pour lui, et même si je ne les lui ai pas encore avoués, j'ai parfois le secret espoir qu'il partage les mêmes. Pour l'instant, il ne m'en a rien dit.

Lachlan m'accueille dans ses bras et nous nous rendons avec les autres spectateurs vers le buffet qui est disposé sous de grandes tentes.

Je sirote mon cocktail en écoutant d'une oreille distraite les analyses des uns et des autres sur la compétition. Lachlan est debout à mes côtés, le bras autour de ma taille. Je n'ai participé à aucune épreuve, pourtant tous les muscles de mon corps sont délicieusement engourdis, souvenir de la nuit dernière. Repenser à ce moment me fait immédiatement piquer un fard.

Heureusement, les garçons sont occupés à discuter, ce qui me permet de reprendre contenance en toute discrétion.

– Tu as fait un beau parcours, cousin, lance Misha avant d'avaler un cube de cheddar.

Tout le monde approuve d'un hochement de la tête.

Je saisis un scone, l'ouvre et tartine l'intérieur de confiture à la myrtille, puis le tends à Lachlan qui prend une bouchée de dinosaure.

– Merci, mon cœur, murmure-t-il en embrassant ma tempe.

Je ne grimace plus lorsqu'il prononce ce petit nom qu'il utilisait pour m'agacer au début de notre relation.

– C'est marrant parce qu'on dirait que tu n'as pas l'air déçu, remarque Glenn. À ta place, je l'aurais eu mauvaise d'avoir été balayé par un novice.

Je fronce les sourcils, aussitôt. Mais bon sang, qu'est-ce qui lui prend ? La ceinture de son kilt est trop serrée et le sang n'irrigue plus son cerveau ou quoi ?

Debout près de Lachlan, Misha se penche vers lui et lui donne une tape amicale sur l'épaule.

– Normal, son trophée, il l'a déjà entre les mains ! Pas vrai, cousin ?

Puis d'ajouter :

– C'est un vrai plaisir de te voir enfin heureux. Il était temps que tu t'autorises à vivre à nouveau. Ce bonheur, tu le mérites.

Glenn avale d'un trait son verre de whisky, s'en ressert un second et secoue la tête.

– Moi, je dis que Lachlan a perdu sa gnaque.

– Qu'est-ce que tu viens de dire ? demande Lachlan en se redressant.

Étrangement, il ne s'adresse pas à Glenn, mais à Misha.

– Rien, à part que tu mérites d'être enfin heureux, ajoute-t-il, ému.

Lachlan glisse une main dans ses cheveux, l'air ailleurs. Je remarque qu'il est soudain tendu. Un voile sombre recouvre ses yeux.

– Lachlan, quelque chose ne va pas ?

– Non, ça va. Tout va parfaitement bien. Tu m'excuses une minute ?

Il quitte brusquement la tente et Glenn avale cul sec son verre en ricanant.

– Qu'est-ce que je vous disais, il a complètement perdu sa gnaque !

Je n'apprécie pas du tout son comportement, mais c'est un autre Cameron qui me préoccupe pour le moment.

– Excusez-moi, déclaré-je à mon tour en quittant la tente pour partir à la recherche de Lachlan.

Je souhaite simplement m'assurer qu'il va bien. Je vérifie dans l'arène en premier, mais il ne reste plus personne. J'essaie dans le parc, là où nous avons l'habitude de nous promener avec Bonnie, mais sans succès. Je retourne au château et vérifie dans la salle à manger, la cuisine, la grande salle, nos chambres et même le pavillon des invités. Lachlan est introuvable et surtout, il ne répond pas au téléphone.

D'instinct, je prends la direction des bureaux, espérant le trouver là-bas en dernier recours, mais il n'est nulle part en vue.

Je ne comprends pas où il a bien pu se volatiliser et surtout la raison qui l'a poussé à disparaître de la sorte. J'hésite à poursuivre les recherches, puis me ravise. Puisque je suis là, je vais rester travailler afin de m'occuper l'esprit. Je sais que rien de grave ne peut lui être arrivé et s'il a disparu, c'est uniquement parce qu'il l'a choisi. Je suppose que sa défaite l'a finalement plus affecté qu'il n'a voulu le montrer… À ce stade, je ne vois pas d'autre explication.

En fin d'après-midi, Angus frappe à la porte de mon bureau, puis entre.

– Des nouvelles de Lachlan ? l'interrogé-je aussitôt.

– Non, ma fillc. J'allais justement te demander la même chose.

Je laisse échapper un profond soupir. Je mentirais si je disais que je ne suis pas inquiète.

– Vous auriez une idée d'où il peut être ?

Mon beau-père secoue la tête, désolé, tout en fixant le tartan que je porte toujours.

– Tu t'inquiètes sincèrement pour mon fils, n'est-ce pas ?

J'acquiesce aussitôt. Évidemment… Je n'ai plus de nouvelles de lui depuis des heures et la dernière fois que je l'ai vu, il n'avait pas l'air dans son assiette.

Un sourire triste flottant au coin de sa bouche, Angus se laisse tomber sur le fauteuil face à moi.

– Tu lui ressembles tant… fait-il.

– Pardon ? Angus, vous allez bien ?

L'espace d'une seconde, son regard se trouble et au lieu de répondre à ma question, il murmure doucement, comme s'il réfléchissait à haute voix.

– Quand je te vois aussi soucieuse, j'ai l'impression de revenir des années en arrière, le jour où Arabel…

Quoi ?

Je relève la tête au même instant, surprise d'entendre le prénom de ma mère dans sa bouche. Mais il s'interrompt brusquement et s'apprête à se lever.

– Angus, s'il vous plaît… Qu'alliez-vous dire ?

– Rien. Rien du tout. J'étais tout simplement perdu dans mes pensées.

Ou dans le passé ?

– Vous alliez dire : « Arabella », n'est-ce pas ?

– Je ferais mieux d'y aller.

– Vous la connaissiez ? insisté-je.

Je ne cède pas et le scrute si intensément qu'il finit par opiner.

– Mais comment ?

Après quelques secondes d'un long silence, Angus lève vers moi des yeux brillants.

– Vous étiez proches ? Est-ce que vous étiez amis ?

– Pour tout te dire, nous étions plus que ça.

Sur le coup, je pense avoir mal compris.

– Que voulez-vous dire ?

Devant son silence, je m'éclaircis la voix et ajoute :

– S'il vous plaît, Angus. Je veux savoir.

Ce dernier fixe un point imaginaire dans mon dos et, après quelques secondes, il verrouille ses yeux bleus aux miens.

– En réalité, nous avons failli nous enfuir ensemble.

– Vous enfuir ? Je ne comprends pas. Comment est-ce possible ? N'était-elle pas déjà mariée avec mon père. Oh mon Dieu ! Ne me dites pas qu'elle et vous, que vous et elle… que vous aviez une aventure… et que je suis votre…

Une violente nausée me saisit à la gorge. L'idée que Lachlan et moi puissions avoir un lien de parenté me révulse.

– Non, je ne suis pas ton père, Erynn, sois rassurée. Ta mère et moi, nous nous sommes rencontrés à Galston après qu'elle a épousé ton père.

Le soulagement est immédiat.

– À l'époque, Lachlan était tout petit, mais avec sa mère, c'était compliqué. Cela faisait déjà plusieurs années que nous n'étions pas heureux, et la naissance de notre fils a été difficile à gérer pour mon épouse. Ça l'a plongée dans une profonde dépression. Mais malgré tout, je n'avais jamais songé à aucune autre femme. Et puis un jour, Arabella est entrée dans ma vie. Comment décrire les sentiments qui m'ont traversé à la seconde où mes yeux se sont posés sur elle ? Ce fut violent, soudain et inattendu. Impossible de détourner mon regard de cette femme à la chevelure flamboyante qui n'arrêtait pas de sourire. Elle était si belle… Je ne voyais plus qu'elle. Après ça, nous nous sommes revus lors de différents événements et à chaque fois, il m'était impossible de me concentrer sur autre chose qu'elle.

– Je ne comprends pas. Et mon père dans tout ça ?

– Erynn, ces choses-là, ça ne se contrôle pas. Lorsque j'ai compris que nos sentiments étaient réciproques, j'ai cru que mon cœur allait se décrocher tant j'étais heureux. J'étais prêt à tout pour elle. Mais ça n'a pas été plus loin, parce que ta mère a découvert qu'elle t'attendait. Et malgré les sentiments que l'on éprouvait l'un pour l'autre, elle a refusé de quitter ton père. J'ai appris quelques années après qu'elle avait finalement décidé de partir en t'emmenant. Je ne l'ai plus jamais revue après ça. Voilà toute l'histoire. Ma femme n'en a rien su, et même si elle se doutait de quelque chose, elle n'a jamais osé me poser la question.

Il me faut un moment pour assimiler les aveux d'Angus. Je ressens un cocktail de sentiments violents : colère, tristesse… Malgré tout, je suis profondément touchée par la sincérité dont il fait preuve.

– Vous l'aimez encore ?

– Je le crois bien. Je suppose que lorsque l'on aime à un tel degré, c'est pour toute la vie.

– Angus… j'ai besoin de savoir. Est-ce la raison pour laquelle vous m'avez proposé d'épouser votre fils ?

Je vois aussitôt que ma question le met mal à l'aise.

– Peut-être. Il se peut qu'une infime partie de moi ait pensé que, puisque je n'ai pas pu connaître le bonheur avec ta mère, mon fils pourrait au moins le vivre avec toi.

Je n'arrive pas à le croire ! Ma mère et Angus. Ma mère et le père de Lachlan.

Pourquoi ne m'en a-t-elle jamais parlé ? Et mon père, dans tout ça ?

– Je suis désolé, je ne voulais pas te tourmenter avec ces souvenirs du passé. Tu as insisté, et je crois que j'avais besoin de parler d'elle. De te confier ce que j'ai gardé pour moi durant toutes ces années.

J'accuse le coup. Angus semble hésiter un instant puis se lève, quitte la pièce d'un pas lourd et me laisse seule, l'esprit en ébullition.

Les révélations qu'il vient de me faire tourbillonnent dans mon esprit. Je reste là, face au vide, pendant je ne sais combien de temps, songeant à ma mère et à Angus. À leur amour impossible, à ce qui aurait pu se passer entre eux si elle n'était pas tombée enceinte. Aurait-elle fini par quitter mon père ? Et mon cher père… se doutait-il de quelque chose ? L'imaginer seul et triste, abandonné par ma mère, me serre le cœur.

Je me lève d'un bond. Il faut que je sache s'il a eu vent de cette aventure, et seul Angus peut m'apporter une réponse.

Il ne peut pas lâcher une telle bombe et ensuite me laisser face à toutes mes questions. Une fois dans le couloir, je me dirige vers son bureau d'un pas décidé, espérant qu'il acceptera de me répondre.

Mais à quelques mètres de sa porte, une voix rauque que je pourrais reconnaître entre mille me parvient.

Lachlan.

CHAPITRE 41

ERYNN

Je m'apprête à débouler dans le bureau et à me précipiter dans ses bras afin de vérifier qu'il n'a rien, avant de lui passer un savon mémorable pour m'avoir laissée sans nouvelles. Mais alors que j'approche, la conversation me parvient plus distinctement.

– Tu m'as très bien compris. On arrête tout, c'est terminé, je veux qu'elle rentre chez elle.

Pardon ? Qui ça, « elle » ? De qui parle-t-il ?

– Mais, enfin… Tu n'es pas sérieux, Lachlan. Pourquoi maintenant ? Il est arrivé quelque chose ?

– Tu n'as pas oublié ma promesse ? Je viens de la rompre.

– Que veux-tu dire ?

– J'avais refusé de m'en rendre compte, mais je ne peux plus me voiler la face, désormais. Il faut que ça cesse et immédiatement.

– Lachlan, réfléchis un peu. Maintenant que vous êtes amoureux l'un de l'autre, tu veux tout faire tomber à l'eau ?

Oh mon Dieu ! En fait, c'est de moi qu'il s'agit. J'ai l'impression que la terre s'ouvre sous mes pieds.

– Mais qu'est-ce que tu racontes ?

– J'ai fait ce qui devait être fait. Et à présent, Erynn et toi, vous vous aimez. Tout ce qu'il vous reste à faire, c'est de vivre heureux et de me faire un petit-fils. Un futur héritier qui assurera la pérennité du groupe. Et c'est maintenant que tu m'annonces que tu veux la renvoyer ? Je te l'interdis, Lachlan !

Je n'en reviens pas…

Malgré moi, toutes les pièces du puzzle s'imbriquent progressivement et le tableau m'apparaît avec plus de clarté.

– Je me fous de tes raisons, je veux que tout s'arrête, et dès aujourd'hui. Il faut qu'Erynn retourne chez elle. Je ne veux plus la voir, je me suis bien fait comprendre ?

Ses mots sont un coup de massue qui me fracasse le crâne et surtout le cœur. Je ne réfléchis pas et presse le pas en sens inverse, l'esprit embrouillé.

Donc, si j'ai bien compris, il était prévu que je tombe amoureuse de Lachlan ? Et lui, qu'en est-il de ses sentiments ? Suis-je uniquement un incubateur payé à prix d'or par Angus pour lui faire des petits-enfants ?

Trop d'émotions m'agitent, si bien que lorsque je croise Glenn, je ne lui prête pas attention. Je n'ai qu'un désir : mettre le plus de distance possible entre Lachlan et moi.

– Erynn, te voilà ! Tu as des nouvelles de mon cousin ?

Comment se fait-il qu'il sache toujours où me trouver ? Est-ce qu'il m'espionne ? Je suis blessée, contrariée, et je n'ai pas envie de faire le moindre effort pour discuter avec lui. Je n'ai que Lachlan en tête.

Lachlan qui a disparu une partie de la journée. Lachlan qui souhaite que tout s'arrête. Le même Lachlan qui n'a pas eu le courage de venir m'en parler en face… Chamboulée, j'avance au hasard, priant pour retrouver facilement ma route jusqu'à ma chambre.

Mais Glenn n'abandonne pas la partie.

– Merde, Erynn… Tu vas bien ? On dirait que tu as vu un fantôme.

Trop bouleversée pour pouvoir formuler le moindre mot, je me contente de le regarder, les yeux vides.

– OK, je vois que ça ne va pas. Allez, viens avec moi.

Je n'ai pas la force de résister et laisse Glenn me guider à travers les couloirs du château.

Il ouvre une porte, et je suis soulagée de constater que c'est bien celle de ma chambre. Son bras autour de ma taille, il m'accompagne jusqu'au lit. Je me laisse tomber sur le bord et frotte mon visage chiffonné par de stupides larmes.

– Merci de m'avoir accompagnée. Tu peux y aller, Glenn.

Le matelas se creuse et l'instant d'après, il glisse une mèche derrière mon oreille.

– Je vois bien que tu es bouleversée, ma belle. Tu veux m'en parler ?

Je me contente de faire non de la tête.

– Tu es dans cet état par *sa faute*, n'est-ce pas ?

Encore une fois, je me sens incapable de répondre. Je sais que sa conduite est inappropriée mais je n'arrive ni à bouger ni à réagir, je suis comme… sidérée.

– Ce mec est un putain d'idiot de faire pleurer une femme comme toi. Si j'étais à sa place…

– Merci, Glenn. Ça va, je vais bien. Tu peux y aller, le coupé-je brusquement. Je ne me sens pas bien et j'aimerais me reposer, si tu le permets.

– Bien sûr. Repose-toi. Je suis là.

Au lieu de partir, Glenn se rapproche jusqu'à ce que je sente son souffle sur ma joue.

Je n'aime pas ce que je ressens. Son étreinte se resserre et ajoute à mon malaise.

– Je ne peux pas te laisser comme ça. Je ne te l'ai jamais dit, mais tu comptes beaucoup pour moi, tu le sais, n'est-ce pas ? murmure-t-il, le nez dans mon cou.

À la seconde où je sens ses lèvres se presser sur la ligne de ma mâchoire, je m'écarte vivement, sans réfléchir.

Glenn et moi, nous nous sommes toujours bien entendus, mais ce genre de contact est beaucoup trop déplacé.

– Excuse-moi, Erynn. Je ne voulais pas te faire peur.

J'esquisse un pas en arrière afin de m'éloigner, mais à mesure que je recule, Glenn avance.

– Glenn, j'aimerais que tu partes.

Au lieu de m'écouter, il continue de se rapprocher si bien que, très vite, mon dos heurte le mur.

– Hé, tu n'as pas à avoir peur de moi. Jamais je ne te ferai de mal, déclare-t-il en se collant contre moi, mais tu dois savoir ce que je ressens.

Malgré la panique, je tente de contrôler ma respiration.

Devant moi, ce n'est plus le Glenn que je connais. J'ai l'impression de me retrouver face à un inconnu. Sa main descend sur mon épaule tandis que je perçois distinctement une odeur d'alcool. Pas de doute, il est saoul.

Je plaque mes paumes sur son torse pour l'éloigner de moi.

– Glenn, qu'est-ce que tu fais ? S'il te plaît, arrête.

Du coin de l'œil, je fixe la salle de bains entre ma chambre et celle de Lachlan, dont la lumière reste désespérément éteinte.

– Tu sais, j'aurais pu être à sa place… C'est moi qui aurais dû être à sa place.

Mais de quoi parle-t-il ?

– J'ai tout fait pour le bien de la famille et du groupe Cameron, et lui pendant ce temps, il ne trouvait rien de mieux à faire que de boire et de s'amuser. C'est à moi que mon oncle aurait dû confier la direction du groupe… J'aurais dû être à sa place, c'est moi qui aurais dû devenir le nouveau lochiel et t'avoir à mon bras… dit-il en effleurant mon visage de ses lèvres.

– Non, s'il te plaît. Glenn, non !

Lorsque ses lèvres s'approchent de la commissure des miennes, je contracte mon poing, prête à le frapper s'il le faut.

– Il ne voulait pas te laisser partir. Pourtant, j'ai tout essayé pour qu'il te libère de tes chaînes, même ces foutus dessins n'y ont rien changé…

J'écarquille les yeux.

– Parce que c'était toi ?

Mais brusquement, Glenn est tiré vers l'arrière. Et Lachlan apparaît dans mon champ de vision.

Un intense soulagement se diffuse dans mes veines à la seconde où je le vois.

– Fils de pute ! hurle-t-il en saisissant son cousin par le col de son tee-shirt et en lui décochant une droite. Connard, comment tu as pu ? Tu es mon cousin ! Mon cousin, bordel ! Toi et moi, nous avons grandi ensemble ! Comment tu peux poser tes sales pattes sur ma femme ? Je ne sais pas ce qui me retient de te démolir.

– Fais-toi plaisir, cousin. Après Finnlay, fallait bien que mon tour arrive.

– Ferme ta putain de gueule !

Glenn lâche un ricanement qui fait froid dans le dos.

– La vérité te fait peur, Lachlan ? Erynn doit savoir qui tu es vraiment. Un meurtrier.

Cette fois, mon mari lui colle son poing dans la figure, si bien que le sang jaillit de ses narines et de sa bouche.

Du sang…

– Prends toutes tes affaires et dégage ! Je ne veux plus jamais te voir ici ou je jure que je te tue ! articule Lachlan en fulminant de rage.

Glenn crache par terre, puis finit par sortir de la chambre en lançant à son cousin un regard meurtrier. Alors que l'odeur métallique du sang frappe mes narines, je chancelle.

Les bras de Lachlan s'enroulent autour de ma taille et me portent jusqu'à mon lit.

– Erynn, est-ce qu'il t'a fait du mal ?

– Non, parviens-je à articuler.

– Ça va ?

Cette fois, je fais oui de la tête, mais en fait ça nc va pas. Ça ne va pas du tout…

***

J'ignore l'heure qu'il est lorsque j'ouvre les yeux, mais je suis immédiatement soulagée de voir Lachlan. Il est assis à mon chevet, les sourcils froncés.

Lentement, la mémoire me revient. Je me souviens de tout, de la disparition de Lachlan, d'Angus qui débarque dans mon bureau, de la conversation entre lui et son fils, de ma peine incommensurable… Et de Glenn.

– Où est-il ?

– Il est parti. Il a quitté définitivement le château, je m'en suis assuré.

– C'était lui. Pour les dessins… c'était lui.

– J'ai tout entendu. Je suis désolé pour ce que cette ordure t'a fait, déclare-t-il sans la moindre trace d'émotion. Je ne l'aurais jamais cru capable d'aller aussi loin.

– Moi, non plus. C'était mon ami. Enfin, c'est ce que je pensais.

Après quelques minutes d'un lourd silence, Lachlan se racle la gorge et reprend :

– Erynn, je dois te parler.

– Je t'écoute.

– J'ai demandé à Alba de ranger toutes tes affaires.

– Mes affaires ?

– Tes bagages sont dans le coffre de la voiture. Misha va t'accompagner à l'aéroport. Ton vol est dans deux heures.

– Qu'est-ce que tu racontes ?

– C'est fini, Erynn. Tu vas pouvoir rentrer chez toi et ce dès aujourd'hui.

– Pourquoi tu fais ça, Lachlan ? Tu sais que…

Mais il lève la main pour m'interrompre.

– Tu n'as pas à t'inquiéter de la dette. J'ai réglé le problème avec mon père. Le contrat n'existe plus, tu es libre. Tu devrais recevoir les papiers du divorce dans quelques semaines.

Je vois qu'il a pensé à tout, sauf à mon cœur qu'il piétine.

– Bien.

C'est le seul mot que je parviens à murmurer alors qu'une boule énorme vient d'élire domicile dans ma gorge.

– Bien. Alors… au revoir, Erynn.

C'est tout ? Après tout ce qu'on a partagé, il m'offre un pauvre « au revoir, Erynn » ? Je croyais pourtant que… *Que nous étions plus. Que tout ce qu'on a partagé comptait pour lui.*

Mais avant que je ne puisse lui renvoyer à la tronche tout ce que je ressens, il ouvre la porte et s'en va, sans se retourner. Sans voir combien il m'a brisée.

Au revoir, connard...

CHAPITRE 42

LACHLAN

J'agite le liquide ambré de la bouteille de whisky devant mes yeux, tout en écartant les souvenirs qui m'assaillent. Je ne sais pas combien de jours se sont écoulés depuis qu'Erynn est partie. Un, deux, dix ? Peut-être plus. Oui, c'est sûrement plus.

Mais, enfoiré, c'est toi qui l'as chassée…

Je secoue la tête pour faire taire les voix qui me cisaillent la cervelle. Ma vie se résume à bosser, bosser, bosser. Puis, une fois ma journée terminée, il y a Jim Beam pour me tenir compagnie.

Un rire sans joie m'échappe.

– À la tienne, Jim !

Je porte le goulot à ma bouche, renverse la tête et bois.

Je bois jusqu'à effacer son image.

Je bois jusqu'à asphyxier mon cerveau.

Je bois jusqu'à anesthésier mon cœur.

***

Dix-sept.

Je dénombre dix-sept fissures, sans compter celles qui lézardent mon cœur.

Allongé dans mon lit, je contemple le plafond depuis une heure. Peut-être plus.

– Lachlan, je peux te parler ?

Je tourne la tête sur le côté et découvre le visage de Grace.

– Bien sûr, un souci avec Bonnie ?

Il faut dire que ces derniers jours, j'ai négligé de passer du temps avec ma belle-sœur et ma nièce. Je suis vraiment un piètre tonton. Non, en fait, je suis un piètre humain.

– Bonnie va bien, mais Erynn lui manque.

Et une lacération supplémentaire. Je ferme les yeux.

– Lachlan, tu dois arrêter ça. Regarde-toi, ce n'est pas une vie. Ton frère n'aurait jamais voulu ça pour toi. Tu dois te pardonner ce qui est arrivé.

– Je ne peux pas, Grace. Je ne peux pas parce que c'est ma faute.

– Ce n'est pas vrai. Je sais ce que Glenn t'a dit, mais il a tort. Ne te laisse pas manipuler par sa langue de vipère. Tu sais qu'il t'a toujours envié, et sa jalousie s'est exacerbée avec l'arrivée de ta femme. Tu as bien fait de le chasser d'ici. Achnacarry n'était pas un lieu sûr avec lui dans les parages.

– Je suis désolé de n'avoir rien vu. Je suis désolé pour Finn. Je suis désolé pour tout, Grace.

Ses bras fins s'enroulent autour de mes épaules et sa voix douce m'apaise.

– Il pleuvait et il faisait nuit. C'était un accident. Tu n'es pas responsable.

– Alors pourquoi j'ai si mal ?

– À force d'éviter d'en parler, nous en avons fait un sujet tabou. Tu sais combien j'aimais ton frère, combien je l'aime toujours. Mais t'interdire d'être heureux ne le fera pas revenir. J'en sais quelque chose, regarde-moi…

– Si tu savais combien j'aurais souhaité mourir à sa place. J'aurais échangé nos vies sans hésiter.

– Je le sais. Mais tu es en vie. Et Erynn aussi.

Je lève vers elle un regard troublé par les litres d'alcool que j'ai ingurgités.

– Tu vas la perdre définitivement si tu continues comme ça.

– Je l'ai déjà perdue. Tu as oublié que je l'ai renvoyée chez elle ?

– Ne dis pas n'importe quoi, ses sentiments pour toi ne peuvent pas s'effacer comme ça. Ça crevait les yeux qu'elle t'aimait, il n'y a que toi pour ne pas t'en être rendu compte. Et tu l'aimes aussi.

Oui, bien sûr que je l'aime ! Le plus ironique, c'est que j'en ai pris conscience quand elle est partie, parce qu'elle a arraché mon cœur et l'a emporté avec elle. Avant ça, je n'ai fait que me voiler la face.

– Lachlan, si tu la perds, tu le regretteras pour le restant de tes jours. Il est temps de tourner la page et de laisser le passé où il est. Sache que je ne t'en veux pas, je ne t'en ai jamais voulu. Je ne veux que ton bonheur.

Chacun de ses mots agit comme un pansement sur mon cœur. Après les funérailles de Finn, nous n'avons plus jamais reparlé de ce qui s'est passé, parce que j'étais trop mal pour pouvoir me regarder en face.

– Grace, tu as raison, mais je crains qu'il ne soit trop tard. Erynn est retournée à Londres et à l'heure qu'il est, elle doit vivre sa vie.

– Elle n'est pas à Londres.

– Quoi ?

– Erynn est en Écosse. Elle est chez son père. Et si tu dégrises rapidement, dans trois heures tu peux y être.

Je me redresse brusquement et prends mes tempes entre mes paumes.

– Comment tu peux savoir ça ?

Grace esquisse un sourire timide.

– Tu ne l'as peut-être pas remarqué, mais nous nous sommes attachés à elle. Et il n'y a pas qu'à toi qu'elle manque. Elle nous manque à tous. À toi de faire ce qu'il faut…

Ma belle-sœur presse ma main dans un geste réconfortant, puis se lève et me laisse seul face à ma connerie monumentale.

Il me faut moins d'une heure pour dégriser, prendre une douche et m'habiller. J'attrape les clés de ma voiture, mon portefeuille, et me tire à travers le dédale de couloirs. Au moment où je passe devant la salle à manger, je croise ma grand-mère qui en sort tout juste.

– Mon grand, où est-ce que tu vas comme ça ?

– Porter mes couilles et aller récupérer ma femme.

Un bref sourire lui échappe, qu'elle efface aussitôt.

– Tu as intérêt à parvenir à tes fins, mais ne lui répète pas ça, sinon elle va croire que je l'aime bien.

– Compte sur moi, déclaré-je en la prenant dans mes bras.

Mais d'abord, j'ai quelqu'un à aller voir.

CHAPITRE 43

LACHLAN

Je descends de ma caisse et marche les quelques mètres en direction de la vieille église, près d'Inverlochy Castle.

Rien n'a changé depuis la dernière fois que je suis venu lui rendre visite, sa tombe est toujours aussi fleurie et les plaques commémoratives me déchirent toujours le cœur.

Finnlay Thomas Cameron.
Un père, un fils, un époux.

– Salut, frangin. Ça fait un bail. Désolé de ne pas être venu plus tôt, tu sais ce que c'est. Dernièrement, les choses n'ont pas été très faciles pour moi. Une petite tornade est entrée dans ma vie, mais tu dois déjà le savoir. Tu as d'ailleurs dû bien te marrer en me voyant galérer.

Je déglutis en m'accroupissant pour effleurer la pierre tombale.

– Tu as dû également voir que Bonnie est toujours aussi adorable et que Grace tient le coup même si je sais que c'est encore difficile pour elle. Tu lui manques… et à moi aussi.

Je détourne le regard un instant vers la stèle voisine afin de reprendre contenance.

– J'ai bien réfléchi, et je pense que Grace a raison, il est temps que j'accepte le passé et que j'avance, même si ça me fait un mal de chien. Tu as toujours été là pour moi, je n'ai pas le droit d'abandonner et de tourner le dos à la vie alors que tu as perdu la tienne par ma faute. Tu seras toujours avec moi, mais il faut que j'aille de l'avant si je veux arrêter de faire souffrir les autres et de me faire souffrir moi, par la même occasion. J'espère que tu comprends, et que tu m'enverras assez de force pour ne pas tout faire foirer.

Je baisse la tête un instant, me demandant si je vais vraiment y arriver.

Soudain, le vent se lève.

Une petite brise tiède, comme un signe favorable de mon frère. Comme s'il me donnait sa bénédiction.

***

La porte de la demeure des Wallace est là, devant moi. J'ai fait le chemin jusqu'à Galston dans un flou cotonneux, tout en imaginant mille scénarios différents. Dans chacun d'eux, Erynn m'envoyait balader. Après tout, c'est ce que je mérite après la façon dont je l'ai traitée. Alors que je tergiverse depuis dix bonnes minutes, le battant s'ouvre et le père d'Erynn apparaît, un sourire doux sur le visage.

– Je peux t'offrir quelque chose à boire en attendant que tu aies le courage de frapper ?

Sa question me fait rire. Il ne pouvait pas viser plus juste.

– Bonjour, monsieur Wallace…

– Pas de ça entre nous, fiston, m'interrompt-il. Appelle-moi Ewen. Allez, entre, pas besoin d'explications. Erynn est en piteux état, et vu ta tête, ça n'a pas l'air d'aller bien mieux de ton côté.

Il s'écarte pour me laisser entrer et me mène au salon avant d'aller annoncer ma présence à sa fille.

Après quelques minutes qui me paraissent interminables, Erynn apparaît, le regard noir. Malgré ses prunelles de feu, elle ne m'a jamais semblé aussi belle qu'à cet instant.

– Tu m'as manqué.

– Pas toi.

Bon d'accord, c'est loin d'être gagné. Dix jours qu'elle est partie et pas une seule seconde n'est passée sans que je pense à elle.

– Je vous laisse, du travail m'attend dans la grange, déclare Ewen avant de nous abandonner.

Aussitôt un silence assourdissant s'abat entre nous.

– Comment tu vas ?

Bravo, champion ! Super comme phrase d'approche, même un aveugle aurait remarqué qu'elle n'est pas en forme.

– Parfaitement bien, répond-elle sèchement. Si tu es venu pour récupérer ta bague, sache que j'avais déjà prévu de te la renvoyer.

Je l'arrête immédiatement.

– Je ne suis pas venu pour ça.

– Pourquoi alors ?

– Il fallait que je te parle.

– Pour me dire quoi ? Je ne fais plus partie de ta vie, c'est bien ce que tu voulais, non ?

– Je suis un abruti. Je n'ai jamais cherché à te faire du mal. Mais j'ai mal géré et résultat, je t'ai fait souffrir. Je te demande de m'excuser. C'est la raison pour laquelle je suis venu. Erynn, il y a des choses que tu dois savoir.

– Crois-moi, j'en sais suffisamment.

– Laisse-moi t'expliquer… s'il te plaît.

Bordel, c'est bien la première fois que je supplie quelqu'un.

Je peux lire l'hésitation sur son beau visage. Et c'est compréhensible. J'ai été un enfoiré, il n'y a pas d'autres mots pour le dire.

– Erynn, je te demande cinq minutes. Pas plus.

– Tu as deux minutes, m'accorde-t-elle finalement.

C'est elle. Je retrouve son esprit de contradiction et cette fougue qui m'ont retourné la tête.

– OK, vendu.

Je me dirige vers le canapé en espérant qu'elle me suive et me détends légèrement quand elle prend place sur l'accoudoir, en face de moi.

Au moins, elle est là, prête à m'écouter.

– Tout d'abord, je te dois des excuses pour la façon dont je t'ai traitée. J'ai agi comme un connard. Tu te souviens, sept lettres, comme dans mon prénom ?

Ma remarque lui arrache un sourire qu'elle s'empresse de faire disparaître. Mais j'ai eu le temps de le voir, et une lueur d'espoir s'allume en moi.

– Si tu veux comprendre un peu mieux, il faut que je remonte quelques années en arrière, lorsque mon frère était encore là. J'aurais dû te parler de lui bien avant, mais je n'en ai pas eu le courage. Cette partie sombre de mon passé n'est pas quelque chose que j'ai l'habitude de partager. D'habitude, je préfère la noyer sous des litres d'alcool. Ça marche un temps et anesthésie la douleur, mais elle ne s'efface jamais.

Je laisse échapper un petit rire triste, et je vois l'expression d'Erynn changer, comme si elle prenait conscience de l'importance de ce que je m'apprête à lui confier.

– Finnlay était le mec le plus gentil que la terre ait porté. Il était brillant, aimé de tous, et promis à un avenir glorieux. Et moi, j'étais… moi. Un crétin dont les soirées se résumaient à boire, à se battre et à collectionner les filles.

Je ne suis pas fier de cette facette de ma personnalité, mais je dois être honnête avec elle et ne rien édulcorer.

Elle doit savoir le meilleur, comme le pire.

– Personne n'attendait rien de moi. Je pouvais faire tout ce que je voulais puisque SuperFinn était l'homme de la situation. Celui qui honorait notre famille et son nom, celui qui reprendrait le flambeau. Le futur lochiel, le fils prodige.

Une puissante douleur se niche dans ma poitrine à l'évocation de cette période. Je donnerais n'importe quoi pour remonter le temps.

– Un soir, alors que je descendais verre après verre dans mon pub préféré, j'ai décidé d'appeler mon frère sur un coup de tête. Mon moi imbibé d'alcool a trouvé que ce serait une bonne idée de lui dire ses quatre vérités à trois heures du mat. Et je lui ai tout déballé. Je lui ai dit que j'en avais marre du Finn trop parfait, que je ne supportais plus de vivre dans son ombre.

J'ai honte de moi, d'avoir blessé mon frère comme j'ai blessé ma femme. Toutefois, j'avale une grande goulée d'air et poursuis mon récit.

– Finnlay est resté très calme, maître de lui-même. Il se mettait rarement en colère de toute façon. Mais je crois que cette fois-là, je voulais le pousser à bout, le voir sortir de ses gonds histoire de comprendre que c'était un mec normal, pas un saint. Et tu sais comment il a réagi ?

Erynn se contente de secouer la tête.

– Il m'a simplement fait promettre de rester là où j'étais, de ne plus toucher à un verre d'alcool et de ne surtout pas prendre le volant. Il m'a dit qu'il allait venir me chercher. Du Finnlay tout craché. Avec lui, pas de cris, pas de sermon, seulement de la compréhension et de la compassion.

Je secoue la tête pour éviter de me laisser envahir par l'émotion. Me replonger dans cette soirée me détruit littéralement de l'intérieur.

À ce stade, je suis incapable de deviner les pensées d'Erynn. Ses yeux brillent, et je vois bien que les pièces du puzzle commencent à s'assembler dans son esprit, mais ce qui me fait flipper, c'est sa réaction au moment où elle connaîtra la vérité. Je ne sais pas si je serai capable d'encaisser son dégoût et son rejet. Pas après tout ce que nous avons partagé.

– Vingt minutes plus tard, j'étais sur le siège passager, en route pour le château. Finn n'était pas en colère contre moi, seulement inquiet. Il ne m'a pas posé de questions, n'a pas essayé de discuter pour me faire entendre raison. Il arrivait à me faire comprendre en silence qu'il était là pour moi, que je pouvais compter sur lui. J'avais beau avoir l'esprit tout aussi embrumé que la route, je me souviens qu'il conduisait prudemment. Au moment où j'ai voulu ouvrir la bouche pour m'excuser d'être aussi con, la voiture qui venait en face nous a coupé la route, et…

J'ai encore le goût du sang et du caoutchouc brûlé sur la langue. La gorge serrée, je lutte pour repousser les images qui affluent dans mon esprit. Si je me laisse submerger, je me connais, il me sera impossible de finir et pire encore, je risque de me laisser ensevelir par la culpabilité. Elle n'est jamais loin, quand je parle de Finn.

– Après ça, ce fut le trou noir. Je ne me souviens de rien en dehors de cette odeur de brûlé… Et de mort. Lorsque j'ai rouvert les yeux, tout n'était que chaos autour de moi. J'ai assisté au dernier souffle de mon frère, et cet instant me hante chaque jour. Il est là, incrusté dans ma tête et j'en porterai les stigmates jusqu'à la fin de mes jours, sur mon visage, sur mon corps et ici.

Je pointe mon cœur.

– Lachlan…

Les larmes coulent sur les joues d'Erynn, et elle s'installe plus près de moi en tendant une main hésitante dans ma direction. Je la saisis sans attendre et son contact me procure un immense soulagement.

– Lachlan, je suis désolée.

– Je sais, mon cœur. Mais j'ai besoin que tu me laisses finir. Je ne veux plus avoir de secrets pour toi. Après tout, je n'ai que deux minutes. Les jours qui ont suivi ont été les plus noirs de mon existence. Et pour tout te dire, j'ai pensé à me foutre en l'air je ne sais plus combien de fois. Rongé par la culpabilité, je n'ai pas arrêté de me dire que tout ça était entièrement ma faute, que si je ne l'avais pas appelé, il serait encore en vie, Grace aurait encore son mari et Bonnie, son père. Il profiterait du bonheur qu'il méritait amplement. Après l'accident, je me suis fait la promesse de ne jamais être heureux, de ne jamais vivre ce dont je l'avais privé. Je lui ai volé son avenir, alors le mien s'arrêtait avec lui.

– Je comprends, d'accord. Je comprends que c'est dur, mais Lachlan, ce n'est pas toi qui conduisais l'autre voiture. Tu n'étais pas au volant. Chéri, ce n'était pas ta faute.

J'ai un moment de flottement pendant lequel je sens ses doigts courir sur ma barbe.

– Comment tu m'as appelé ?

– Connard ?

Je secoue la tête.

– Conan ?

– Essaie encore.

Et cette fois, c'est un vrai sourire qu'elle m'offre. Sincère et lumineux qui fait étinceler ses prunelles magnifiques.

– Tu sais presque tout, Erynn. La vérité, c'est que j'ai paniqué. Une vraie mauviette. Quand tu es arrivée, c'était clair dans ma tête. Entre nous deux, il n'y aurait rien de plus qu'un coup d'un soir. Et dans un an, j'aurais pu continuer à broyer du noir. Mais c'était sans te connaître. Bébé, tu as changé mon monde. Tu as apporté ta lumière dans mes ténèbres. Et parce que comme toujours, je fais les mauvais choix, il m'aura fallu du temps, beaucoup trop de temps pour m'en rendre compte. Mais maintenant c'est fini. J'ai compris que je devais vivre pour honorer sa mémoire, et essayer d'être heureux pour lui, parce que c'est ce qu'il aurait voulu pour moi. La vie est précieuse et je ne veux plus passer une seconde de la mienne sans t'avoir à mes côtés.

L'étreinte d'Erynn se resserre autour de ma main, et le soulagement peut se lire sur son visage.

– Si tu me laisses une chance, si tu *nous* laisses une chance, je suis certain que nous pouvons être heureux ensemble.

Des larmes s'accrochent à ses cils et perlent au coin de ses yeux. À ce stade, j'ignore si son visage est inondé de bonheur ou de tristesse. Erynn ravale un sanglot et sa voix n'est qu'un filet quand elle demande :

– Es-tu sûr d'être prêt ? Parce que je ne supporterais pas que tu me rejettes à nouveau.

– Je ne serais pas devant toi si ce n'était pas le cas.

– Ça me fait mal que tu aies eu à traverser une épreuve aussi difficile. J'aurais aimé pouvoir t'aider à te débarrasser de ta culpabilité, mais si tu ne te confies pas à moi, je suis impuissante. Je comprends que tu aies été méfiant à mon égard, vu les circonstances dans lesquelles nous nous sommes rencontrés. Ce que je ressens pour toi, je ne l'ai jamais ressenti pour personne. Et je crois que je l'ai su à la seconde où j'ai posé les yeux sur toi, même si j'ai refusé de me l'avouer.

Merci, mon Dieu ! Un intense soulagement m'envahit.

– Je pourrais en dire tout autant, Erynn. Tout ça, c'est une première pour moi. Je ne promets pas que tout sera facile, mais j'ai besoin de toi. Tu as ramené à la vie mon cœur trop longtemps anesthésié, et il n'y a pas que moi, tout le château est bien triste sans toi. Crois-moi, mon cœur, je ne suis pas le seul à qui tu manques.

– Permets-moi d'en douter, réplique-t-elle. Je suis certaine que Morag danse la gigue depuis mon départ.

Je peux lire l'amusement dans son regard.

– Tu serais bien étonnée de savoir ce qu'elle pense vraiment, ajouté-je en calant une mèche de cheveux derrière son oreille.

Elle réagit aussitôt à mon geste en se lovant contre ma paume et en fermant les yeux.

Qu'est-ce que ça m'a manqué...

– Ces derniers jours m'ont permis de prendre du recul, m'avoue-t-elle. Je ne peux pas aller contre les sentiments que je ressens pour toi.

– Ça veut dire que tu veux bien me laisser une chance ?

– Je suis terrifiée d'être blessée à nouveau, mais je ne veux pas me cacher derrière cette peur. J'ai confiance en toi et j'ai envie de prendre ce risque. Enfin, seulement si les choses changent. Je ne veux plus de secrets, il faut que tu me parles, que tu me laisses entrer dans ta vie. Je sais que c'est énorme pour toi, mais crois-tu en être capable ?

C'est comme si l'avenir me souriait enfin.

– Plus de contrat, plus de règles, plus de faux-semblants. On avancera ensemble, on apprendra ensemble, on vivra ensemble. Juste toi et moi.

– Alors, c'est d'accord.

– Tu veux bien revenir avec moi à la maison ?

Elle lève vers moi son regard magnifique brouillé de larmes.

– À la maison ?

– Au château. Ou n'importe où ailleurs, en fait, peu importe, nous vivrons où tu voudras. Ici ou même à Londres. Je me contrefous du lieu, tant que tu es avec moi.

– Tu parles sérieusement ?

– Bien sûr. On ne se quittera plus jamais, Erynn.

Ses bras s'enroulent autour de mon cou et, à la seconde où sa bouche s'écrase sur la mienne, le monde retrouve tout son sens.

ÉPILOGUE

Trois ans plus tard

ERYNN

– Tenez-le par le bout ! râle Morag, tandis que je me hisse sur la pointe des pieds avec la grâce d'un poney.

Depuis une semaine, les préparatifs du mariage de Grace et Misha battent leur plein et je tiens absolument à participer à la préparation de la fête, au grand dam de ma belle-grand-mère qui n'a de belle que le nom.

– Au cas où ça ne serait pas flagrant, c'est ce que je m'efforce de faire, voyez-vous.

À peine ai-je fini de prononcer ma phrase que la banderole m'échappe des mains.

– Sacrebleu ! Vous n'êtes donc vraiment bonne à rien, fulmine mon adorable binôme.

Sans bouger de mon perchoir sur l'escabeau, je récupère l'extrémité qu'elle me tend à nouveau.

– Je suis assez douée en nœuds coulants, donc si jamais un jour, vous aviez des projets qui impliquent une corde, je serais ravie de vous apporter mon aide, dis-je en lui adressant un clin d'œil amusé.

Morag hausse les épaules tandis que je parviens enfin à fixer la banderole proclamant « *Meala naidheacht oirbh* », soit « félicitations » en gaélique.

– Je ne sais pas pourquoi vous êtes allée y toucher, elle était très bien comme ça, cette banderole.

– Pour vos yeux centenaires, peut-être, mais pour moi elle était complètement de travers. Regardez, c'est beaucoup mieux comme ça, vous ne trouvez pas ? déclaré-je, ravie d'avoir accompli ma tâche.

– Vous auriez mieux fait de poursuivre votre route au lieu de vous entêter avec cette foutue banderole.

Je descends les marches lentement, mais au moment de poser le pied au sol, je me fige en grimaçant. Ma main trouve instinctivement sa place sur mon ventre arrondi.

Aussitôt Morag se précipite vers moi et glisse son bras sous mon coude pour me soutenir.

– Erynn, quelque chose ne va pas ? C'est le bébé ? demande-t-elle, affolée.

Dès que la crampe s'éloigne, je relève la tête vers elle et me fends d'un large sourire.

– Vous vous inquiétez pour moi ou je rêve ?

– C'est pour mon arrière-petit-fils que je m'inquiète, pas pour vous !

Je me redresse, lisse ma robe et réajuste mon châle sur mes épaules.

– Il va bien, ne vous en faites pas. Je crois même qu'il organise ses propres jeux des Highlands entre mes côtes.

Ma réplique lui arrache un léger sourire qu'elle s'empresse d'effacer. Malgré les apparences, nos relations se sont grandement améliorées avec le temps et aujourd'hui, je pense pouvoir dire qu'elle m'apprécie sincèrement, ce qu'elle n'avouerait jamais. Pas même sous la torture. Morag est une coriace, mais c'est sa force de caractère qui fait son charme. Ou pas.

– Un futur Highlander, digne héritier de son père.

– Oui, enfin s'il pouvait se tenir tranquille pendant les trois prochaines semaines encore, ça m'arrangerait.

À trente-sept semaines de grossesse, j'ai conscience que je peux accoucher à tout moment, mais le plus tard sera le mieux.

– Vous êtes sûre que ça va ? Vous devriez aller vous reposer, ce n'est pas raisonnable de faire autant d'efforts.

– Je vais bien, ne vous en faites pas. Je vais aller voir si Grace a besoin de quelque chose avant la cérémonie.

Morag acquiesce sans pour autant se départir de sa mine inquiète.

Je sais qu'elle est impatiente de rencontrer Finnlay car, comme elle le répète sans cesse, elle n'est pas éternelle. Et depuis ma dernière fausse couche, elle a peur qu'il arrive un nouveau malheur. Entre elle et Lachlan, je suis servie question sollicitude.

Une main dans le creux de mon dos afin de soulager la pression, je me dirige à pas lents en direction des quartiers de Grace. Une fois n'est pas coutume, je me perds un bon quart d'heure avant de trouver sa porte. Malgré près de trois ans à arpenter ces couloirs, je suppose qu'ils auront toujours des secrets pour moi.

Une fois arrivée, je donne quelques coups contre la porte qui s'écarte pour laisser apparaître Alba. Cette dernière m'offre un regard chaleureux débordant d'inquiétude.

– Vous ne devriez pas être debout.

– Par pitié, vous n'allez pas vous y mettre, vous aussi !

Au milieu du capharnaüm qui règne dans la pièce principale, entre les bagages et les cartons, je découvre Grace, assise face à sa coiffeuse, dans une robe de satin champagne.

Forcément, dès qu'elle m'aperçoit, elle en rajoute une couche.

– Alba a raison, tu sais.

Je balaie sa remarque d'un revers de la main, et m'approche d'elle afin de l'admirer de plus près. Un maquillage léger fait ressortir ses beaux yeux marron et ses cheveux blonds sont relevés en un chignon haut.

– Tu es superbe, Misha va être dingue.

Je m'installe sur une chaise à ses côtés et la contemple pendant qu'elle termine de se préparer. Grace a eu beaucoup de mal à accepter les avances de Misha, elle restait hermétique à toute nouvelle relation amoureuse, mais à force de persévérance de la part de son prétendant, elle a fini par lui laisser une chance, et surtout par s'autoriser à revivre.

Un an après leur premier rendez-vous, elle a accepté de retirer son alliance pour la porter autour du cou. Et il lui a fallu un an supplémentaire pour accepter la demande en mariage de Misha. Désormais, elle s'apprête à déménager, ce qui explique la montagne de cartons qui encombre la pièce. Tous les deux ont décidé de vivre ensemble dans un manoir à quelques centaines de mètres d'Achnacarry afin de bâtir leur propre cocon.

Lachlan a vivement encouragé leur relation même si au fond, le plus dur pour lui sera d'être séparé de sa nièce.

– Merci, Erynn. Tu devrais te reposer.

– J'ai bien le droit de participer à ton bonheur.

Bonheur...

Ce mot, longtemps interdit et tabou, pour elle comme pour Lachlan. Machinalement, je fais tourner l'alliance autour de mon doigt. Je passe la pulpe de mon pouce sur le motif composé de deux cœurs entrelacés surmontés d'une couronne.

Je ne l'ai jamais retirée, pas même quand nous nous sommes brièvement séparés au tout début de notre relation. C'était il y a près de trois ans, et pourtant j'ai l'impression qu'hier encore, il était dans notre salon à Galston pour me promettre un nouveau départ.

À présent, voilà que je suis enceinte jusqu'aux yeux. Et dans quelques jours, nous rencontrerons notre petit garçon. Quand je vois ce que notre amour a produit, je me dis que j'ai bien fait d'accepter de lui ouvrir mon cœur.

– Je parie que tu penses à Lachlan, ça se voit à ton sourire.

La voix de Grace me sort de ma rêverie.

– À vrai dire, il ne quitte jamais mes pensées.

Mon Dieu, je me sens mièvre et je suis certaine que si Jill était là, elle ne manquerait pas de faire une indigestion de guimauve. Je jette un rapide coup d'œil à ma montre. D'ailleurs, elle devrait déjà être là, son avion ayant atterri il y a plus d'une heure.

– Je te comprends, et tu sais, ça me fait pareil avec Misha.

Je pose ma main sur la sienne dans un geste tendre.

– Je suis si heureuse pour vous deux. C'est vraiment quelqu'un de bien.

Nous restons un long moment à discuter de la cérémonie, de sa future vie, de Bonnie… Et de Finnlay.

– Lachlan et toi, vous lui avez choisi un prénom magnifique. Je suis certaine que votre enfant sera aussi beau, courageux et bon que son oncle, dit-elle en effaçant une larme qui perle au coin de ses yeux.

Alba s'approche pour m'informer qu'il est temps de me rendre à la chapelle du château afin d'attendre la mariée qui arrivera au bras d'Angus.

Je me lève et embrasse Grace.

– À tout à l'heure, ma belle.

Une fois hors de la pièce, je sors mon téléphone de mon sac et appelle Jill.

Au bout de trois sonneries, elle décroche et le bruit de moteur en fond m'indique qu'elle est encore en chemin.

– Je suis en retard, je sais, lance-t-elle, désolée.

– Comment ça se fait ?

– Tu ne devineras jamais, mais mon taxi a crevé sur la route et on a dû s'arrêter pour changer la roue. Une vraie galère d'autant que je ne touche pas une bille en mécanique !

– Mince, mais ton chauffeur ne savait pas non plus ?

– Il est pire que moi ! Vive les tutos YouTube, moi je te le dis !

– Qu'est-ce qui s'est passé ?

– Je n'en sais rien du tout ! Heureusement que Wilfried roulait doucement, sinon la voiture aurait fini plantée dans le décor.

J'ai un moment de flottement.

– Wilfried ?

– Yep ! C'est son nom. Un type super sympa, on a discuté un peu et il a tout de suite deviné que j'étais anglaise.

La coïncidence me semble trop grosse pour être vraie et pourtant… Si c'est le même Wilfried que celui que j'ai rencontré à mon arrivée en Écosse, Jill ne sera pas arrivée avant le vin d'honneur, au moins.

– OK, préviens-moi quand tu es là, d'accord ?

– Bien sûr, ma poule ! À tout à l'heure !

C'est ça, bon courage…

En raccrochant je découvre que Lachlan m'a envoyé un message pendant que j'étais au téléphone.

Tu es où, mon cœur ?

Je lui réponds tout en arpentant le dédale de couloirs.

J'arrive, garde-moi une place.

Je le découvre debout devant la porte de la chapelle, beau à tomber par terre dans son kilt, avec ses cheveux ramenés en catogan. Mon cœur s'emballe comme c'est le cas chaque fois que je me trouve en sa présence.

– Tu aurais dû m'appeler, je serais venu te chercher. Tu sais que je n'aime pas quand tu es loin de moi.

Aussitôt que j'arrive à sa hauteur, ses lèvres se posent sur les miennes et me rappellent que dans ses bras, je suis chez moi. Sa paume épaisse se pose sur mon ventre et le caresse tendrement.

– Hey, mon grand. Tu es prêt pour la cérémonie ?

– Il est plus que prêt et s'il continue à danser la gigue, il va finir par nous rejoindre avant l'heure, plaisanté-je alors que Lachlan m'entraîne à l'intérieur.

Nous prenons place au premier rang, à côté de mon père, Morag et Bonnie qui pour l'occasion est habillée d'une robe de la même couleur que celle de sa mère.

Contrairement à notre mariage, celui de Misha et Grace se déroule en petit comité.

Quand Grace fait son entrée au bras d'Angus sous le chant des cornemuses, tous les invités se lèvent. La mariée est tout simplement rayonnante. La tristesse a disparu de son visage, elle semble enfin épanouie, en paix avec elle-même.

Après l'avoir conduite à son fiancé, Angus vient s'asseoir à côté de son fils et lui donne une tape affectueuse dans le dos.

La cérémonie est chargée d'émotion au point que je ne peux retenir mes larmes.

Mais brusquement, au moment où les mariés sont sur le point d'échanger leurs vœux, les portes s'ouvrent avec fracas et une tornade blonde déboule en se confondant en excuse.

– Reprenez, je vous prie. Ne vous arrêtez pas pour moi. Je ne fais que passer… ou m'asseoir.

– Oh, bordel ! Jill, tu as pu arriver à temps.

Je me lève pour enlacer ma meilleure amie, sous les remontrances de Morag qui nous prie de nous installer et d'arrêter de gâcher le mariage de Grace et Misha.

– Ça va, mémé. Détendez-vous, je ne voudrais pas que vous nous claquiez dans les pattes, déclare Jill avant de se laisser tomber à mes côtés.

Lachlan se pince l'arête du nez en murmurant dans sa barbe un « ce n'est pas vrai, les Anglaises sont toutes pires les unes que les autres », ce qui fait glousser mon père et Bonnie.

La cérémonie reprend, et un baiser plus tard, les jeunes mariés traversent la nef sous un torrent d'applaudissements.

Je leur souhaite d'être toujours heureux.

Tandis que nous nous levons pour aller célébrer dignement l'amour des jeunes tourtereaux, je sens le souffle de Lachlan dans le creux de mon oreille :

– Je t'aime, me murmure-t-il.

– Je t'aime, répété-je. Pour toujours et à jamais.

Là, entourée de mon mari et de mon père, accompagnée de mes proches et portant mon fils dans un cocon d'amour, je suis parfaitement à ma place.

REMERCIEMENTS

L'Écosse est un pays magnifique qui me passionne depuis toujours. Pour les besoins de l'histoire d'Erynn et Lachlan, je me suis permis de prendre quelques libertés avec la réalité. J'espère que les Écossais me pardonneront !

Ce roman n'aurait pas la même saveur sans le soutien incommensurable de plusieurs personnes et j'exprime toute ma gratitude à mon mari et à mes enfants. Merci de supporter mes absences et pardon pour toutes les pizzas que vous avez mangées sans rechigner parce que j'étais trop occupée à écrire cette histoire et à tenir mes délais (à la bourre un jour, à la bourre toujours).

Merci à mon éditrice, Alice. Ton engouement et ta confiance pour cette histoire ont permis de lui donner le jour. Sans toi, Erynn serait toujours à Londres, probablement en train de manger des sushis avec Grant ou à baver devant *Vikings* en compagnie de Jill et n'aurait jamais rencontré Lachlan. Ces deux-là te seront éternellement reconnaissants d'avoir cru en eux (et moi aussi !).

Un énorme merci à la team Hugo New Romance et Fyctia. Vous réalisez bien des rêves, sachez-le.

Merci à toutes les petites mains qui ont contribué à embellir cette histoire (correctrice, graphiste et maquettiste), et à mon attachée de presse, Élodie.

Merci à Jennifer. Très sincèrement, il faudrait que j'invente un mot spécial (et tu sais à quel point c'est ma spécialité) qui soit à la hauteur de ma reconnaissance. Tu es là à chaque instant, et au-delà de ton amitié qui m'est précieuse, tu rends chaque nouvelle aventure livresque plus belle encore.

Merci à Sonia, ma petite sœur, d'être mes yeux quand les miens ne sont plus en face des trous. Peu importe l'heure, tu réponds toujours présente pour lire et mettre fin à mes doutes. Si Lachlan est aussi *grrrrr*, c'est grâce à toi.

Merci à Imane pour ton soutien et tous tes gifs, jour après jour. Si notre amitié a débuté sur les réseaux (et à Bandol), aujourd'hui, elle va bien au-delà.

Merci à Shai d'être là depuis le départ, quand cette histoire n'était encore qu'une idée et qu'il fallait lui trouver un titre. Si j'avais un vaisselier, tu en serais la plus belle assiette.

Merci à Coco pour tous nos fous rires sous l'amandier. Avec toi, je signe sans hésiter pour un CDD de vingt-quatre heures.

À Marie, ma BFF, merci pour ton amitié qui traverse les années.

À Carole, merci infiniment pour nos collaborations qui donnent lieu, à chaque fois, à de magnifiques pochettes personnalisées.

Une mention spéciale à la #FrenchTeam, je suis tellement heureuse et fière d'en être. J'ai hâte de toutes vous rencontrer au prochain Festival New Romance !

Une douce et tendre pensée à Ludivine et à sa Rose.

Ma Dounia, merci pour tes encouragements, tes conseils si précieux et pour m'avoir fait découvrir Miran.

La team londonienne, j'ai si hâte de découvrir Édimbourg à vos côtés : Aurelie Dee, Aude Parazines, Kassandra Spinninger, Amma Babou, Maya Cinoms, Clémence Decamp, Lise Lacoste.

À mes zouzous, Mahira, Nounou et Sarah.

Un immense merci à vous, blogueuses et blogueurs de Booksta, Booktube et Booktok. Je pense notamment à Aly et vos rêves, Éloïse du compte Eloooooove Read, My Tagada, Hollygoli, Kimysmile, Les Lectures de Mumu, Heartless Books, Les Amoureux des lettres, Book Passion Addict, Page d'Oxygène, Prends un livre et détends-toi, Blog de Lyosa, Book Hémisphère, Ludi Book, Booksbookmarks, Books On Fire, La Pomme qui rougit, Mille Livres en tête, PassionOfBooks, La Bibliothèque de Marie, Book of Dreamely,

Camille PixieDust, My Lovely Teacher Addiction, Les Magiciennes des mots, Vic l'iconique du compte Nous les lecteurs et beaucoup d'autres encore ! Vous donnez un véritable sens au mot « communauté ». Je vous suis profondément reconnaissante pour vos chroniques, vos partages, vos messages et votre bienveillance. Merci infiniment de porter Tristan et Heaven avec autant d'enthousiasme ! J'espère de tout mon cœur que Lachlan et Erynn vous procureront autant de plaisir, sinon plus.

Et le mot de la fin est pour vous, lectrices, dont beaucoup d'entre vous sont devenus des amies. Mille mercis d'être à mes côtés. J'aimerais toutes vous citer, mais avec ma mémoire de Dory, j'aurais trop peur d'en oublier. Je sais que vous vous reconnaîtrez.

Si cette merveilleuse aventure se poursuit, c'est avant tout grâce à vous !

POUR SUIVRE L'ACTUALITÉ
DE L'AUTEURE

Facebook : Delinda Dane

Instagram : @delindadane

Twitter : @delinda_dane

TikTok : @delindadane

Composition et mise en pages
Nord Compo à Villeneuve-d'Ascq